Marc Buhl

Rashida

Zu diesem Buch

Norwegen, Anfang des 19. Jahrhunderts: Mensen Ernst kann nicht stillsitzen, er muss laufen. Stunde um Stunde, Tag für Tag. Das macht den unehelichen Sohn einer Bäuerin früh zum Außenseiter. Bis der Lehrer Skulberg den Jungen fördert und ihm einen Platz an der Seekadettenschule in Kopenhagen verschafft. Mensens einziger Besitz ist eine Kiste mit den Hinterlassenschaften seines Vaters: ein Sextant und die geheimnisvolle Karte von den Quellen des Nils, auf deren Suche der Vater verschollen ist. Bald macht sich Mensen Ernst einen Namen als schnellster Läufer Europas. Er durchquert den Kontinent, wird durch seinen phänomenalen Lauf von Paris nach Moskau weltberühmt und stellt seine Talente in den Dienst von Königen und Revolutionären. Doch sein Leben bleibt geprägt von der unstillbaren Sehnsucht nach einem Ort, der ihm endlich Ruhe bringt ... Marc Buhls Sprache zeichnet sich durch eine Poesie der Einsamkeit aus, die ihre Kraft aus der Präzision einer selten gewordenen Erzählkunst bezieht.

Marc Buhl, geboren 1967 in Sindelfingen, studierte Germanistik, Anglistik, Politikwissenschaft und Betriebswirtschaft. Er unternahm zahlreiche Reisen, vor allem durch die Wüstengebiete Afrikas, Asiens und Amerikas. Nach »Der rote Domino« ist »Rashida« sein zweiter Roman. Buhl lebt mit seiner Familie in Freiburg im Breisgau. Zuletzt erschien sein neuer Roman »Das Billardzimmer«.

Marc Buhl

Rashida

oder Der Lauf zu den Quellen des Nils

Roman

Piper München Zürich

Dieses Taschenbuch wurde auf FSC-zertifiziertem Papier gedruckt. FSC (Forest Stewardship Council) ist eine nichtstaatliche, gemeinnützige Organisation, die sich für eine ökologische und sozialverantwortliche Nutzung der Wälder unserer Erde einsetzt (vgl. Logo auf der Umschlagrückseite).

Ungekürzte Taschenbuchausgabe
Piper Verlag GmbH, München
Dezember 2006

Umschlagkonzept: Büro Hamburg
Umschlaggestaltung: Birgit Kohlhaas
Umschlagabbildungen: Bettmann/Corbis
Foto Umschlagrückseite: Jürgen Bauer
Satz: Fuldaer Verlagsanstalt, Fulda
Papier: Munken Print von Arctic Paper Munkedals AB, Schweden
Druck und Bindung: Clausen & Bosse, Leck
Printed in Germany
ISBN-13: 978-3-492-24648-4
ISBN-10: 3-492-24648-6

www.piper.de

Für Lilo,
Hans-Herbert
und Steffen

I

Mensen war so schnell, dass die Hunde ihn nicht einholen konnten. Sie hatten ihn seit dem Hof von Haraldson verfolgt, aber Mensen lief über die fetten Wiesen, vorbei an den Ställen und behielt seinen Vorsprung. Er sprang mit einem Satz über den Zaun und rannte quer durch den Obstgarten des Schulhauses. Der Ranzen, den ihm die Mutter auf den Rücken geschnallt hatte, war leicht, und Mensen versuchte bei jedem Sprung, den Boden nicht mehr zu berühren. Jeder Schritt war ein neuer Versuch, einmal würde es klappen, und er würde oben bleiben und nur eine Spur in der Luft hinterlassen, die der Wind leise verweht. Andere Kinder kamen über den Weg; er hörte sie das Lied von der Reise der Rentiere singen. Er kannte es von seiner Mutter, sie hatte ihm vorgesungen, damals, als sie noch sprach, und Mensen blieb stehen, im Schatten eines Baumes, und sah zu ihnen rüber. Sie waren zu viert, hatten die Arme eingehakt und gingen an dem Gartenzaun lang. Ihre Gesichter waren verschwitzt wie seines, und um ihre schmalen Schultern hingen die Riemen der Schulranzen. Fast hätte er ihnen etwas zugerufen und wäre zu ihnen gerannt, aber er blieb im Schatten, während die anderen durchs Tor gingen. Mensen stieg über den Zaun und folgte ihnen.

Im Klassenzimmer drängelten sich alle um die Bänke in der letzten Reihe. Da war kein Platz mehr für Mensen, nur noch ganz vorne, direkt vor dem Katheder. Er setzte sich und hör-

te, wie es hinter ihm flüsterte: »Das ist der Sohn des Afrikaners.«
Er packte die Schiefertafel und den Griffel aus und legte beides vor sich auf das Pult. Das Holz der Tischkante war abgesplittert. Seine Finger schnippten gegen den Deckel des Tintenfasses für die älteren Schüler und drehten ihn im Kreis wie ein Karussell, je schneller, desto besser.
Der Sohn des Afrikaners. Das kannte er schon. Das sagten sie immer, aber was wussten die schon von seinem Vater? Er wusste ja selbst nichts.
Jetzt sprachen die anderen über den neuen Lehrer. Der sei erst vor einer Woche nach Fresvik versetzt worden, aber man wisse ja, was einen erwarten würde. Den letzten Schulmeister und Pfarrer hatte nach dem achten von fünfzehn angekündigten Hieben selber der Schlag getroffen. Der Neue würde nicht viel anders sein.
Sie müssten es eigentlich wissen, die meisten waren schon länger auf der Schule, und für Mensen war es der erste Tag, aber sie haben Unrecht, dachte er und sah hoch zu dem Lehrer. Der hatte ein freundliches Gesicht und würde einen nie schlagen. Skulberg, der neue Lehrer, blickte ihn an, als kenne er ihn, und Mensen fühlte sich für einen Augenblick wohl. Nur die Bank war unbequem. Er fand, dass sie viel zu eng am Pult verschraubt war, und fuhr mit den Händen über die rissige Tischplatte und ließ den Kopf von rechts nach links pendeln. Seine Füße waren noch nicht in der Schule angekommen; sie liefen noch und scharrten über den Holzboden, machten kleine Schritte, als tänzelten sie über die schwankenden Bohlen der Brücke beim Bach, stapften den Berg hinauf und sprangen dann von Fels zu Fels zu der kleinen Quelle, wo um diese Zeit die Schmetterlinge tanzten.
»Mensen!« Der Lehrer klingt wie einer, der streng sein will und es doch nicht ganz schafft, dachte Mensen und pendelte den Kopf in Richtung Skulberg.
»Dein Kopf!«, sagte der Lehrer.
Damit hatte Mensen gerechnet, er wusste, dass das kommen

würde, und war bereit, denn er hatte lange geübt, daheim in der Kammer oder im Stall, wo es scharf roch von den Katzen.
Er hörte auf, mit dem Kopf zu schaukeln, und sah den Lehrer ganz still an, ohne sich zu bewegen. Skulberg hatte blaue Augen und blondes Haar, das fast weiß war. Der Mund leuchtete sehr rot in dem blassen Gesicht mit den unrasierten Wangen. Mensen blickte zu ihm hoch und begann leise zu zählen. *Zwei, drei, vier.* Weit würde er nicht kommen. Schon fing es an, und Skulbergs Bartstoppeln wurden immer feiner, immer durchsichtiger, so dass Mensen sie schließlich nicht mehr sah und das Gesicht des Lehrers so glatt wie Kinderhaut wurde. *Fünf, sechs.* Jetzt waren auch die Brauen nicht mehr zu sehen, und unter ihnen verschwammen die Augen, bis nur noch zwei schwarze Höhlen blieben. *Sieben, acht.* Die Haare waren fort, und der Mund des Lehrers wurde ein klaffendes Loch. Trotzdem hielt Mensen still, auch als die Weste des Lehrers sich auflöste. *Neun, zehn.* Zum Schluss verschwanden die Löcher im Gesicht, und nur kurz hielt sich ein feiner Nebel dort, wo der Lehrer stehen musste, und einen Moment später war alles vorbei, und Skulberg war weg; nichts war geblieben außer einem grauen Fleck, der nicht zu unterscheiden war von dem Putz an der Wand hinter ihm. Mensen hatte seit Wochen geübt, jetzt durfte er keine Angst bekommen. Wenn die Angst kommen würde, müsste er wieder mit dem Kopf schaukeln, und die Welt würde zurückkehren, aber das ging nicht mehr, denn er war jetzt ein Schüler, und Schüler pendeln nicht mit dem Kopf, dachte Mensen. Ein Schüler, das ist schon fast so etwas wie ein Erwachsener.
Mensen sah, wie eine Fliege durchs Zimmer flog, das feine Zittern ihrer Flügel, die Beine, die sie an den Körper gelegt hatte, und den kleinen Rüssel, der gierig in alle Richtungen witterte, dann bewegte sich auch Skulberg wieder, ging einige Schritte zur Seite, und alles war plötzlich wieder da, Haare, Mund, Wangen, die schwarze Weste mit der Uhrkette und

die Arme im grauen Leinenhemd. Mensen war stolz, er hatte es geschafft, und niemand hatte etwas gemerkt. Er konnte still sitzen wie alle anderen. Das war wichtig, vor allem, wenn man keinen Vater hatte und weit draußen wohnte, dort, wohin sich nur selten einer verirrte. Mensen drehte sich um und sah in die Gesichter der übrigen Schüler. Je mehr sie auf den Stühlen zappelten, desto besser konnte er sie erkennen. Vielleicht ging es ihnen genauso, nicht allen, aber vielleicht dem einen oder anderen. Er würde sie genau beobachten und hier einen Freund finden und ihn fragen, ob die Welt für ihn auch verschwindet, wenn sich nichts bewegt.

Jetzt kam Skulberg auf ihn zu, und Mensen blickte nach oben.

»Das mit dem Kopf klappt ja schon ganz gut, aber die Füße!«

Die anderen Schüler drehten sich zu Mensen und glotzten unter sein Pult, wo seine Beine strauchelten, wie bei einem Pferd, das man im vollen Lauf bremst. Ole Haraldson fing an zu lachen; der Sohn des größten Bauern hier. Mensen sah einen riesigen Mund mit fleischigen Lippen.

»Es tut mir Leid«, sagte Mensen. »Meine Füße haben das Stillhalten noch nicht gelernt.«

Er wunderte sich darüber. Das mit dem Kopf, das wusste er. *Halt den Kopf still*, sagte die Mutter ihm, wenn sie überhaupt etwas sagte. Aber das mit den Füßen hatte er nie bemerkt. Kein Wunder, denn daheim musste er nicht sitzen, da gab es immer etwas zu tun, und er rannte vom Stall auf die Weide, vom Holzschopf zum Teich, vom Haus zu den Obstbäumen. Vielleicht war er zu viel gerannt, und er musste die Füße erziehen, wie er den Kopf erzogen hatte.

»Warum bin ich der Sohn des Afrikaners?«, fragte Mensen abends die Mutter. Sie sagte nichts, sondern senkte den Löffel stumm in die Suppe. Ihr Gesicht wurde noch grauer als sonst, und sie sprach drei Tage lang nicht mehr mit ihm.

Aber wenigstens wusste er jetzt, wie sein Vater aussah. Im Lesebuch hatte ein Mitschüler Mensen das Bild eines Afrikaners gezeigt und *dein Vater* gesagt und dabei gelacht. Der

Mann in dem Buch hatte schwarze Haut und krause Locken, in jedem Ohr einen goldenen Ring und ein breites Lächeln auf rosigen Lippen. In der Hand hielt er einen Speer für die Löwenjagd. Aber wie der von Afrika nach Norwegen gekommen war, das wüsste Mensen gerne. Irgendwann würde es einen geben, den er danach fragen könnte. Vielleicht den Lehrer? Der schien nicht der Schlechteste zu sein.

Der Sommer klammerte sich lange an die Berge und wollte nicht gehen, und das erste Unwetter des Herbstes kam mit umso größerer Wut. Mensen kam schlotternd ins Schulhaus, denn er hatte von allen den weitesten Weg, und der Hagel hatte ihn auf der halben Strecke überrascht. Erste Stunde war Rechnen, aber es sah schlecht aus für Skulbergs Aufgaben: Napoleon war von England geschlagen und Nelson hatte die französisch-spanische Flotte versenkt. Die Schüler rechneten mit anderen Zahlen als der Lehrer. 27 englische Schiffe gegen 37 französische, 1.800 britische Tote und Verwundete, aber 15.000 auf der Seite der Feinde.
Skulberg hörte mit dem Unterricht auf und sprach ein Gebet für die Toten der Schlacht. Die Schüler erhoben sich und falteten die Hände, aber sie hörten nicht zu, sondern tuschelten durcheinander:
»… Nelsons Bein war schon weggeschossen …«,
»… erwischte es ins Auge …«,
»… den Groß-Admiral Villeneuve zogen sie aus bis aufs Hemd, sagt mein Vater …«,
»… Nelson leitete …«,
»… wahre Größe …«,
»… alle starben …«.
Mensen verstand kaum, was der Pfarrer sagte. Skulbergs Stimme war immer leiser geworden und schließlich fast untergegangen. Aber dass, wenn ein Mensch stirbt, ein ganzes Universum stirbt, das hatte Mensen gehört. Und dass jedes dieser Universen, das bei der Schlacht starb, verdient hätte zu leben.

Mensen mochte, was der Lehrer sagte, und er mochte die Art, wie er es sagte. Die zögernde Stimme Skulbergs, die jedes Wort so vorsichtig aussprach, als sei er sich dessen gar nicht sicher und fürchtete beim Sprechen, die Wörter oder ihren Sinn zu verlieren.
In der Pause gab es Streit über Nelsons Ende. Ein gnadenvoller Tod, fand Sven, denn er sei wie Christus für seine Sache gestorben. Ein blöder Tod, meinte Ole, weil er so seinen Ruhm nicht genießen könne. Vielleicht sei er durch den schnellen Erfolg unvorsichtig geworden, vermuteten andere. Oder er sei gar nicht gestorben, das sei nur ein Trick, um die Franzosen in Sicherheit zu wiegen. Mensen nahm an, der Admiral sei zu langsam gewesen; die Langsamen holt der Tod. Das sagte er vorsichtshalber nicht. Er hoffte, dass es ein anderer sagen würde. Der ist dann mein Freund, dachte Mensen, aber er wartete umsonst.
Nach der Schlacht wurde es leichter für Mensen, denn Napoleon ließ die Häfen blockieren, und ganz Norwegen hungerte, außer Mensen, der hatte schon vorher kaum gegessen. Ich esse Luft, hatte er früher behauptet, und alle hatten ihn ausgelacht, aber jetzt machte keiner mehr Witze darüber, viel mehr bekamen auch die anderen nicht.
Sogar mit den Beinen war es viel besser geworden, sie gehorchten ihm inzwischen und konnten auch ruhig sein, wenn er sie vor der Schule nur genug bewegte. Er lief von zu Hause über die Wiesen im Tal, vorbei an den Almhütten der reichen Bauern und den Gestellen, auf denen das Heu für den Winter trocknete, immer weiter durch das dichte Birkenwäldchen, hoch bis zur Scharte mit der Steinwarte, dem Wegzeichen für Wanderer aus der Zeit der Riesen. Dahinter glitzerten die Steine, die blau waren wie der Himmel, weil er abfärbte, wenn er tief hing. In den Ritzen leuchteten gelbe Flechten und die Kissen von Moos. Dann das Flussbett hoch, wo der feuchte Farn ihm übers Bein leckte, bis er weit oben die kreisrunde Mulde voll Wasser erreichte, die wie ein Walauge in den Himmel schielte. Hier ging der Blick weit, hier

konnte er atmen. Die Winde wehten in den Haaren, die Winde der Berge und der See, von allen Seiten, und Mensen stand lange dort und wünschte sich, weggeweht zu werden. Dann kehrte er in den Weiler zurück. Die wenigen Höfe duckten sich an den Hang und hielten möglichst viel Abstand zum Haus des Nachbarn.

So hielten die Beine es bis zur Pause aus.

Als es wieder Frühjahr wurde, kam Sigra, der Bruder. Seit Jahren hatte ihn Mensen nicht gesehen, denn er war als Obersteuermann nach Amerika gefahren und arbeitete in Diensten einer Handelsgesellschaft. Mensen hatte vergessen, wie der Bruder aussah, aber in der Schlafstube hing ein Bild, das Sigra zeigte, einen achtjährigen Jungen. Der Vater hatte es malen lassen, viele Jahre vor Mensens Geburt. Von Mensen gab es kein Bild. Er war jetzt schon neun und hatte sich auf einen Spielkameraden gefreut, aber plötzlich stand da ein Fremder, der seltsam roch, nach Tabak und Bier, und viel zu streng war. Mensen solle still sitzen. Er solle nicht mit dem Kopf wackeln. Er möge ihm in die Augen schauen und nicht so seltsam ins Leere starren. Und überhaupt, nicht immer so rennen.

Aber abends war Sigra ganz anders, da saß er auf Mensens Bett und erzählte ihm von seinen Reisen, von dem Meerlicht, das dem Schiff wie ein brennender Streifen nachzieht und das von leuchtenden Würmern erzeugt wird. Von Seeschlangen, die so groß sind, dass sie eine Brigg verschlucken können. Von Eisbergen, auf denen Menschen in Häusern aus Schnee wohnen. Von den Wilden in Amerika, die nackt gehen und riesige Bären mit dem Messer erlegen. Von Freibeutern, die kein Schiff ungeschoren lassen. Von Seeschlachten und Liebesabenteuern. Treibeis auf dem Weg nach Petersburg und den Rossbreiten, wo ihnen die Haare ausfielen, weil kein Wind wehte. Und den Hunden von Peru, die ihn angefallen hatten und Daumen und Zeigefinger mitsamt der Knochen auffraßen, während er auf einen Baum kletterte. Anfangs zuckte Mensen zurück vor der Krüppelhand, aber irgendwann war der Bruder kein Fremder mehr, und Mensen ließ sich vor dem Einschlafen mit den Fingerstummeln über die Stirn streichen. Die neue Haut über Sigras Knöcheln war weich wie bei einem Kind, und schließlich traute sich Mensen und fragte den Bruder, warum ihr Vater ein Schwarzer sei, aber Sigra antwortete nicht, sondern zog Mensen die Decke über das Gesicht, stand auf und ging. Mensen wusste, dass er jetzt nichts mehr sagen durfte. Doch in den nächsten Tagen und Wochen erzählte ihm Sigra immer wieder vom Vater. Mal nur einige Worte, mal eine kleine Geschichte. Er sei ein Franzose gewesen, der als Seemann nach Fresvik kam und Mutter heiratete, das schönste Mädchen des Dorfes. Das hätten die anderen ihm nie verziehen und ihr auch nicht. Sie hätten das Haus hier gebaut, noch bevor Sigra auf die Welt gekommen war. Und einige Jahre später sei der Vater verschwunden, weil er es nicht ausgehalten habe, so eingesperrt zwischen dem Berg und dem Wasser. Er sei auf einem französischen Schiff gefahren und habe bei Napoleons Feldzug in Ägypten gekämpft. Dort sei er durchs ganze Land gereist, vom Meer bis zu den Quellen des Nils, deshalb nannten sie ihn den Afrikaner. Dann sei der Vater zurückgekehrt und doch ein ganz anderer gewesen, ganz unruhig, konnte nirgends mehr stehen oder sitzen, lief immer durch die Gegend. Um den Hof, über die Weiden, auf die Berge. Er hat das Fieber der Tropen, sagten die Leute. Und eines Tages sei er wieder verschwunden, kurz vor Mensens Geburt. Diesmal blieb er fort.

Wenn der Vater schon weg sei, solle Sigra bleiben, forderte Mensen vom Bruder, aber Sigra schüttelte den Kopf. Er könne nicht bleiben. Sein Platz sei nicht hier, sondern in der ganzen Welt.

Mensen gab nicht auf. Mutter werde weinen, sagte er. Der Bruder blieb hart. Wenn einer gehe, weine immer jemand. Und wenn bei der Abreise eine Träne vergossen werde, gebe es keine Rückkehr für Seeleute.

Kurz danach war er weg, ohne Abschied. Die Mutter weinte

tagelang in ihrer Kammer. Gut also, dass der Bruder heimlich abgefahren war, dann würde er also wiederkommen. Mensen drückte das Büffelhorn ans Ohr, das der Bruder ihm geschenkt hatte. Es war schwer und warm, und die Spitze schimmerte weiß. Auf der langen Rückfahrt von Amerika hatte das Meeresrauschen sich darin gefangen. Hielt Mensen das Horn ans Ohr, dann hörte er, wie das Schiff des Bruders die Wellen pflügte. Abends lag Mensen auf seinem Bett, das Horn neben sich, und segelte mit Sigra nach Ägypten.

Am Karfreitag fand Mensen die Seemannskiste des Vaters auf dem Speicher. Sigra hatte ihn auf den Gedanken gebracht, da oben nach alten Sachen von Vater zu suchen. Die Mutter hatte das Mensen immer verboten, aber wenn der Bruder es erlaubte, dann war das Verbot ja praktisch aufgehoben. Mensen wollte auf den Speicher, und der Bruder war dafür, also stand es zwei zu eins gegen Mutter, und Skulberg erzählte ihnen doch immer, wie wichtig es war, dass nicht ein Einzelner bestimme.

Das Schloss der Truhe war verrostet. Mensen schlug zweimal mit dem Hammer dagegen, und es fiel auseinander. In der Kiste lagen Karten und seltsame Instrumente, manche aus Holz, manche aus Metall, gelb glänzend, mit schwenkbaren Schienen, feinen Einkerbungen und winzigen Löchern, drehbaren Spiegeln und kleinen Fernrohren. Das hatte was mit der Seefahrt zu tun, aber Mensen wusste nicht, was. Sigra hätte ihm alles erklärt, aber der war ja fort.

Der Nil stand in brauner Tinte auf der Lederschlaufe, die eine Karte zusammenhielt. Mensen faltete sie auseinander. Die Karte war größer als er, und in den ausgefransten Rändern des Falzes hingen Sandkörner. Mensen rieb mit der Spitze des Zeigefingers darüber. Der Sand der Wüste, dachte Mensen und beugte sich über die Karte, so dass alles vor seinen Augen verschwamm und er nur das Braun der Sahara sah und den Nil, der durch das Land schnitt wie eine Wunde und sein blaues Blut ins Mittelmeer goss. Er ging noch näher heran, bis er auch das nicht mehr sah, streckte die Zungenspitze hervor und leckte vorsichtig über den Falz. Der Sand knirschte zwischen den Zähnen. Er schmeckte nicht anders als der Sand in Fresvik, aber es war wirklicher Wüstensand, aus einem Land ohne Menschen. Dort würde ihn keiner den Sohn des Afrikaners nennen.

Er setzte sich auf und studierte die Karte.

Die Städte hatten seltsame Namen. *Assiut. Esna. Luxor. Khartoum.* Er sprach sie aus wie Zauberformeln. *Gebel.* Das mussten die Berge sein, denn wo das stand, waren schwarze Hügel in den Sand gemalt. *Wadi* hießen die kleinen Flüsse, die von den Bergen zum Nil hin flossen. Neben dem Fluss war ein grüner Streifen. Manchmal nur einen Pinselstrich breit, manchmal dick wie drei Finger.

An den Rand hatte der Vater eine kleine Zeichnung gekritzelt, mit Kamelen und Palmen und einem fremden Männergesicht unter einem Turban, vielleicht bei einer Rast, während er im Schatten saß und die Tiere an der Tränke standen. Mitten in die Wüste waren Zahlen geschrieben, eine Rechnung, deren Sinn Mensen nicht verstand. Irgendetwas hatte sein Vater addiert, worum es ging, war nicht zu entziffern.

Nächtelang lag er in seiner Kammer und träumte sich fort nach Ägypten. Die Instrumente nahm er zu Skulberg und zeigte sie ihm. Der Lehrer kannte sich vielleicht aus. Er hatte ihm nachts die Sterne erklärt und Geschichten zu jedem einzelnen erzählt. Vom großen und vom kleinen Bären und vom Drachen dazwischen mit seinem buckeligen Leib. Von der riesigen Wasserschlange, die sich über den halben Himmel schlängelte. Von Kassiopeia und ihrer Tochter Andromeda, die man nur im Herbst und Winter sah. Vor Tausenden von Jahren als Sühneopfer einem Meeresungeheuer preisgegeben und durch Perseus gerettet, dessen Bild auch am Himmel leuchtete. Mensen mochte die Nächte mit Skulberg, in eine kratzende Decke gehüllt, und seine alten Geschichten, aber als er ihm die Instrumente zeigte, schüttelte Skulberg den Kopf.

»Das ist ein Sextant«, sagte er. »Frag mich nicht, wie der funktioniert. Das andere Ding hier nennt man Reflektionsoktant. Der ist noch fast nicht gebraucht. Der muss wertvoll sein. Wenn du willst, kann ich versuchen, ihn zu verkaufen. Das hölzerne Ding da ist ein Quadrant, das ist einfach, den kann sogar ich bedienen. Damit peilt man den Polarstern an, und hier die Schnur mit dem Bleigewicht zeigt den Winkel an. Die Höhe des Polarsterns über dem Horizont entspricht der geographischen Breite. Wenn man die genaue Uhrzeit kennt und weiß, wann ein Stern seinen Höchststand über Greenwich hat, dann kann man die Differenz zu der eigenen Position messen und so die geographische Länge bestimmen.«
»Woher weiß man den Stand über Greenwich?«, fragte Mensen.
»Keine Ahnung. Ich glaube, dafür gibt es Tabellen. Aber im Frühjahr kommt ein Freund von mir her. Der fährt zur See und kann dir alles erklären. Er will sehen, wie ich mich hier als Pfaffe mache.«
Mensen zuckte, als sein Lehrer das Wort benutzte.
»Als Pfaffe«, wiederholte Skulberg und lachte.
»Mein Freund hatte nie erwartet, dass ich so enden würde. Das hätte ich selber nicht, aber ich bin noch jung, erst 23 Jahre, da kann noch viel passieren. Man weiß nie, gerade als Pfarrer. Von manchen meiner Freunde hat Gott sich schon abgewandt. Manche sind daran verzweifelt, aber manche haben dadurch gewonnen, sie sind frei geworden. Aber ich will dich nicht beunruhigen. Wie stellst du dir Gott vor?«
»Schnell«, sagte Mensen. »So schnell, dass ihn keiner sieht. Und doch ist er da.«

Doch beschützt wurde Mensen nicht von einem Gott der Schnelligkeit, sondern dem Engel mit dem Kindergesicht, einem Bild über dem Bett in der Stube. Die Flügel des Engels wurden vom Wind zerzaust, er stemmte sich dem Sturm entgegen, fast sah es so aus, als stürze er vorwärts, taumele nach unten und halte sich nur aufrecht durch den Ton, den er mit vollen Backen durch das gebogene Rohr einer Posaune jagte. Wäre der Engel gefallen, so hätte ihn die See verschlungen, die weit unter ihm und knapp über Mensens Kopf gemalt war. Hier gab es Wellen groß wie Häuser, Walfische, auf deren Rücken Ruderboote gestrandet waren, und Kraken, in deren Armen zahllose Menschen hingen. Allen voran fuhr eine Fregatte unter vollen Segeln in Richtung Kamin, in dem die Mutter das Feuer schon lange hatte ausgehen lassen. Ein kleines Astloch im Bug des Schiffes bot Platz genug für Mensens Zeigefinger. Das wäre mein Bullauge, sagte er sich und schob den Finger vorsichtig hinein, tastete die glatte Oberfläche der Rundung und glaubte, weiter hinten mit der Kuppe seines Fingers die Hängematte zu spüren, in der er schlafen würde, und die Seekiste, in der sein ganzer Besitz läge. Dann würde das Schiff sich für ihn bewegen, und er selber könnte ganz ruhig sein und müsste nie wieder mit dem Kopf wackeln. Ich würde mich nie mehr rühren, dachte Mensen, sondern tagelang an der Reling sitzen und ins Wasser starren. Die anderen würden sich über mich wundern. Das ist Mensen, der bewegt sich nie, würden sie sagen, und ich würde keinem mein Geheimnis erzählen und mit dem Schiff nach Alexandria fahren und von dort mit kleinen Seglern den Nil hinauf.

Doch das würde Zeit brauchen, noch war er ein Kind. An Weihnachten saß er mit seiner Mutter am Tisch. Sie schwieg ihr Festtagsschweigen, das sie reserviert hatte für besondere Momente, im Gegensatz zu ihrem Alltagsschweigen, das schon ganz abgenutzt war und brüchig, so dass manchmal Worte aus ihrem Mund kamen oder ganze Sätze. Schweigend zündete sie die Lampe an, die vom schlechten Öl blakte und die Decke verrußte. Schweigend servierte sie den Blutpudding. Schweigend betete sie zu einem Gott, der seinerseits keine Antwort gab. Sie war alt geworden seit dem Besuch von Sigra, bald schon vierzig Jahre. Die grauen Strähnen hatte sie vorher nicht gehabt, und wieder waren ihr zwei Zähne ausgefallen. Das lag am Essen, es wurde immer weniger, für Wochen gab es nur Suppe aus Flechten und Gras. Er hatte ihr gesagt, dass er zu Vater fahren wolle. Sie gab keine Antwort, aber er hatte keine erwartet, sondern hielt den Kopf still und blickte ins Nichts.

Sie starb an einem Sommertag, als Mensen spät von der Schule kam, weil er nach dem Unterricht noch mit Skulberg über einer Geschichte saß. Die Mutter rührte sich nicht mehr. Sie saß und schwieg, wie ein Fels, wie ein Baum. Ihr Atem ging flach, und das Herz pochte wie aus einer ferneren Welt. Mensen rannte zum Arzt, so schnell wie er noch nie gerannt war, doch der Doktor wollte nicht kommen. Wer denn die Rechnung bezahlen würde? Man wüsste ja, wie es um die Familie Ernst stehe. Niemand könne verlangen, dass er sich auf den Weg machen würde, ohne dafür entlohnt zu werden, dafür sei es viel zu weit, das könne niemand von ihm erwarten, wirklich nicht, so seien nun einmal die Verhältnisse. Am besten, Mensen würde im Voraus bezahlen.

Mensen gab keine Antwort.

Skulberg. Nur der konnte ihm jetzt helfen, der war der Einzige, der was auf ihn hielt. Auch wenn er kaum Geld hatte – der Kirchenvorstand entlohnte ihn schlecht, das hatte Mensen längst bemerkt. Aber er musste mit dem Doktor reden, das Wort eines Pfarrers hatte schließlich Gewicht.

So war es. Der Arzt packte endlich seinen Koffer und folgte Mensen, aber er kam ihm zu langsam nach auf dem Steig zum Hof. Immer wieder musste Mensen stehen bleiben und warten. Er trat von einem Fuß auf den anderen. Wie konnte einer in so kurzer Zeit so weit zurückbleiben? Und warum kannte der nicht den Weg? Ein Arzt müsste nicht nur die Krankheiten kennen, sondern auch alle Wege. Und er sollte schneller sein, viel schneller, so wie Mensen. Wenn er Arzt wäre, würde niemand mehr sterben.

Als sie ankamen, atmete die Mutter nicht mehr. Der Doktor war schuld, dachte Mensen. Zuerst wollte er nicht kommen, und dann kam er zu langsam. Der Tod wartet nicht gerne auf die mit den bleiernen Füßen.

Am nächsten Tag stand Mensen am Sarg und sprach auf sie ein. Sie hörte ihm zu, sie sagte nur nichts, aber das war nicht neu, das kannte er schon. Eigentlich war die Mutter nicht tot, sie war Baum geworden, deshalb die hölzerne Haut. Mensen strich mit den Fingern über die Rinde des Gesichts. Die Öffnung zum Ohr war ein Astloch, dunkel und hart. Die Wurzelfinger krümmten sich vor der Brust, verkrallt in ein bitteres Gebet. Im Haarlaub hing eine Mücke und wunderte sich über das Fehlen von Blut. Etwas Sägemehl lag auf dem Kleid. Die Zeit war in der Kammer gefroren. Wenn niemand sich rührt, vergeht sie nicht, das wusste Mensen, und zum ersten Mal hielt er stundenlang still.

So lange, bis er die Tritte der Stiefel hörte. Jetzt kamen die Männer und nagelten der Mutter den Deckel zu mit schweren Schlägen und stumpfen Nägeln, dass die Späne durchs Zimmer flogen. Mensen sah ihnen zu, die Augen weit aufgerissen, dann rannte er fort, über den Pfad, der vom Gehöft in den Wald führte, sprang über den kleinen Bach und watete durch den großen, kletterte die Felsen hinauf, die warm waren von der Sonne und weich vom Moos, vorbei an dem Auge des Wals, stieg weiter und höher und verschwand im Gebirge.

Mensen kehrte nach drei Tagen nach Fresvik zurück, die Kleider zerfetzt und Dornen im Haar. Das ganze Dorf lief vor der Kirche zusammen, viele Gesichter, an die er sich kaum erinnerte. Vieles hatte er vergessen in den Tagen zuvor. Sie schimpften nicht laut, aber er hörte sie reden, während er bei ihnen stand.

»... ein Wilder ...«,

»... sein Vater hat ihm sein Fieber vererbt ...«,

»... lang ihn nicht an, er ist rasend ...«,

»... Wackelkopf ...«,

»... zuckende Füße ...«.

»Und der Blick. So schaut kein Mensch. Der hat den Teufel im Leib.«

»Den werden wir austreiben.«

»Mit Feuer und Gebeten. Wie früher.«
»Nichts ist, wie es früher war, und den Teufel vertreibt man durch Liebe.«
Die Stimme kam von der Kirchentür her. Das war Skulberg, den kannte Mensen, der war gut zu ihm gewesen und würde es sein. Skulberg trat aus dem Kreis der Dorfbewohner, in dessen Mitte Mensen stand, legte ihm eine freundliche Hand auf die Schulter und strich ihm eine Klette aus den Haaren. Mensen solle zu ihm in die Pfarrwohnung. Der Junge sei nicht des Teufels, der sei nur schneller als sie es gewohnt wären in ihrer bäurischen Art. Er kenne ihn gut und würde sich um ihn kümmern. Hier in Fresvik sei keiner wie Mensen, keiner, der seinen Weg machen werde wie er. Was sie Unruhe nannten, sei nur eine Sehnsucht nach etwas, das er hier im Dorf nie finden könne.
Aber der Dorfrat war dagegen; er meinte, der Pfarrer sei zu weich. Skulberg schlage ja nicht einmal die Kinder im Unterricht. Der alte Pfarrer sei da ganz anders gewesen, und das habe ja auch niemandem geschadet, höchstens Gude, dem Dorfdepp, der vor ihnen hockte und blöd auf einem Holzstück kaute, aber der wäre vielleicht auch ohne Schläge so geworden. Und wie sollte ein Wilder wie Mensen auf den rechten Pfad geführt werden ohne Schläge? Zudem scheine es, als fehle dem Pfarrer der rechte Glauben. In seinen Predigten stelle er manche Frage an Gott, die sich nicht gehöre. *Was Gott zu tun gedenke gegen das Unrecht in der Welt?* So etwas frage man den Herrn nicht. Wozu brauche es überhaupt Fragen in einer Predigt, das habe es früher auch nicht gegeben. Mensen brauche eine harte Hand, hieß es. Je härter, desto besser, fand der Dorfrat, und da war die Entscheidung einfach. Er sollte zu Haraldson, dem Großbauern, der war der reichste Mann, also liebte ihn Gott, und der war streng genug für einen wie Mensen. Als Mensen ihn sah, wollte er weg, lieber in den Bergen erfrieren als zu Haraldson, doch er wurde von den Pranken des Bauern gehalten.

Mensen bekam eine kalte Kammer unterm Dach. Die erste Nacht lag er da und starrte die schwarzen Balken über seinem Kopf an. Hier gab es keinen Engel, der seinen Schlaf bewachte, und kein Schiff, das ihn mitnahm nach Ägypten. Er wickelte die dünne Decke fester um seine Schultern. Vom Wasser her hörte er, wie sich Möwen um die Fischreste balgten.

Vor dem Morgenmahl wurde gebetet im Hause des Bauern. Ole, Mensens Schulfeind, glotzte ihn an. Ase, die Schwester, senkte den Blick. Nach dem Ende des Gebetes begann man zu essen. Mensen bekam den Teller voll gehäuft, da kannte der Bauer nichts, bei ihm musste niemand hungern, auch nicht ein Wilder, aber noch bevor Mensen den ersten Bissen gegessen hatte, schrie Haraldson ihn an. Er solle still sitzen, bei Gott. Den Kopf ruhig halten und diese verdammten Füße.

Mensen hielt den Atem an, ließ den Löffel auf das Tischtuch sinken und rührte sich nicht, sondern fixierte den Teller, bis er die Hand des Bauern sah. Groß und rissig mit schwarzen Rändern unter den Nägeln. Das Nagelbett war rot, die Gelenke waren angeschwollen, und der kleine Finger stand krumm ab, als wäre er einmal gebrochen gewesen. Der goldene Ring war zugewuchert von Fleisch. Die Hand beschrieb einen weiten Bogen, kam näher und wurde größer und drohender. Die schwarzen Borsten auf der Rückseite der Finger zitterten in dem Luftzug. Dann wurde Mensens Kopf zurückgerissen. Einen Augenblick sah er alles: das Lächeln auf dem Gesicht von Ole, die Träne auf der Wange von Ase, die Mutter, die wegsah, und den Bauern, der schrie, dass Mensen jetzt gefälligst weiteressen solle.

Mensen schaute ihn an, ohne sich zu bewegen. Sein Blick lag auf Haraldsons rotem Gesicht mit der glänzenden Stirn, bis die Konturen verschwammen, die Nase schmolz und die Farbe aus den Augen und Lippen lief. Immer weiter ließ Mensen die Züge des Bauern verschwinden. Das ganze Gesicht löste sich auf. Er löschte ihn aus, tötete ihn und stieß ihn ins Nichts. Haraldson sprang auf, hinter ihm polterte

der Stuhl zu Boden. Er schnappte nach Luft. Die anderen hätten Recht gehabt, sagte Haraldson stockend, der Leibhaftige stecke in dem Jungen.
Dann stürzte der Bauer aus der Stube.
Haraldson schlug Mensen nie wieder, er sprach nicht mit ihm, und er sah ihn nicht an, und Mensen lebte in diesem Haus wie ein Fremder, bis er eines Nachts in seiner Kammer lag und die Hand unter das Kopfkissen schob, weil etwas knisterte. Er fand ein Blatt Papier, setzte sich auf, zündete die Kerze an und schirmte den Lichtschein gegen die Tür ab. Es war die Zeichnung eines Hundes, mit braunem Fell und schwarz glänzenden Augen. Es war kein gutes Bild, der Rücken des Hundes war zu lang und die Hinterbeine seltsam gefaltet. Am nächsten Abend lag da ein vierblättriges Kleeblatt. Dann ein Stückchen Zucker in einem silbrigen Papier. Ein Kalenderblatt mit dem Bild eines Schiffes. Ein Kranz aus Weidenzweigen. Ein glänzender Apfel.
Mit jedem Abend wurde es weniger schlimm im Haus des Bauern. Mensen redete mit niemandem darüber, auch nicht mit Ase, denn von ihr kamen die Geschenke. Von wem sonst sollten sie sein? Aber er wagte es nicht, sie anzusprechen.
Aber manchmal, wenn er dem Großknecht half, den Stall zu misten, Heu zu machen oder das Holz für den Winter zu spalten, kam sie in einer Pause und setzte sich neben ihn. In diesen Momenten blieben seine Beine ganz ruhig. Er schnitzte ihr eine Flöte aus einem Zweig. Sie steckte sie ein, damit ihr Vater sie nicht sah. Einmal fand Mensen bei einem seiner Ausflüge in den Wald ein Entenküken, ein Bündel Flaum mit aufgerissenem Schnabel, und schenkte es Ase. Wochen später fand er kein Geschenk unter dem Kissen und legte sich enttäuscht ins Bett. Vielleicht hatte sie es einfach vergessen, vielleicht war es ihr lästig geworden. Er würde sich damit abfinden, so wie mit allem anderen auch, aber kurz bevor er einschlief, ging die Tür auf und Ase kam zu ihm, barfuß und vorsichtig, damit die Dielen nicht knarrten, legte sich neben ihn und ihren Arm auf seinen Bauch, seufzte kurz und schlief

ein. Vor Morgengrauen war sie fort, ein leichter Traum, aber einer, der wieder kam, Nacht für Nacht, für Monate und Jahre. Wieder beschützte ein Engel den Schlaf. Tagsüber sah sie ihn mit wissenden Augen an. Sie hatten ein Geheimnis, und mehr noch als ihr Beisammensein in den Nächten verband sie ihr gemeinsames Schweigen darüber. Wenn sich nichts mehr bewegt, vermutete Mensen, dann bin ich tot. Entweder die Beine oder der Kopf oder das Herz. Eines von den Dreien musste sich rühren.

Zwei Jahre später war es so weit, und der Freund des Pfarrers kam nach Fresvik, der Kapitän, ein rauer Geselle, trotz des Monokels vorm rechten Auge. Er musterte Mensen durch sein Augenglas. Sie saßen in der engen Wohnung Skulbergs, direkt über dem Schulzimmer.

Mensen sei ja winzig, beschwerte sich der Kapitän. Mutterweich und leicht wie eine Eider. Warum gerade er Matrose werden wolle?

Mensen sagte, dass er das nicht wolle. Sein Ziel sei Ägypten, aber er habe kein Geld für die Überfahrt und müsse daher Matrose werden.

Der Kapitän schlug ihm vor, sich besser ins Gefängnis werfen zu lassen. Da sei es weniger eng, das Essen sei besser, die Gesellschaft auch, und man könne nicht ertrinken.

Er lachte dabei, und Mensen fragte ihn, ob er ihn mit nach Ägypten nehmen könne, aber jetzt lachte der Kapitän noch mehr.

Das sei ein guter Witz. Das Kerlchen habe Humor. Das gefalle ihm. Mit seiner Brigg ins Mittelmeer? Wirklich spaßig. Das sei ein altes Schiff. Außerdem solle Mensen kein Matrose werden. Er sei nicht dumm, das sage zumindest Skulberg, und vermutlich habe der Recht. Mensen solle Steuermann werden. Skulberg habe ihn schon angemeldet, auf der Hochschule in Kopenhagen. Ob Mensen das nicht wisse.

Das wusste er nicht, und er verstand nicht, warum Skulberg ihm nichts davon erzählt hatte.

Er wolle nicht mehr zur Schule. Das dauere zu lange. Außerdem habe Skulberg ihn hintergangen.
Der Kapitän sagte, dass Skulberg nicht gewusst habe, ob Mensen einen Platz auf der Schule bekommen würde. Die seien begehrt. Und Skulberg habe Mensen nicht enttäuschen wollen. Sehr vorsichtig. Ein Pfaffe eben, aber es habe alles nach Plan funktioniert. Wenn er das Angebot annehme, werde Skulberg sie bis zur Schule begleiten. Wenn nicht, bleibe er hier. Auch gut. Dann werde er Bauer.
Es ist ein Umweg, dachte Mensen, aber ein erster Schritt, und ging wenige Tage später an Bord.
Auf dem Schiff geschah alles gleichzeitig. Ein Schwarzer mit pockennarbigen Armen rollte sauer riechende Fässer aufs Deck. Mensen musste lachen, als er daran dachte, dass er sich so seinen Vater vorgestellt hatte, und drückte sich gegen die Wand der Kombüse, um aus dem Weg zu gehen. Die gichtigen Hände eines Alten flickten das Segel. Auf breiten Schultern wurde eine eiserne Kiste nach oben getragen. Flüche wurden aufs Deck gespuckt und die Geschütze verzurrt. Der Hammer des Zimmermanns trieb Nägel ins Holz. Fahnen knatterten im Wind. Der Kapitän beäugte alles misstrauisch und brüllte Befehle, der Steuermann kuschte, schließlich kurbelten zwölf Arme den Anker nach oben.
Endlich auf einem Schiff, dachte Mensen. Hier tut sich in einer Stunde mehr als in Fresvik in einer Woche, und dabei sind wir noch nicht einmal losgesegelt, sondern dümpeln in den ruhigen Wassern des Fjords. Wie wird das erst werden, wenn wir draußen sind, endlich draußen und frei?
Der Abschied war kurz gewesen. Er war noch einmal zum Hof der Eltern gelaufen. Der war längst verkauft, in der Stube schlief jetzt ein Schulkamerad. Mensens Finger passte nicht mehr in das Astloch des Schiffes über dem Bett. Als Ase erfuhr, dass er gehen würde, weinte sie lange. Wenn jemand geht, weint immer jemand, erinnerte sich Mensen. Sigra hatte Recht gehabt. Trotzdem besuchte sie ihn nachts in der Kammer, sagte kein Wort und drehte ihm den Rücken zu. Er

tastete ihre Wirbelsäule entlang, vom Becken aufwärts bis zum Kopf, und vergrub seine Hand in den blonden Zöpfen. Er schlief nicht ein in diesen Nächten. Am Morgen der letzten Nacht steckte sie ihm den Christophorus zu. Das Medaillon, das er nachts oft in seinen Fingern gehalten hatte, die Hand auf ihrem schmalen Nacken.

Sie stand am Hafen und hielt ihn an der Hand.

»Geh nicht«, sagte sie, ein letztes Mal.

Mensen schwieg.

»Kopenhagen ist zu weit«, sagte sie. »Das liegt nicht einmal in Norwegen. Außerdem wurde die Stadt gerade erst bombardiert. Alles liegt in Schutt und Asche. Und vielleicht kommen die Briten wieder, und der Krieg geht weiter.«

Mensen wusste, dass sie Recht hatte. Und doch.

»Wer dahin geht, kehrt nie zurück. Bleib, wenn du kannst. Du bist mein Liebster und wirst es immer sein«, sagte Ase. Sie küsste ihn auf den Mund. Mensen staunte, drehte sich um und lief zum Schiff.

Der Kuss schmeckte noch wie Karamell auf den Lippen, als Ase schon nichts mehr war als ein Punkt an der Mole, der immer kleiner wurde und mit einem Mal verschwand. Jetzt bin ich erwachsen, dachte Mensen. Sein Besitz aus Fresvik passte in eine Kiste am Fuß der Koje. Sextant, Oktant und Quadrant des Vaters und die Karte des Nils. Ein blauer Stein aus den Bergen. Ein paar Sternkarten. Das Büffelhorn von Sigra.

Die Brigg segelte schnell vor dem Wind, vorbei an Leikanger und Balestrand, Vik und Torvund, weiter als Mensen je von den höchsten Gipfeln geschaut hatte, bis auch die Berge zurücktraten und das Wasser freigaben, das immer wilder wurde. Wenn Mensen die Augen geschlossen hielt, schmeckte er ihren Kuss, doch dann erreichten sie das offene Meer, die Gischt wehte salzig in sein Gesicht, und ein neuer Geschmack legte sich auf seine Lippen. Er versuchte, die Süße zu bewahren, aber es war zu spät. Mensen stand am Bug und blickte ins Wasser. Tausende Tropfen funkelten im Licht der Sonne, wurden vom Wind zerstäubt und formierten sich neu,

stürzten in wilden Bögen ins Meer zurück und wurden herausgerissen, nach oben geschleudert, ließen sich von einer Bö fortreißen, in alle Richtungen zerstreuen, wehten höher, und klatschten schließlich auf Mensens Wange, der sie alle sah, jeden einzelnen in diesem leuchtenden Tanz.
Er hob die Augen und sah in Richtung Horizont. So weit hatte er noch nie geblickt. Bis nach Afrika könnte er sehen, wenn die Erde sich nicht wegkrümmen würde, oder wenigstens Frankreich. Er starrte, als müsse er diesen Anblick in sich einsaugen, als sei er gleich wieder vorbei, und das war er auch, denn der Horizont geriet ins Trudeln und kippte nach links. Mensen versuchte ihm zu folgen, legte den Kopf schief und fiel fast um. Dann schwankte der Horizont nach rechts, zuerst langsam, dann immer schneller, und plötzlich und unerwartet und mit rasender Geschwindigkeit kam er auf ihn zu, baute sich bedrohlich auf, nahm das ganze Gesichtsfeld ein und zog sich dann genauso rasch wieder zurück. Die Gischt spritzte hoch bis zur Reling vor der Kajüte des Kapitäns, wo er sich auf dessen Befehl hin festklammerte, und erfrischte ihn einen Augenblick. Das tat gut auf der heißen Stirn, davon könnte er mehr gebrauchen. Der Kapitän war weg, er musste seine Hängematte mit dem Deck vertauschen, um bei Gefahr gleich auf dem Posten zu sein. Auch Skulberg war nicht da, sondern hatte sich in seiner Kajüte eingeschlossen. Eine Schifffahrt sei gar nichts für ihn, hatte er gesagt, und Mensen hatte ihn nicht verstanden, aber jetzt verstand er ihn. Vielleicht würde der Lehrer wissen, was Mensen jetzt tun sollte gegen dieses Gefühl im Kopf oder im Magen, er war sich nicht sicher, wo das entstand, eigentlich war es schon überall, im ganzen Körper, aber auf allen Vieren war es leichter zu ertragen, viel leichter, dachte Mensen, jetzt ging es ihm besser, aber da täuschte er sich und erbrach das letzte Frühstück aus Fresvik. Vielleicht war er doch kein Seemann.

Viel später rasselte die Ankerkette Mensen aus dem Schlaf, er kam langsam zu sich und würgte an der Zunge, die dick in seinem Mund lag, aber er vergaß bald die Übelkeit, denn die Brigg befand sich auf verbotenen Wegen, und Zollbeamte durchwühlten in Helsingør das ganze Schiff. Mensen stand auf und folgte ihnen. Warum hatte Napoleon zu bestimmen, was man nach Dänemark bringen durfte?, wollte er wissen. Sie jagten ihn fort und sahen enttäuscht aus, dass sie keine Spur englischen Fabrikats fanden.

»Das ist nicht der Wille Gottes, dass die Menschen sich den Handel erschweren«, erklärte Skulberg. »Das ist Politik. Und solange nur die hohen Herren bestimmen, solange wird das weitergehen. Erst wenn der einfache Mann sein Schicksal in die Hand nimmt und es keine Kaiser und Herren mehr gibt, dann wird sich das ändern, mit Gottes Hilfe. Dann ist auf der Erde das Paradies. Du wirst das noch erleben, Mensen!«

»Hör auf!« Der Kapitän war wütend. »Erzähl dem Jungen nicht solche Geschichten! Einer muss Herr sein, an Bord und an Land. Mach keinen Meuterer aus dem Kleinen, noch bevor er ein Seemann ist.«

»Einverstanden. Kein Widerspruch solange wir an Bord sind.«

Die Kirchtürme von Kopenhagen lagen im Rot der Abendsonne wie in Blut getaucht, dabei war die Belagerung schon zwei Jahre vorbei. Eine Meerschnecke, dachte Mensen, als er den gewundenen Turm der Börse sah. Von der Marineschule ahnte er nur die Mauern, die grauen Steine legten sich auf sein Gemüt. Er fror.

»Hast du Angst?«, fragte Skulberg.

»Ich hoffe, es geht gut hier.«

»Egal, ob es gut geht oder schlecht, du gehst auf jeden Fall schnell.«

»Das war mir noch nie zu etwas nütze.«

»Kommt vielleicht noch. Hab ich dir schon mal von Pheidippides erzählt?«

»Nie. Wer ist das?«

»Der wurde als Bote der Athener nach Sparta geschickt, um Hilfe zu holen, als die Feinde angriffen. Er lief 200 Meilen, hin und zurück, der schnellste Läufer Griechenlands. Auf dem Weg erschien ihm Pan, Gott der Läufer, Flügel an den Füßen und einen Wanderstab in der Hand.«

»Hat es sich gelohnt?«

»Die Feinde wurden geschlagen.«

»Dann war es für etwas gut. Aber das ist lange her.«

»Die Vergangenheit ist nie wirklich vorbei. Aber das ist eine andere Geschichte. Hier. Ich habe etwas zum Abschied, damit du immer weißt, was dir die Zeit geschlagen hat.« Er drückte Mensen eine Taschenuhr in die Hand, an einer silbernen Kette.

»Wenn du einen Quadranten hast und die genaue Zeit, weißt du immer, wo du bist. Vergiss das nicht in der Fremde.«

II

Mensen sah die Faust kommen, aber er wusste, er durfte nicht ausweichen, obwohl er bei Haraldson beschlossen hatte, sich nie wieder schlagen zu lassen. Aber es musste sein, das hatte der Große ihm gesagt, das sei nun einmal die Regel. Mensen verstand sie nicht, er hätte andere Regeln gemacht. Nicht bewegen, das war das Gesetz, dem musste er sich beugen.
Die Hand gehörte Sören. Er war drei Jahre älter als Mensen, wie alle anderen hier im Waschraum. Sie schienen Sörens Freunde zu sein, aber sie hielten Abstand zu ihm. Sören hatte ihm das Prinzip erklärt. Mensen sei neu auf der Schule, und die Neuen würden erprobt. Um zu sehen, ob sie würdig seien. Ein Wasserhahn tröpfelte. Mensen konzentrierte sich auf den Tropfen. Er sah ihn fallen. Dann traf die Hand sein Gesicht. Sören lachte. Der Wasserhahn tröpfelte weiter. Ein Schlag auf die andere Wange. Dann wieder rechts. Wieder links. Immer abwechselnd. Blut floss über seine Wange. Es schmeckte nach Eisen. Der Schmerz wurde größer, aber bevor Mensen das Gefühl hatte, ihn nicht mehr ertragen zu können, hörte er mit einem Mal auf, als hätte ihn einer abgestellt, obwohl die Schläge weitergingen. Er hörte das Klatschen auf seiner Haut. Irgendwann war er allein. Er hielt die Augen geschlossen. Die Wassertropfen plätscherten in eine Blechwanne. Nach einer Weile hörte er auf zu weinen und stolperte in den Schlafraum zurück, unsicher, ob er die Probe bestanden hatte.

Manche der anderen Schüler waren schlimm, aber schlimmer als alle Schüler war Krogh, der Leiter der Marineschule. Gehorsam war das Wichtigste, das lehrte er sie und das lernten sie schnell. Er brauchte nur zu flüstern, so still wurden alle in seiner Nähe. Beim Morgenappell vor den Schülern und Lehrern sprach er so leise, als rede er mit einem, der direkt neben ihm saß. Selbst die, die kein einziges Wort verstanden, weil sie als Letzte aus dem Waschraum gekommen waren und keinen Platz mehr in den ersten Reihen gefunden hatten, wagten nicht, sich zu rühren. Ältere Schüler erzählten Mensen, Krogh sei als Kapitän nur knapp einer Meuterei entgangen. Die Rädelsführer hätte er kielholen lassen oder ausgesetzt auf einem winzigen Beiboot, ohne Wasser und Essen, oder erschossen, ohne Gnade. Das würde er mit ihnen auch am liebsten machen. Besser sie machten, was er verlangte.
»Ein rechter Haken wird beizeiten gekrümmt«, flüsterte Krogh und krümmte sie. Sie müssten nicht glauben, sie bekämen hier Gelegenheit für irgendwelchen Unfug. Er persönlich würde dafür sorgen, dass ihnen von morgens bis abends keine einzige Sekunde bliebe, in der sie etwas Aufsässiges tun oder denken oder fühlen würden. Sobald er einen von ihnen beim Nichtstun erwischen würde, würde er ihm eine Aufgabe geben, von der er sich nie wieder erholte, nie wieder, denn Müßiggang sei aller Laster Anfang.
Nachts schluchzte es im Bett neben Mensen.
Mensen richtete sich auf. Der Kopf des anderen Jungen verschwand unter der groben Wolldecke.
Mensen zog ihm die Decke runter.
»Ich bin Mensen. Bist du auch neu? Hat dich Sören geschlagen?«
»Nein, aber ich habe gehört, was sie mit dir gemacht haben. Er hat dich nicht geschlagen, weil du neu bist. Die neuen Schüler werden gar nicht erprobt. Er hat dich geschlagen, weil du Norweger bist.«
»Ich dachte, dass alle …«
»Er hat dich reingelegt. Tut mir Leid für dich.«

»Wenn er dich nicht verhauen hat, warum weinst du?«
»Wegen allem. Ich will nicht um fünf Uhr aufstehen. Die Unteroffiziere prügeln mich mit nassen Handtüchern, wenn ich nicht schnell genug aus dem Bett komme, und mit Ruten, weil ich das Bett nicht richtig falten kann. Ich hasse die Morgenappelle. Die Befehle zum Kauen, wenn das Essen geschöpft ist. Die kurze Zeit für den Gang aufs Klo. Ich werde nie fertig. Ich will mal wieder in Ruhe scheißen. Ich hasse das Exerzieren am Abend. Ich hasse die kurze Nacht.«
»Das sind Gründe genug. Wie heißt du?«
»Jan. Mein Vater ist Kapitän. Ich musste hierher, Tradition der Familie. Bei uns waren alle auf der Marineschule. Und du? Was macht dein Vater?«
»Der wartet an den Quellen des Nils auf mich. Dort steht seine Hütte. Er jagt Löwen und Elefanten.«
»Wirklich?«
»Klar, wenn ich's doch sage. Findest du es hier wirklich so schlimm?«
»Noch schlimmer. Am schlimmsten ist, dass sie uns keine Zeit lassen.«
»Du musst schneller werden.«
»Das geht nicht.«
»Doch. Ich bringe es dir bei.«

Sie übten abends mit Stubenfliegen. Jan sollte sie anschauen, bis er die Flügelschläge sah und das listige Blinzeln in ihren Augen, aber Jan schaffte es nicht. Schneller schauen, riet Mensen, bei ihm gehe es ja auch. Sie versuchten es mit Vögeln. Aber so sehr Jan sich bemühte, er sah nicht, wie sie die Federspitzen schräg stellten, bevor sie eine Kurve flogen, und konnte nicht zählen, wie oft die Lerche mit den Schwingen schlug. Mensen schüttelte die graue Wolldecke im Schlafsaal. Jan sollte den Staub beobachten, der durch die Luft wirbelte, doch er sah ihn erst, als er langsam zu Boden schwebte. Auf dem Hof schleuderte Mensen einen Ast durch die Luft. Jan sollte zählen, wie oft er sich drehte. Es ging nicht.

Nachts schlichen sie ins Bad. Mensen drehte den Hahn etwas auf. Jan sollte nur die Tropfen beobachten. Aber es tropft nicht, meinte Jan, es fließt.
»Es ist nicht einfach, meine Uhr umzustellen«, sagte Jan im Schlafsaal und teilte sein Essenspaket mit Mensen. Stockfisch und Zwieback, Himbeermarmelade und geräucherter Schinken, Kandiszucker und Kakaobonbons. Vieles davon hatte Mensen noch nie gesehen.
Er hatte einen Freund gefunden. Einer, der es wert war, und er zeigte ihm die Karte des Vaters und erzählte vom Nil.
»Wenn ich groß bin, komme ich mit dir«, sagte Jan. »Aber wir brauchen ein Gewehr, wegen der Löwen.«
Jetzt hätte alles gut sein können, wenn nur Mensens Füße nicht gewesen wären.
Sie sehnten sich nach den langen Wegen in Fresvik, den steilen Aufstiegen, dem schnellen Rennen bergabwärts, dem weichen Boden, dem Fels und den Wiesen. Schon nach drei Tagen zitterten die Beine im Unterricht. Dabei rannte er in Pausen immer über den Hof. Den Kiesweg vor, dann die Diagonale quer über den Rasen, das längste Stück Weg, das er hier fand, auf der anderen Seite herunter, über den Rasen zurück. Die anderen wunderten sich, dass er nicht mit ihnen reden wollte. Dass es ihm nicht genügte, einfach in der Sonne zu sitzen, auf den schweren Geschützen, die Wärme des Eisens im Rücken, aber Mensen sagte ihnen, dass er auf seine Füße hören müsse, und lief weiter. Hin und wieder stellte sich ihm Sören in den Weg und fragte, vor wem Mensen weglaufe.
Als Mensen ihm erklären wollte, warum er rannte, wandte Sören sich ab. Sehr wichtig konnte ihm die Frage nicht gewesen sein, dachte Mensen.
Bisher ging alles gut. Nur manchmal scharrten die Beine im Unterricht. Er verschraubte sich deshalb mit dem Katheder, presste die Waden gegen das Holz und klemmte die Füße unter die Querstrebe. So hielten sie ruhig.
Es passierte in Mensens Lieblingsfach, der Geschichte der

Seefahrt. Pettersen humpelte spät in die Stunde. Er war Eismeerfahrer gewesen, bevor ihn die Krankheit zerfraß, die Knochen der Beine, den Arm und das Kinn. Keiner sah in seine Richtung, nur Mensen, der still hielt, und der Lehrer verschwand mitsamt seinem zerstörten Gesicht.

Er diktierte einen Bericht über Nelsons Sieg gegen die Franzosen in Abukir, einer Stadt im Delta des Nils. Das war das Letzte, was Mensen hörte. *Des Nils*. Das Zauberwort. Dort würde es keine Schule geben, keine Mauern und keine Zäune. Die Wasser des Flusses würden weiß an den Katarakten schäumen. In der Wüste würden keine Regeln für die Menschen gelten, und die Sonne schiene den ganzen Tag. Und man könne rennen, so viel man wollte. Die Wege seien endlos, durch Sand und durch Fels. Karawanen zögen hindurch, die Kamele aufgereiht wie Perlen an einer langen Kette. Dort wäre er nicht der Sohn des Afrikaners und nicht der Norweger. Dort gebe es keine anderen, die ihm einen Namen gaben. Seine Füße begannen zu zucken. Er klemmte sie noch fester ans Pult, das schon zu zittern begann. *Der Nil*. Immer weiter entlang ins Herz von Afrika. Bunte Vögel kreischen dort von den Palmen. Ein Affe schaut frech aus dem Gebüsch. Das Zucken wurde immer heftiger. Er müsste an etwas anderes denken. Das Mittagessen zum Beispiel, die fahlen Klumpen von grauem Fleisch mit Rübenstücken, aber es half nichts. *Der Nil*. Zu den Quellen. Zum Vater. Der tritt aus seiner Hütte und erkennt Mensen sofort. Die Beine wollten ausbrechen. Mensen klammerte sich mit den Händen am Pult fest. Weiße Knöchel. Die Sehnen zum Reißen gespannt. Er musste jetzt aufpassen, da war etwas stärker als er.

Er solle das aufschreiben, sagte Pettersen und sah ihn an. Jetzt sofort.

Mensen konnte nichts sagen, die Kiefer waren ineinander verbissen. Sich nie widersetzen, jeder Befehl ist geheiligt, sonst fliegst du raus und kommst nicht wieder. Er musste gehorchen, egal, was dann kam. Mensen nahm die Rechte vom Tisch, Finger für Finger. Der Handteller war hart wie das

Holz, auf dem er lag, die Handwurzel gelb mit geschwollenen Adern. Es schien zu gehen, einen Moment lang war alles im Gleichgewicht, und Mensen atmete auf, doch das war zu viel. Besser, er hätte das nicht getan, jetzt kippte es um, die Hand schlug aus und wedelte durch die Luft. Er wollte sie halten, doch sie war schneller. Das Heft flatterte durch das Zimmer, drehte sich dreimal im Kreis und landete auf dem Boden. Das Tintenfass stürzte um, und die Tinte malte ein schwarzes Herz in die Luft, dann fielen die Tropfen auf Tische und Bänke, so dass ein Schüler aufschrie und andere lachten. Mensen zählte, wie oft der Griffel sich in der Luft drehte, bevor er auf seinem Banknachbarn landete. Acht Mal. Dann brachen auch die Füße aus und traten gegen das Holz, als wollten sie es zerbrechen. Drei, vier, fünf Schläge dröhnten durchs Zimmer, dann gaben sie Ruhe. Es war vorbei.
Die Zeit stand still bis zur Pausenklingel. Der Lehrer nahm den Stock, drehte sich um und schloss die Tür hinter sich.
Nach der letzten Stunde des Tages ging Mensen zu Pettersens Büro. Der saß an seinem Schreibtisch. Eine Petroleumlampe rußte und warf ihr zitterndes Licht über die Stapel von Büchern und Papieren.
Pettersen sagte, dass noch nie ein Schüler freiwillig zu ihm gekommen sei. Er legte ein Blatt vor sich auf den Tisch und sah Mensen an. Noch nie, seit er hier Lehrer sei. Und das sei er schon länger, als Mensen sich vorstellen könne.
Mensen entschuldigte sich für sein Vergehen am Morgen, und Pettersen legte seine Fingerspitzen vor der Brust zusammen, während ihm Mensen erklärte, dass etwas in ihm sei, das stärker sei als er, eine Unruhe, die er nicht bändigen könne.
Der Lehrer nickte, was Mensen erstaunte. Pettersen sagte, dass er ihn schon länger beobachtet habe. Er laufe nicht so schnell wie die anderen Lehrer, deshalb habe er mehr Zeit, die Schüler zu sehen. Er sei hier zwar Lehrer, aber er wisse genau, dass an ihrer Schule niemand glücklich sei. Aber er wisse auch, dass kein Schüler unglücklicher sei als Mensen. Das wolle er ändern.

Mensen schüttelte den Kopf und sagte, dass er kein Glück nur für sich selber verlange, aber Pettersen widersprach ihm. Er könne ihm auch kein Glück bieten. Niemand könne das. Das Glück komme, ohne dass man wisse warum, und es gehe, ohne dass man wisse warum. Mensen sei zwar schnell, aber das Glück sei schneller. Er solle daher nicht dem Glück hinterher laufen, sondern für ihn, Pettersen. Er könne immer schlechter gehen und suche jemanden, der für ihn die Besorgungen in der Stadt übernehme, die er nicht mehr erledigen könne. Ob Mensen dazu bereit sei?
Mensen nickte, und der Lehrer entließ ihn.
Zwei Wochen später war es so weit, er bekam seinen ersten Auftrag und lief den Gang entlang, die Treppen hinunter und über den Hof. An der Pforte zögerte er kurz, aber der Wächter wusste Bescheid und winkte ihn schläfrig durch. Er drehte sich nicht um, sondern ließ seine Beine entscheiden. Sie wollten nach rechts, hinein in eine breite Straße. Die Häuser hatten große Giebelfenster, die das Licht der Sonne in sich saugten. Er schaute in einen Innenhof, wo unter großen Kastanienbäumen ein Kesselflicker bei der Arbeit saß und mit dem Hammer auf das Metall schlug, als mache er Musik. Boote dümpelten auf einem Kanal, und die Takelage spielte ein Konzert auf den Masten. Ein Junge in seinem Alter kniete auf dem Deck eines Fischerbootes und schrubbte die Planken mit einer Wurzelbürste. Auf dem nächsten Schiff saßen zwei alte Männer, rauchten Pfeife und flickten die Netze. Eine Katze schoss aus einer Toreinfahrt, verfolgt von zwei kläffenden Hunden. Die änderten ihr Ziel, als sie Mensen sahen, und rannten ihm hinterher, aber er war schneller, und sie gaben bald auf. Aus einem Fenster sang ein Kind. Er lief den Kanal entlang bis zum großen Hafen. Hier stand ein Wald von Masten und Rahen. Der Duft der tropischen Gewürze aus den Körben der Lastträger mischte sich mit dem Geruch von Salzwasser, Holz und Teer. Hafenarbeiter rollten ein Fass über den Kai, schwitzend und singend. Auf riesigen Packen saßen Kaufleute und feilschten. Ein Marinesoldat lungerte

auf einer Mauer und blickte missmutig in die Gegend. Marktfrauen saßen auf Schemeln hinter ihren Ständen. Ein Pferd senkte den Kopf und schnaubte in Mensens Hand, während hinter ihm die Kutsche beladen wurde. Der Kutscher fluchte. Zimmerleute hobelten an einem Brett und besserten das Beiboot aus, das neben einer Korvette kieloben auf dem Kai lag. Fräulein in weißen Kleidern überwachten das Verladen von schweren Koffern und ließen ihre Hutschachteln einzeln tragen. Eine Gruppe von Männern in abgerissener Kleidung und mit Bauerngesichtern bestieg dieselbe Fregatte, fast ohne Gepäck, neben ihnen weinende Frauen, deren Kinder stumm und mit kaltem Blick an den Rockzipfeln hingen. Etwas weiter weg stand ein Lastkran auf einem Ponton und verlud schwere Geschütze an Bord einer Fregatte. Kühe und Schafe wurden auf ein Handelsschiff getrieben, Proviant für die lange Überfahrt nach Ostindien. Mensen fragte nach der *Bella Aurora*. Einer der Matrosen wies nach rechts und meinte, es sei das zwölfte Schiff von hier. Mensen las den Namen, der in Gold auf den Rumpf gemalt war. Sie sah schnell aus, ein leichter, scharfer Schiffskörper und Marsrahen, die tief am Mast lagen. Ein Bottelier legte gerade Schläuche zum Brunnen und ließ Frischwasser in die Tanks pumpen. Der Kapitän sei an Bord. Mensen stieg hoch und überbrachte den Brief. Auf dem Rückweg dachte er kurz daran, nach einem Schiff Richtung Ägypten zu fragen. Vielleicht war das die Gelegenheit, die nie wieder kam, aber dann dachte er an Jan und lief zur Schule zurück.

Seitdem machte er immer wieder Besorgungen für Pettersen. Er rannte über ganz Amager, wo die Holländerbauern wohnten, nach Dragør und zurück für zwei Pfund Kartoffeln. Er rannte durch Christianshavn, oft zweimal am Tag von der Schule zu Pettersens Wohnung, bei der Asiatisk Kompagni. Er rannte kreuz und quer durch Kopenhagen bis weit ins Hinterland der Stadt, sogar nach Dyrehave mit seinen Hirschen und den Zelten der Gaukler, um Briefe zu überbringen. Oft lief er in die Bibliothek, um Bücher zu holen. Ein-

mal in der Woche besorgte er Zucker am Nyhavn, wo morgens die Matrosen im Rinnstein lagen, die Augen voll Himmel und den Atem voll Bier.
Seit er lief, war die Schule ganz leicht. Er konnte gut sitzen, die Füße hielten still, und die Hände klammerten sich nicht mehr ans Pult. Er berichtete Jan von der Welt. Der wollte alles wissen, jeden Weg, jedes Gesicht, jedes Gefühl, jeden Geruch. Er war halb neidisch auf die Freiheit des Freundes und halb froh, nicht selber nach draußen zu müssen. Dafür war Jan immer schneller geworden. Das lange Üben hatte endlich Erfolg, nur noch zwei Minuten brauchte er zum Anziehen und Waschen; so hatte er drei Minuten zum Träumen gewonnen, drei Minuten, die ihm keiner hier nehmen konnte. Die Schule war so erträglich geworden, gut für Mensen und Jan, aber Krogh war sehr wütend, verriet Pettersen. Was Mensen tue, das sei nicht recht. Er sehe ihm in die Augen, wenn er ihn schlug. Mitten hinein. Ohne die Lider zu senken. Das hatte noch keiner der Schüler gewagt, in all den Jahren nicht. Dabei sehe er ihn nicht einmal an. Eher durch ihn hindurch! Und durch ihn sehe man nicht hindurch! Niemals! Und erst recht nicht, während der Rohrstock auf die Finger schlug, bis es blutete. Kein anderer Schüler erlaube sich das. Mensen würde gehorchen, das schon, aber nur von außen. Im Innern des Jungen, da wehre sich etwas. Und eines Tages, da würde er ihn erwischen. Eines Tages würde es so weit sein, und dann gebe es kein Pardon, keine Gnade für den Norweger.
Krogh unterrichtete Arithmetik. Aber nicht wie Skulberg, sondern ohne Liebe zur Zahl. Skulberg liebte alles, was er lehrte. Er sah die Schönheit in jedem Wort, jeder Ziffer. Krogh glaubte an den Zweck der Dinge, alles war nützlich, aber kalt. Oft gab er ihnen Aufgaben, die sie rechnen sollten, und las in der Zwischenzeit Akten oder verfasste Berichte. Es war eine normale Stunde, alle addierten Zahlen, Krogh schrieb, nur Mensen stierte auf das Blatt. Es musste etwas anderes geben, als Zahl um Zahl zusammenzurechnen. Das war zu

dumm. Er dachte nach, aber es fiel ihm nicht ein. Also denke ich falsch, vermutete Mensen.
Dann hörte er plötzlich auf zu denken, denn der Schmerz im Ohr war zu heftig. Er folgte dem Zug nach oben. Gab man nach, war es weniger schlimm, das wusste er längst.
Warum er nicht schrieb, der kleine Norweger, flüsterte Krogh. Er hielt das Ohrläppchen zwischen Daumen und Zeigefinger und drückte es zusammen. Er ließ die Nägel an beiden Fingern extra lang wachsen, das hatte Mensen schon früher gespürt.
Warum er vor sich hin träume? Ob er nicht wisse, was mit den Müßiggängern geschehe? Irgendwann müsse es ihn erwischen, irgendwann sei er dran, daran habe er nie gezweifelt, und jetzt sei es so weit. Er solle doch bitte an die Tafel schauen. Alle Zahlen von eins bis hundert addieren. So stand das da. Wie das Ergebnis sei, denn sicher sei Mensen schon fertig, da er nicht rechnete. Er drehte das Ohr ein wenig weiter. Gleich würde es reißen.
Genau so habe er sich das vorgestellt, sagte Krogh.
Jetzt muss ich schnell sein, das wusste Mensen. Alle Zahlen von eins bis hundert addieren, das macht: also 1 und 2 macht 3 und 3 macht 6 und 4 macht zehn, 15, 21, 28, 36, 45. So nicht, das geht zu lange, nicht von vorne. Von hinten, vielleicht geht das besser. 100 + 99 + 98. Aber auch das braucht zu viel Zeit.
Jetzt habe er ihn, sagte Krogh. Endlich sei es so weit. Ungestraft träume hier niemand vor sich hin, erst recht nicht der kleine Norweger. Rechnen, habe er gesagt. Das sei ein Befehl. Wer sich widersetze, der werde bestraft oder ende als Meuterer auf einem Schiff. Ein Meuterer. Kielholen lassen würde er Mensen, aber das gehe hier nicht, leider, sie seien viel zu sanft, aber ein paar Tage im Karzer, das gehe, und beim nächsten Vergehen werfe er ihn aus der Schule.
Er zog ihn am Ohr zur Tür.
Ich muss die Zahlen mit anderen Augen sehen, dachte Mensen. Nicht Stück für Stück addieren. Ich muss sie als Ganzes

ergreifen. In allen Zahlen steckt ein System, eine innere Schönheit, so hatte das doch Skulberg gelehrt.
Krogh schob ihn aus der Tür und sagte, er solle sich beim Hauswart melden und für drei Tage in den Karzer stecken lassen. Dann schlug er die Tür hinter Mensen zu. Der Schmerz im Ohr ließ langsam nach.
»5050«, schluchzte Mensen. »100 + 1 macht 101. 99 + 2 macht 101. 98 + 3 macht 101. Und so weiter, das Ganze 50-mal. Macht 5050.«
Niemand hörte ihn mehr, und er schlich zum Schuldiener und ließ sich in den Karzer sperren. Der Raum war dunkel und stickig und nicht viel größer als zwei Matratzen. Mensen stellte sich in die Mitte des Raumes, schloss die Augen und lief auf der Stelle, so lange, bis er die Wände vergaß.
Drei Tage später war er wieder draußen, und Jan empfing ihn mit einem blauen Auge. Sören hatte die Zeit genutzt, als Mensen eingesperrt war, und Jan für die Freundschaft mit einem Norweger bestraft. Mensen war wütend, aber Jan beruhigte ihn.
»Iss erst 'mal«, sagte er und schob ihm einen Zimtkeks in den Mund.
»Von meiner Mutter. Ein neues Fresspaket.«
Mensen wollte nicht essen, er wollte zu Sören.
Abends schlich er an den Wachen vorbei in den Waschraum der größeren Schüler. Sören stand an dem Becken, ein Handtuch um die Schultern gelegt. Einer der Schüler sagte zu Mensen, er solle sich verziehen, und schubste ihn aus der Tür, aber Sören hatte ihn gesehen und baute sich vor Mensen auf. Mensen sagte ihm, dass er zu ihm wolle. Sören lachte und sah auf Mensen herunter und sagte ihm, dass er das sicher nicht wolle, er täusche sich da.
Er betonte jedes Wort des Satzes und drehte sich dann um, aber Mensen sagte ihm, dass er ein Feigling sei. Groß, aber ein Feigling und ein Lügner.
Sören drehte sich zu Mensen um. Das Handtuch rutschte von seinen Schultern, und einer seiner Freunde bückte sich und hob es auf. Sören schüttelte den Kopf.

Die anderen Schüler stellten sich im Kreis um die beiden, aber Mensen sah sie nicht, er sah nur auf Sören, der von einem Bein auf das andere tänzelte und sich Zeit mit dem Zuschlagen ließ, als wollte er es genießen, und dessen Hand schließlich so langsam in Richtung Mensen gekrochen kam, dass er mühelos ausweichen konnte. Auch der nächste Schlag war viel zu schwerfällig, und Mensen tauchte unter dem Arm durch. Mensen sah, wie Sörens Mund sich verzerrte und etwas schrie und nach Mensen spuckte. Er beobachtete den Speichel, der durch die Luft tropfte, bog den Kopf zurück und sah, wie einer der Zuschauer sich wütend an die Backe griff. Sörens Bein trat nach Mensen, aber der stand längst woanders und hörte, wie ein paar der anderen Schüler anerkennend seinen Namen riefen. Sörens Gesicht war plötzlich rot, und sein Arm versuchte, Mensen zu fassen, aber der ließ sich nicht fangen, nicht von einem, der so langsam war. Stattdessen schlug Mensen zurück, das erste Mal in seinem Leben, und er wunderte sich über die Geschwindigkeit, mit der sein Arm aus der Hüfte nach vorne schoss, sich leicht nach innen drehte, und über den Schmerz in den Fingern, als er Sörens Lippe traf, die sich öffnete wie eine Blume am Morgen, nur schneller. Als nächstes schlug Mensen in Sörens Magen, das war weniger hart, und der andere klappte leicht nach vorne, so dass Mensen ihm mit der flachen Hand zwei Backpfeifen geben konnte. Sörens Gesicht wurde noch röter, und er hob die Arme, um sich zu schützen, aber nicht schnell genug, und Mensens Faust traf seine Nase. Bevor die Blutstropfen den Boden erreichten, hatte Mensen ihm gegen das Knie getreten und noch einen Schlag gegen den Schädel versetzt, und Sören sackte zusammen, schützte den Kopf mit beiden Händen und rührte sich nicht mehr.

Der Kreis der Zuschauer öffnete sich, jemand klopfte ihm auf die Schulter und flüsterte *gut gemacht, Mensen,* und er glitt aus dem Waschraum in den Schlafsaal der jüngeren Schüler zurück.

»Ich glaube, Sören wird uns ab jetzt in Ruhe lassen«, sagte Mensen zu Jan.
Damit hatte er Recht, aber er wusste nicht, ob es recht war, dass er Sören geschlagen hatte. Mensen hätte gerne gewusst, was Skulberg darüber dachte. Ob man sich wehren durfte. Auge um Auge, oder die linke Wange hinhalten, wenn einer auf die rechte schlug? Es stand schließlich beides in der Bibel. Woher sollte man wissen, was galt? Skulberg hätte ihm das erklären können, aber er hatte ihn lange nicht gesehen. Sie schrieben sich häufig, aber die Briefe waren lange unterwegs. Der letzte Brief klang spannend. Skulberg schrieb, dass er nur für einige Stunden in Kopenhagen sein werde, in geheimer Mission, sein Leben würde sich gerade sehr ändern, nicht alles bliebe, wie es war. Er würde sehr gerne Mensen sehen, es sei die letzte Gelegenheit für längere Zeit. Der freute sich darauf, seit er den Brief erhalten hatte.
Beim Morgenappell ließ Krogh ihn vortreten. Er flüsterte, wie immer, wenn er wollte, so dass alle ihm zuhörten. Mensen sei doch ein Läufer, das wisse er, für Pettersen sei er doch immer unterwegs. Nun sei die Gelegenheit gekommen, auch für ihn einmal eine wichtige Nachricht zu überbringen. Er habe hier einen Brief für einen schwedischen Gesandten, der sei gerade heute im Schloss von Frederiksborg. Mensen möge doch bitte den Brief überbringen, die Rückantwort abwarten und ihm diese dann morgen übergeben. Er wünsche ihm einen guten Weg. Am besten liefe er nach dem Appell sofort los, damit er es auch wirklich in der Zeit schaffe. Und jetzt zurück ins Glied. Mensen trottete auf seinen Platz zurück.
Jan biss sich auf die Lippen, aber musste trotzdem reden:
»Das sind vierzig Meilen«, sagte er leise.
Krogh schaute sehr ruhig in die Ecke, aus der er die Stimme gehört hatte, aber alle tuschelten durcheinander.
»Das schaffst du nicht.«
»Das kann keiner schaffen.«
»Und was ist mit Skulberg? Kommt der dann umsonst?«

»Brauchst du etwas zu essen? Hier sind ein paar Kekse. Ein Stück Schinken.«
»Bring dich nicht um.«
»Wir sehen uns nächste Woche.«
»Ich drücke dir die Daumen.«
»Zwei Schachteln Kekse darauf, dass er es nicht schafft.«
Keiner hielt dagegen.
Mensen besorgte sich die Karte und erschrak. Er musste bis nach Hillerød. Das war unmöglich, so weit war er noch nie gekommen. Vorbei an Lyngby, Virum und Blovstrød. Zwanzig Meilen in einem Stück. Er wusste nicht, wie er das machen sollte. Wenn ich schnell laufe, dann bin ich schon in Gladsakse erschöpft, dachte Mensen. Da war er einmal für Pettersen gewesen. Er muss also langsam laufen. Aber wie langsam? Wenn er nur geht, dann braucht er drei Tage dafür, das wäre zu viel. Also langsam beginnen und schneller und schneller laufen. Je nachdem, was Füße und Atem erlauben.
Und Mensen lief los.

Als er zurückkam, hörte er, wie die Stimme Kroghs durchs Schulhaus hämmerte. Er flüsterte nicht mehr. Krogh schrie, das hatte es noch nie gegeben. Er schrie so laut, so wütend, so durchdringend, dass die ganze Schule zusammengelaufen kam. Alle zum Appell, jetzt sofort, Abendessen falle aus. Man habe den Mensen in der Stadt gesehen. Zusammen mit Skulberg. Das war ein Skandal, mehr noch: Das war Insubordination. Offene Befehlsverweigerung. Nie habe er in seiner Dienstzeit Derartiges erlebt. Hätten nicht alle gehört, wie der Auftrag an Mensen gelautet habe? Waren nicht alle hier Zeuge gewesen? Aber Mensen, Mensen glaube, er könne sich widersetzen. So wie er sich immer widersetzt habe in den vergangenen Jahren, wieder und wieder, auf seine bockige, aufsässige, starrköpfige Art, aber das sei jetzt endlich vorbei.
Mit gesenkten Köpfen standen sie da. Nur Mensen fehle, brüllte Krogh, aber der sei noch in Kopenhagen, nicht zu fin-

den, leider, aber wenn man ihn finde, würde es ihm übel ergehen. Krogh ließ schon die Weidenrute wässern. Ein Exempel würde er an ihm statuieren. Ein für alle Mal deutlich machen, was mit Meuterern zu geschehen habe. Mensen habe das Recht verwirkt, zu Lebzeiten noch einmal den Fuß auf ein Schiff zu setzen. Er werde mit seinem Blut dafür bezahlen und anschließend in den Kerker geworfen. Schüler hin oder her. Das sei schon mit der Admiralität besprochen. Er solle nur kommen.

Mensen, der alles gehört hatte, trat zögernd ein. Die Füße taten ihm weh. Sie fühlten sich an, wie zwei brennende Fleischklumpen. Die Tür knarrte in den Angeln. Der ganze Saal drehte sich um und starrte ihn an. Er senkte den Blick. Jetzt flüsterte Krogh wieder. Mensen möge herkommen, hierher, direkt zu ihm, so dass ihn alle sehen könnten. Mensen kam ein paar Schritte näher. Er wunderte sich, dass er noch stehen konnte. Die Beine waren leer. Es gab nichts mehr in ihnen, was ihn aufrecht hielt, kein Blut, keine Knochen, nur ein dumpfer, pochender Schmerz.

Ob Mensen in der Stadt gewesen sei, fragte Krogh.

Mensen hörte seine Stimme wie durch ein dickes Tuch. Er hatte nicht verstanden, was Krogh von ihm wollte, und nickte vorsichtig. Meistens wollte Krogh, dass man ihm zustimmte.

Er wollte etwas sagen, aber sein Hals war wund und seine Stimme war tief in seiner Kehle vergraben.

Ob er sich dort mit Skulberg getroffen habe?

Krogh wurde lauter, und Mensen verstand ihn. Er nickte.

Der Boden begann zu zittern, und die Vibrationen flossen durch Mensen hindurch.

Er habe also den Auftrag vergessen. Sehe er das richtig, fragte Krogh.

Mensen schüttelte den Kopf. Das Zittern wurde immer stärker, aber Krogh schien es nicht zu merken. Aber der war lange auf einem Schiff gewesen, der musste einen guten Stand haben.

Krogh fragte Mensen, ob die Anweisung ihm klar gewesen sei: einen Brief nach Frederiksborg zu bringen und ihm morgen die Antwort zu überreichen?
Mensen nickte wieder. Seine Zähne schlugen aufeinander, und er biss sie fest zusammen.
Kroghs Gesicht war jetzt nur wenige Zentimeter von dem Mensens entfernt, und er spürte den Speichel des Schulleiters auf seinen eigenen Lippen, als der ihm sagte, dass er jetzt gerade in diesem Augenblick bei dem Gesandten sein solle, um ihm die Nachricht zu überbringen. Warum also der kleine Norweger das nicht mache?
Der ganze Saal sah Mensen an.
Er konzentrierte sich und würgte ein paar Worte hervor:
»Ich war dort. Ich bin wieder zurück.«
Er zog einen Umschlag aus der Tasche und reichte ihn Krogh.
»Der Brief des Gesandten«, sagte Mensen. »Sie wollten ihn doch erst morgen haben.«
Krogh sah den Umschlag zögernd an. Er fasste ihn mit spitzen Fingern, als ob er giftig wäre. Sie tasteten über das Siegel. Kein Schüler wagte, jetzt noch zu atmen. Mechanisch brach er das Siegel, öffnete den Umschlag und las den Brief. Er sagte lange nichts.
Dann hörten alle, wie er sagte, dass der Appell zu Ende sei, mit einer Stimme, die nicht aus Kroghs Mund zu kommen schien.
Mensen sah auf Krogh, der neben ihm stand und plötzlich geschrumpft war: ein alter Mann, der mit einem Mal alles verloren hatte und sich davonschlich, ohne ein weiteres Wort, während jetzt der ganze Saal jubelte und mit den Füßen trampelte und immer wieder Mensens Namen schrie. Nur die Lehrer saßen still und rührten sich nicht, aber manche schienen zu lächeln, selbst das zerfressene Gesicht Pettersens verzog sich zu einer freundlichen Grimasse, und Mensen sackte ohne ein weiteres Wort zusammen.

»Erzähl«, sagte Jan.

Das Krankenzimmer war überfüllt. Alle aus dem Schlafsaal drängten sich um Mensens Bett, auch die Älteren, die sonst immer für Ruhe sorgten, sogar Sören war gekommen und wollte wissen, wie Mensen das geschafft hatte, aber der konnte nicht sprechen. Außerdem wusste er selber nicht, wie er den Lauf geschafft hatte. Er erinnerte sich nur, dass der schwedische Gesandte sehr freundlich gewesen war und ihm Essen und Limonade gegeben hatte.

Die anderen waren enttäuscht und beschwerten sich bei Mensen, aber die Krankenschwester wechselte die blutigen Verbände um Mensens Füße und ließ die Schüler dabei zusehen.

Hinterher sagte niemand mehr etwas.

Später, als die anderen schon gegangen waren, schlich Jan noch einmal zu Mensen.

»Du bist Achilles und ich die Schildkröte«, sagte Jan.

»Was heißt das?«, fragte Mensen.

»Es gibt eine alte Geschichte. Eine Schildkröte fordert Achilles zum Wettlauf heraus. Achilles ist siegessicher und gibt ihr einen Schritt Vorsprung. Das hätte er nicht tun sollen, denn er überholt sie so nie.«

»Natürlich tut er das. Er ist ein Mensch.«

»Tut er nicht. Während er den einen Schritt macht, den sie Vorsprung hat, krabbelt die Schildkröte eine Handbreit voran. Während er eine Handbreit vorankommt, kriecht die Schildkröte einen Fingerbreit. Während er die Fingerbreite zurücklegt, kriecht die Schildkröte ein Haarbreit. Und so weiter. Er erreicht sie nie.«

»Das klingt logisch. Aber es klingt nur so. Die Wirklichkeit sieht anders aus. Aber warum erzählst du mir die Geschichte?«

»Damit du mir keinen Vorsprung gibst, sonst holst du mich nie wieder ein.«

Kurz darauf war der erste Abschnitt der Schule vorbei. Jan und Mensen machten ihre Fahrt als Kajütenwächter. Das Schiff roch nach Häuten und Tran. Ein Sturm kam auf und trieb sie Richtung Norden über den 81. Grad hinaus. Jan und Mensen spuckten Eisklumpen aufs Deck. Wieder im Süden wurden sie von der englischen Fregatte Caledona gekapert. Alle Matrosen wurden als Söldner verkauft, nur die beiden Jüngsten durften bleiben. Was für ein Glück, fand Mensen, auf einem englischen Schiff würde er eher nach Ägypten kommen als auf einem norwegischen Frachter. Mensen lernte Englisch und brachte es Jan bei. Der wollte fliehen, immer wieder bat er Mensen, es im nächsten Hafen zu versuchen. Der Kapitän vertraue ihnen, es würde sicher klappen. Außerdem gehe die Schule bald weiter und seine Familie mache sich sicherlich Sorgen. Doch Mensen beruhigte ihn, es sei hier nicht schlechter als auf den dänischen Schiffen. Er würde ihn beschützen, das verspreche er ihm. Und Jan vertraute dem Schutz des Freundes. Dabei wusste Mensen, dass auch Jan ihn behütete. Jan der Langsame, der Schwere, der Ängstliche, er war der Treibanker in Mensens Leben, ohne ihn würde er von den Winden verblasen. Achilles brauche die Schildkröte, das sagte er Jan, aber der wollte es nicht glauben.
Zusammen sahen sie die ganze Welt. Die Azoren waren zu felsig, um anzulegen, und in Maryland liefen sie auf Grund, aber es war harmlos, nur eine Sandbank, und das Schiff war bald wieder flott. In Philadelphia stachen Jan die Mücken wund. Mensen fing sie noch im Flug. Hier gab es Wiedertäufer und Quäker und Anhänger des Grafen von Zinzendorf, über einhundert Kirchen. Eine seltsame Stadt. Peter, ein Matrose, führte die beiden Jungen in ein Bordell. Davon gebe es noch mehr als Kirchen. Es sei langsam Zeit für sie, sie seien doch schon fünfzehn Jahre alt. Sie gingen in getrennte Zimmer. Als Mensen fertig war, wartete er über eine Stunde auf Jan, bis er mit glänzenden Augen die Treppe hinunterkam. Drei Tage lang konnte er kaum sprechen, sondern nur

vor Begeisterung stammeln. Mensen schien es, als hätte er etwas versäumt. In Havanna sahen sie das Grab von Christoph Columbus. Jemand hatte ein Bündel blauer Blüten darauf gestreut. Vor der Küste Panamas regnete es so viel, dass der Körper nicht schwitzte. Hier fraß sich das Fieber durch Jan hindurch, eine Woche saß Mensen vor seiner Hängematte und legte dem Freund Essiglappen auf die Stirn. Die Amazonas-Indianer waren klein und schnell, das gefiel Mensen. Sie jagten Vögel mit dem Blasrohr und verfehlten sie nie. Der Kapitän ließ einen Pottwal harpunieren. Der Klumpen, den sie aus dem Darm schnitten, stank bestialisch, aber in Montevideo wog man ihn mit Gold auf, das sie bei den Huren ließen. Mensen hatte das Gefühl, er müsste da noch etwas lernen, aber er lernte es nicht. Er bat Jan, ihm das beizubringen, doch der hatte wieder diesen Glanz in den Augen, einige Tage lang, und hinterher wollte er nicht darüber reden. Mensen fand, Jan sei älter geworden. Ihm selbst fehlte etwas, von dem er nicht wusste, wo es herkommen sollte. Später schossen alle auf schwimmende Falklandrobben. Mensen traf als Einziger. Sie schmeckten zäh, aber es gab nichts anderes zu essen. Am Kap Horn blies der Sturm fast so schnell wie Mensen gucken konnte, das war ihm noch nie passiert. Der Vormast brach und warf zwei in die Wellen. Man sah sie nie wieder. Dann geschah lange nichts, nur das Wasser wurde schlecht. Sie tranken es mit Maden. Die Tage waren endlos, wenn der Wind nur schwach wehte, und jeden Morgen erzählte Jan Mensen seine Träume. Mensen erwachte zu schnell, als dass er sich an seine erinnern konnte, vielleicht schlief er zu schnell für eigene Träume. *God save the King* konnte der bunte Vogel eines Häuptlings auf Samoa pfeifen. In Bombay regnete es so viel, dass die Menschen hüfthoch durchs Wasser wateten. Dann könne man doch auch auf dem Schiff bleiben, beschlossen Mensen und Jan. Auf dem Meer war es trockener als in den Straßen. Von Bord aus sahen sie den Mann in der schlammigen Brühe am Hafen, der seinen Arm in die Luft hielt, seit Jahren schon. Er

war ganz verdorrt, die Nägel der Hand wuchsen durch die Handflächen hindurch. Später nahmen sie Kurs auf Afrika, doch ohne Land zu erreichen. Erst in Madagaskar legten sie an. Zu spät, bedauerte Mensen. Die Quellen des Nils erreicht man von Norden, so hatte es Vater auch getan. Jan kaufte auf der Insel ein Streifenhörnchen. Er fütterte es mit Erdnüssen, und nachts schlief es unter seinem Hemd. Das Kap der Guten Hoffnung machte seinem Namen alle Ehre, und danach ging es nordwärts, der Heimat entgegen. Sie hatten Glück gehabt, mit den Winden, den Strömungen, den Krankheiten, und dass es ein ganzes Jahr keine Feindberührung gab.
Spanien lag schon hinter ihnen, nur noch wenige Tage bis England. Mensen sah als erster die Segel. Er saß gern im Ausguck, denn er mochte das Schaukeln des Schiffes. Je mehr das Schiff schaukelte, um so ruhiger konnte er sitzen. Der Kapitän kannte den Namen des anderen Schiffs: *Die Präsidentin von Boston*. Die hatte einen Bug aus Quecksilber und im Segel eine Windhexe, so schnell fuhr sie auf sie zu.
»Die Präsidentin geht mich nichts an«, sagte Jan und kraulte dem Streifenhörnchen den Bauch. Mensen stimmte ihm zu.
Sie täuschten sich beide.
Die Präsidentin fuhr vierkant vor dem Wind, die Geschützpforten geöffnet, und die Caledona war zu langsam, um zu entkommen, und fuhr ebenfalls in Position. Unter dem Lärm der Trommeln wurde die Kriegsflagge gehisst, die Drehbasse besetzt und Musketen an die Scharfschützen ausgegeben. Keiner kümmerte sich um Mensen und Jan. »Bleibt aus der Schusslinie«, sagte einer der Matrosen, aber das war nicht einfach. Die Präsidentin war auf 400 Meter heran. Sie war ein schönes Schiff. Ihre Segel wurden gerefft, damit sie nicht in Brand geschossen wurden. Die erste Salve löste sich aus der untersten Batterie, direkt über der Wasserlinie der Präsidentin. Mensen sah die Kugeln kommen, sie lagen zu hoch. Er duckte sich nicht weg. Die nächste Salve lag besser. Es feuerte die zweite Batterie, und ein Ruck ging durch die Cale-

dona, als die eigenen Geschütze antworteten. Jetzt musste er aufpassen, um nicht den Überblick zu verlieren. Mensen war zufrieden mit der ersten Salve seines Schiffes. Auf der Präsidentin splitterten der Besanmast und einige der Deckaufbauten, aber auch das Vorschiff der Caledona lag unter Beschuss. Jemand schrie. Zuerst laut, dann leiser, zuletzt wimmerte es. Jan duckte sich hinter Mensen. »In meiner Nähe ist es am sichersten«, schrie Mensen gegen den Lärm. Schließlich sah er die Kugeln kommen. Bei ihm würde Jan nicht getroffen. Das Schiff vibrierte von der nächsten Salve. So ist also der Krieg, dachte Mensen. Dann ging es durcheinander. Das tiefe Stampfen waren die Pumpen. Die Geschütze schossen nicht mehr im Chor, sondern einzeln. Überall schwirrten Kugeln durch die Luft. Ein Brandgeschoss war neben Mensen eingeschlagen. Er und Matrose Peter kippten Sand und Wasser darauf. Der Qualm der Geschützfeuer blies bitter über das Deck. Jetzt konnte man nicht mehr sagen, wann geschossen wurde und wann nicht. Es donnerte andauernd. So musste es wohl sein. Mensen sah die Kugel schon lange vorher. »Peter«, rief er, aber der wollte sich nicht bewegen. »Pass auf!« Peter rührte sich nicht. Mensen trat ihm gegen das Knie. Der Matrose fluchte und stürzte schwer auf die Planken. Der 8-Pfünder schlug hinter ihm in die Kapitänskajüte. Holzfetzen rissen über Mensens Gesicht, und Peter sah ihn ungläubig an. Überall wurde geschrien. Hier war mehr Bewegung, als selbst Mensen brauchte. Ein blutiges Bein fiel vor seine Füße. Er blickte an sich herunter. Seine waren noch da. Er hielt es eine Weile unschlüssig in den Händen und warf es dann über Bord. Wo ist eigentlich Jan? dachte Mensen. Der Qualm wurde immer dichter. Das kam schon nicht mehr von den Geschützen, da brannte etwas. Ein Windstoß blies die Schiffe zusammen. Von drüben wurde ein schwarzer Klotz geschleudert. Er explodierte in einer Gruppe von Matrosen. Die schwarzen Schrotkugeln flogen wie ein Mückenschwarm. Blut floss übers Deck. Immer schneller musste er schauen. Die nächs-

te Granate. Er warf sich hinter die Kombüse. Als sie aufschlug, schloss er die Augen. Er rutschte aus. Der Boden war glitschig. Jemand streute Sand. Aus den Geschützpforten des Gegners stürzten sich Menschen ins Wasser. Dort musste es brennen. Hier auch, das roch er, oder musste das so riechen, wenn man dauernd schoss? Wenn man nicht aufpasste, verlor man den Überblick, sogar Mensen, und das hieß einiges. Wo war Jan? Mensen rief seinen Namen. Er hörte sich selber kaum rufen, hier war es zu laut. Der helle Knall, das waren die Musketen. Das war ein neuer Ton. Die der Gegner klangen genauso nah wie die eigenen. Ob das so richtig war? Kugeln schwirrten wie Wespen. Mensen musste gut aufpassen, um alle zu sehen. Jan? Langsam wurde ihm schwindelig. Ein tiefes Grollen erfüllte die Luft, und das Schiff wurde mit einem Mal angehoben, sprang in die Luft und krachte zurück auf die Wellen. Jan? Jetzt loderten überall Flammen. Zweibeinige Fackeln stürzten ins Meer. Da lag Jan auf dem Bauch. Na also, weit war er nicht gekommen. Als hätte er schon immer dort gelegen, direkt hinter ihm, wie ausgemacht. Er hätte sich nur umdrehen müssen.
»Jan«, sagte Mensen. Aber der rührte sich nicht.
»Jan.«
Er legte ihm die Hand auf die Schulter und zog ihn zu sich. Jans Kopf fiel zur Seite. Er hatte kein Gesicht mehr.
Mensen hielt ihn und starrte in das klaffende Loch und konnte den Blick nicht mehr lösen und starrte und starrte und hoffte, dass alles sich auflösen würde, unter seinem Blick verschwinden, im Nichts versinken, aber die flackernden Augen der Schlacht saugten alles in sich hinein, das verbrannte Fleisch und die Knochensplitter, die zerschlagenen Zähne und die grauen Hirnklumpen, das Fell des Streifenhörnchens und die Hautfetzen und die blonden Haare, die sanft im Wind wehten, als ginge sie das alles nichts an. Jedes Detail musste er sehen, immer tiefer brannte sich das Bild in ihn ein, dann kippte das Schiff nach Steuerbord, und Mensen und Jan rollten übers Deck. Die Reling war weg, hier war nichts, was sie hielt.

Eine Sekunde lang sah er noch Jan, die Hand wie zum Gruß erhoben, er wollte zu ihm, aber es zog ihn fort. Das Schiff bäumte sich auf wie ein waidwundes Tier. Überall sprangen sie jetzt ins Wasser. Der Rumpf seines Schiffes explodierte. Mensen tauchte unter, als die Balken über das Wasser sirrten. Etwas hielt ihn am Hals, ein Arm, schwer und verzweifelt. Mensen drehte sich um und sah fremde Augen. Eine Welle schlug ihm ins Gesicht. Der Mann klammerte sich fester und suchte Halt. Mensen tauchte kurz unter und drehte nach rechts. Der Arm glitt weg und versank. Mensen fand eine Planke. Sie war schleimig von Algen und Blut. Der darauf lag, brauchte sie nicht mehr. Mensen schob den Körper ins Wasser und klammerte sich an das Holz. England lag irgendwo nordöstlich. Er begann, mit den Füßen zu paddeln. Das sinkende Schiff grub ein Loch in das Meer, in das er fast reinfiel. Dann spuckten die Wasser Trümmer aus: das Spinett aus der Kajüte des Kapitäns, ein dreibeiniger Tisch, Teile des Steuerrades, Stühle ohne Lehne, Bruchstücke von Schränken und Truhen, Bohlen und eine Seekiste. Mensen erkannte sie gleich, sie gehörte ihm, das war die Kiste mit all seinem Besitz. Er schwamm darauf zu. Eine Woge drückte ihn unter Wasser. Als er wieder auftauchte, war die Kiste verschwunden, er fand sie nicht mehr unter den ganzen Trümmern. Er hörte auf, mit den Füßen zu paddeln, und sah sich um. Unter der Oberfläche des Meeres explodierte etwas, die See leuchtete kurz wie ein Regenbogen, wurde wieder blauschwarz, und direkt neben Mensen tauchte die Kiste auf.

Der Deckel hing schräg im Scharnier, und sie war fast leer. Der Stein aus den Bergen von Fresvik und die Instrumente aus Metall waren versunken. Nur der hölzerne Oktant schwamm noch darin und die Karte des Vaters, die Karte des Nils. Mensen wollte sie packen und griff hindurch. Das Papier löste sich vor seinen Augen auf. Er versuchte wieder, den schleimigen Klumpen zu fassen, aber es ging nicht, nur ein paar Fetzen blieben unter den Nägeln hängen. Mit der an-

deren Hand griff er nach dem Oktanten und paddelte fort, so schnell er konnte. Dennoch überholte ihn das Ruderboot. Er wehrte sich, aber sie hievten ihn mit Stangen ins Boot. Jemand legte ihm eine Decke um, ein anderer gab ihm eine Flasche mit Schnaps.
»Jan«, rief Mensen noch einmal, schwach, ohne Ziel. Dann ließ er sich fallen.

Schwer lag das Meer unter bleiernem Himmel, am Horizont der rote Schimmer der brennenden Schiffe. Die Ruderschläge waren mühsam und fahrig, immer wieder geriet einer aus dem Takt, und das Salz des Spritzwassers gerann auf der Haut. Mensen lag in der Bilge und fror.
»Jan!« Er rief den Namen ohne rechten Glauben.
»Jan.« Immer wieder.
»Jan?«
Langsam erinnerte er sich. Da war diese Tür, und Jan war hindurch. Das wollte Mensen auch. Er klopfte an die Pforte, schlug die Knöchel seiner Faust gegen das Eisen, bis sie bluteten, aber das Tor blieb verschlossen und öffnete sich keinen Spalt. Er kannte nicht die Parole, aber er hörte die Stimme des Freundes, die ihn leise rief. Jan wollte nicht allein sein, er konnte es nicht, er brauchte Mensen. Mensen würde ihn beschützen, das hatte er ihm versprochen, würde ihn beschützen, wo immer er war, nur die Tür müsste ihm einer öffnen, immer verzweifelter klopfte er dort an, man möge ihn doch hereinlassen, bitte, wer immer der Torwächter sei, er möge jetzt öffnen, Mensen habe nichts auf der Seite verloren, auf der er gerade stehe, das sei ein Zufall, ein Versehen, ein Irrtum, der leicht zu korrigieren wäre. Keine Antwort. Nur ein heller Schein, der durch die Ritzen der Tür drang.
Da lachte einer der Matrosen kehlig auf, und die anderen stimmten ein. Sie waren froh, dass einer das Schweigen durchbrach, und ließen es nicht mehr ruhig werden.
»Die Schmier auf dem Boden des Geschützdecks, habt ihr das gesehen?«

»Nichts als Blut und Sand und Ruß.«
»Da konnte sich kein Mensch auf den Füßen halten.«
»Gekrochen sind wir wie die Tiere.«
»Dann riss das Brooktau beim Rückstoß.«
»Ich stand direkt daneben. Der 24-Pfünder zerschlug drei Mann.«
»Und die Drehbasse der Präsidentin, die den Kapitän erwischte, gleich zu Anfang, da hätte man sich ergeben sollen.«
»Das wäre das Beste gewesen. Vor allem mit unseren Geschützrohren. Ausgeleiert wie ein alter Strumpf. Die trafen nichts.«
»Im Gegensatz zu den Scharfschützen der anderen.«
»Da hat der Teufel persönlich geschossen, deswegen auch dieser höllische Lärm.«
»Aber noch lauter war es bei uns. Als das Schiff sich aufrichtete, um unterzugehen. Da hat es geschrien wie ein Tier. Ein Tier, das stirbt.«
»When the sails are wet and rotten«, begann einer zu singen. Die anderen fielen mit ein. Zwei schlugen den Takt mit den Rudern.
»Haben wir das verdient?«, fragte einer.
Das hatten sie nicht, da waren sie sich einig, und dennoch, oder gerade deshalb, den Spaß wollten sie sich nicht nehmen lassen. Jetzt hörten sie auf zu paddeln, das Boot drehte sich auf den Wellen. Vielleicht würden sie sich im Nachhinein als würdig erweisen, wäre ja möglich, man wisse ja nie, was noch alles komme, jeden Schluck solle man jetzt trinken, als ob es der letzte wäre, und die Frauen beschlafen, als käme keine mehr nach. Mensen hörte und schwieg. Gerade mal nicht gestorben, wollten sie schon ins pralle Leben zurück. Aber wenn sie das wollten, dann sollten sie wenigstens rudern, sonst kämen sie nie an vor lauter Überlebensglück. Mensen setzte sich auf. Der Wind wehte kalt, aber aus Südwest. Mensen nahm sich ein Ruder und setzte die anderen an die Riemen.
»Ey, ey, Kapitän.«

Sie ruderten los.

Er gab den Takt an und führte sie gleichmäßig und schnell an Land, obwohl er selber nicht wusste, warum. Was sollte er da? Der eine Freund war ihm gestorben, und Skulberg war weit weg und unerreichbar. Er zog die Uhr aus der Tasche, die dieser ihm geschenkt hatte, damals, an seinem ersten Abend in Kopenhagen. Die Zeiger standen auf Viertel vor zwei und rührten sich nicht.

III

Die Welt war ihm gleichgültig geworden, und er nahm die Anstellung an, die ihm einer der Matrosen einige Wochen später verschaffte, ohne lange nachzudenken. Er wusste nicht mehr, wo er hin sollte, da war es gut, wenn ihm einer ein Ziel vorgab, selbst wenn er den Sinn nicht verstand:

»Morgen früh … Punkt acht Uhr in Galauniform … Und keine Minute zu spät … Nach Leicester.«

Die Stimme von Herzog Queensbury war heiser von dem Ball der vergangenen Nacht. Mensen hatte die Kutsche als Läufer begleitet, die Fackel in der Hand und auf dem Kopf das rote Barett als Zeichen seines Standes. Es war sein erster Lauf in den Diensten des Herzogs gewesen, der sich eine ganze Riege Läufer hielt, so wie andere Adelige sich Pferde hielten. Sie rannten in Livree vor dem Wagen her, erkundeten den Weg und halfen dem Kutscher bei Achsenbrüchen. In den Städten schafften sie Platz für die Durchfahrt, kündigten am Ziel die Ankunft des Herzogs an, rissen die Türe auf und standen stramm. War Queensbury auf der Jagd, ließ er sich von ihnen über Ereignisse in der Stadt unterrichten. Sie überbrachten Briefe an seine Geliebten, verteilten Geschenke und übermittelten Anweisungen an die Manufakturen, die der Herzog im ganzen Land unterhielt.

Bald lief Mensen für Queensbury die längsten Wege. An einem Tag von der Hauptstadt nach Dover und wieder zurück. Ein andermal von London nach Liverpool, 150 englische

Meilen in 32 Stunden. In Windsor überholte er den Herzog von Marlborough, in seinem vierspännigen Phaeton auf dem Weg in die Stadt. Der Herzog trieb seine Pferde an, aber Mensen gelangte als Erster dorthin. Das war nicht so schwierig, die Beine liefen, der Kopf war bei Jan.
Mensen schlief im Gesindehaus des Herzogs, zusammen mit Steffel, einem Läufer aus Bremen, der sehr gut Englisch sprach. Er war groß und breit und stolz auf seine kräftigen Beine. Er ölte sie vor dem Laufen ein, damit sie schön glänzten. Das fand Mensen seltsam, doch Steffel zeigte ihm auch, wie man die Schuhe mit Hirschtalg weich und zäh machen konnte, damit man keine blutigen Füße bekam.
Steffel fand Mensen zu klein für einen Läufer, aber er brachte ihm Deutsch bei, an den langen Nachmittagen, wenn keiner von beiden arbeiten musste. Immer wieder sah Mensen dabei vor ihrem Fenster eine Magd, eine seltsame Frau. Sie bewegt sich falsch, dachte Mensen zuerst, aber das stimmte nicht, das merkte er nach einigen Tagen. Das war nicht falsch, es war nur sehr bedächtig, als überlegte sie bei jedem einzelnen Schritt, wohin der nächste zu setzen sei oder ob sie ihn vielleicht nicht einfach bleiben lassen sollte, um mitten in der Bewegung zur Salzsäule zu erstarren, wie Lots Weib.
Sie sei eine Tranfunzel, sagte Steffel auf Deutsch, was Mensen nicht verstand, aber Steffel verzog dabei das Gesicht, es konnte also nichts Gutes sein. Mensen fand sie faszinierend, auf eine ganz eigene Art. Wie konnte man so langsam sein und doch überleben? Hängte sie Wäsche ab, dann brauchte sie für ein Hemd länger als die anderen für die ganze Leine, und Mensen sah, wie die übrigen Mägde sie verspotteten. Sie war zu langsam, um zu reagieren, erst als die anderen verschwunden waren, färbte sich ihr Gesicht rot. Einmal, als sie die Hühner fütterte, legte sie plötzlich den Kopf in den Nacken und schaute in den Himmel, als ob es dort etwas zu sehen gäbe. Mensen folgte ihrem Blick. Da war nichts, das irritierte ihn, denn er sah sonst alles, und so ging er zu ihr.

»Ich bin Mensen, einer der Läufer. Du kennst mich nicht. Ich bin neu in den Diensten des Herzogs. Man hat mich erst vor kurzem aus dem Meer gezogen. Mein Schiff ist gesunken, jetzt bin ich hier. Einer der Matrosen hat mir die Stelle vermittelt und, na ja, egal das alles, also, was starrst du in den Himmel, da ist doch nichts zu sehen?«
»Doch.«
»Ich sehe aber nichts.«
»Ich weiß, wer du bist. Ich heiße Gwendolyn.«
»Und was schaust du da hoch?«
»Und ich kenne Peter, den Matrosen. Du hast ihm das Leben gerettet?«
»Da ist doch nichts!«
»Du willst nicht davon sprechen?«
»Was gibt es da oben zu sehen?«
»Wolken.«
Mensen sah nach oben.
»Und?«
»Es ist schön, wie sie durch den Himmel geweht werden. Aufeinander zu, voneinander weg, all das halt. Manchmal sehe ich etwas darin, ein Tier, ein Gesicht, einen Baum, ein Haus. Du weißt, was ich meine.«
»Aber sie bewegen sich nicht.«
Mensen sah hoch. Er war verwundert. Vielleicht war sie ein bisschen dumm.
»Du schaust nicht richtig.« Sie lachte. »Vielleicht bist du ein bisschen dumm?«
»Ich kann die Bahn der Kugeln in der Luft erkennen.«
»Aber du kannst nicht sehen, wie die Wolken am Himmel spielen? Das ist nicht so schwierig. Ich bringe es dir bei.«
Sie legte eine Hand in seinen Nacken und bog mit der anderen seinen Kopf nach hinten. »Augen jetzt auf und schauen.«
Sie hatte starke Finger und heiße Hände und roch nach Seife. Er atmete tief ein und spürte dabei ihren Daumen über den Hinterkopf streichen.

»Na?«, fragte Gwendolyn, und die Hand in dem Nacken kraulte ihn einen Augenblick wie einen jungen Hund.
»Ich habe nicht aufgepasst.«
Sie ließ ihn lachend los.
»Ich bin zu schnell für die langsamen Bewegungen.«
»Und ich zu langsam für die schnellen.«
»Das passt nicht zusammen.«
»Oder gerade doch.«
Als sie das sagte, bekam er ein komisches Gefühl im Kopf und im Bauch, das kannte er nicht, und er wollte weg, aber es ging nicht, so schnell seine Beine sonst auch waren, jetzt rührten sie sich nicht. Statt loszulaufen, fragte er, ob er sie küssen dürfe.
»Nicht hier. Vielleicht heute Abend auf dem Speicher.«
Das wurde ein langer Nachmittag. Er endete spät nachts in der Kammer unter dem Dach.
»Nicht bewegen«, sagte Gwendolyn und drückte ihn zurück auf die Decke. Das erste Mal hatte er sich viel bewegt. Er kannte das Gefühl schon aus den Bordellen.
»Vorhin, das war für dich, das jetzt ist für mich. Wenn ein Schneller und eine Langsame sich treffen, muss das so sein. Hey, Mensen! Stopp! Nicht bewegen, ich meine es Ernst.«
»Wer sich nicht bewegt, ist tot.«
»Blödsinn. Fühlst du dich tot?«
Sie zog sich ein wenig zusammen.
Er schwieg und sah sie an. Sie hockte auf ihm und rührte sich nicht. Er hielt ganz ruhig und schaute zu ihr. Zuerst lösten sich die Haare in ihrer Achselhöhle auf, wurden zu einem rotgoldenen Fleck und verschmolzen dann mit dem Weiß ihres Leibes. Die Farbe floss aus dem dunklen Hof ihrer Brüste, die selber schon kaum mehr zu erkennen waren. Ihr Gesicht war verschwunden. Nur den Mund sah Mensen, der sich öffnete und schloss. Er sah auf die Lippen, die mal ganz streng und weiß waren, dann wieder rot und weich, mal sehr konzentriert und dann wieder erstaunt, mal schmerzverzerrt und dann wieder gelöst, ihre Lippen, die schließlich einen

perfekten Kreis formten, der langsam wuchs, mit jedem ihrer Atemzüge größer wurde, bis Mensen das Weiß ihrer Zähne sah und er ganz erfüllt wurde von diesem Gefühl, einem Gefühl, das immer mehr in die Länge gezogen wurde, wie Kautschuk, aber Kautschuk, das man zieht, wird immer dünner, und dieses Gefühl wurde immer größer, je länger es andauerte, das ist ein Widerspruch, wollte Mensen denken, und dass es das erste Mal ist, dass ihm etwas Langsames keine Angst macht, aber da war es schon so groß geworden, dass er nicht mehr denken konnte, außer, dass es nie aufhören soll und jetzt die Zeit stehen geblieben ist, aber da riss etwas, sie stöhnten, und es war vorbei.
»Jetzt weiß ich etwas Neues«, sagte Mensen, als sie nebeneinander lagen und in die Spinnweben sahen.
»Etwas über die Frauen?«
»Ja. Und etwas über die Zeit. Ich habe es nur nicht verstanden. Ich habe einen Moment lang gespürt, dass sie stillstehen kann und dass das gut ist. Keine Gefahr.«
Das hätte er gerne Jan erzählt. Das mit der Zeit und das mit Gwendolyn. Er hätte ihm gesagt, dass er jetzt verstehe, wie es ihm ergangen sei, damals in Philadelphia und in Montevideo.
Skulberg hätte nichts davon gewusst. Mensen konnte ihn sich nicht mit einer Frau vorstellen. Vielleicht weil Skulberg selber manchmal wie eine Frau ausgesehen hatte, vor allem am späten Nachmittag, wenn die anderen Schüler gegangen waren und das Licht durch die Scheiben des Schulhauses sein Gesicht beschienen hatte. Skulberg hatte dann oft die Augen geschlossen, um nachzudenken, und leise zu Mensen über Dinge gesprochen, die beiden wichtig waren.
»He, Mensen«, sagte Gwendolyn.
»Hm?«
»Ich bringe dir das Langsame bei. Nicht als ein Erstarren wie bisher, wenn du dich bremst, das habe ich schon beobachten können, vor allem beim Essen im Gesindehaus, wenn die anderen dich angaffen, weil du die Suppe so hastig in dich

hineinschaufelst und du es dann bemerkst und den Löffel anhältst, irgendwo, manchmal direkt vor dem Mund. Dann bist du noch immer ein Schneller, du rührst dich nur nicht. Ich meine etwas anderes. Du musst das Langsame in dir wachsen lassen, am besten bewegst du dich eine Weile wie ich.«
Mensen wollte das gerne tun. Aber ging er neben Gwendolyn her, dann schmerzten die Füße, so dass er kaum vorankam und doch erschöpft war. Bewegte er den Kopf so bedächtig wie sie, verschwand ihm die Welt. Und wenn er versuchte, in ihrem Tempo zu reden, dann wusste er kaum, was er sagen sollte, denn die Gedanken waren schon fort und im Mund blieb nur ihre verwehte Spur. Allein auf dem Speicher, da gelang es.
»Du wirst es schaffen«, sagte sie immer wieder. »Du kannst es, du musst, denn sonst hält es keiner mit dir aus. Mit diesem spatzenhaften Herumgehüpfe, diesem Hühnerkopfgezucke, diesen Flohgedanken und den scharrenden Füßen. Du kannst es anders, du weißt es nur nicht.«
Vielleicht hatte sie Recht, und er könnte es schaffen, wenn er wollte. Aber da lag das Problem, denn er wusste nicht, ob das, was sie von ihm verlangte, wirklich sein Ziel war. Wenn er das Schnelle aufgab, dann gab er das Einzige auf, was er wirklich konnte. Skulberg hatte ihm nie gesagt, dass er zu eilig gewesen sei, der ließ ihn sein, wie er war. Und auch Jan war er nie zu rasch gewesen, im Gegenteil, der war froh und stolz, wenn Mensen sich selber noch übertraf im Schnellsein. Gwendolyn mochte ihn anders als die Freunde. Vielleicht ist so die Liebe, dachte Mensen. Die Frauen lieben den Mann, den sie bekommen, wenn er so wird, wie sie wollen.
Und umgekehrt? fragte sich Mensen. Was lieben die Männer an einer Frau?
Er zählte im Stillen auf, was er an Gwendolyn mochte.
Es war keine lange Liste, und das meiste davon hing mit dem zusammen, was droben auf dem Speicher geschah. Unter Umständen war nur das die Liebe. Er hätte Skulberg gerne danach gefragt, der hätte die Antwort gewusst. Steffel, der

deutsche Läufer, kannte sich damit nicht aus, und Gwendolyn war wütend geworden, als er sie danach gefragt hatte. Es war eine seltsame Wut, die unendlich langsam von ihr Besitz ergriffen hatte, erst nach zehn Minuten ihre Wangen rot färbte und dann zu einem Schwall von Beschimpfungen führte, die aus ihrem Mund quollen wie Gelee. Ihre Wut kam langsam, dafür hielt sie lang an. Sie sprach für Wochen kein Wort mehr mit Mensen. Je länger es dauerte, umso mehr liebte er sie, und die Liste wurde jeden Tag länger, und schließlich hatte sie ihm verziehen. Aber sie verbrachten nur wenig Zeit miteinander, denn längst war Mensen der bevorzugte Bote des Herzogs. Keiner war so ausdauernd wie er, keiner so belastbar, so beharrlich und schnell. Die anderen Läufer erkannten neidlos Mensens Leistungen an. Er war der Beste des ganzes Landes, und ein Teil seines Glanzes fiel auch auf sie zurück. »Wir sind Läufer bei Queensbury, wie Mensen Ernst«, sagten sie und bemerkten, wie der Ruf des Läufers den des Herzogs zu überstrahlen begann.
Nur Steffel war mürrisch. Früher war er der Liebling des Herren gewesen, jetzt sank sein Stern, und er gab Mensen die Schuld. Er vergrub sich in der herzoglichen Bibliothek. Wenn er schon nicht mehr der Schnellste war, dann wollte er wenigstens der Klügste sein und alles über das Laufen wissen. Wenn Mensen müde von seinen Gängen abends in der Kammer lag, überfiel ihn Steffel mit Neuigkeiten, die er gerade gelesen hatte. Das meiste hatte Mensen vergessen, nur die Geschichte mit den Türken hatte sich in seinem Kopf festgekrallt. Er wisse zwar, dass Mensen denke, er sei der beste Läufer, fing Steffel an. Aber das sei er nicht. Er solle einmal hören, was er in einem alten Buch des Herzogs gefunden habe.
Mensen wollte nicht hören. Geschichten interessierten ihn nicht, doch Steffel war unerbittlich und las:
Die türkischen Boten-Läufer sind so überaus schnell, dass man in der ganzen Welt ihresgleichen nicht findet. Sie können gleichsam in einem Atem Tag und Nacht an einem Stücke laufen. In dem Munde halten sie eine durchlöcherte, silberne Kugel, um da-

durch desto bequemer Luft zu schöpfen. Die Boten tragen an ihren Gürteln viele hell klingende Schellen. An ihren Fersen haben sie ein eisern aufgeschlagenes Blech oder Hufeisen, wie die Pferde, denn sie haben durch das vielfältige Laufen über den brennenden heißen Sand, gleich den Arabern, so harte Fußsohlen, dass man eiserne Nägel darin schlagen und heften kann, ohne ihre Empfindung. Man gibt vor, die Milz sei ihnen in ihrer Jugend ausgenommen, durch einen gewissen Handgriff, dessen die Türken keine andere Nation wollen teilhaftig machen.
Innerhalb zween Tagen ist einstmals einer von den Boten von Constantinopel nach Adrianopel, und von dannen in erstere Stadt wieder zurückgekommen, welche Reise mittels der ringfertigsten Pferde in drei Tagen nicht mag verrichtet werden.
Kein Pferd ist ihnen also an Geschwindigkeit gleich, und kein anderer Läufer auf Erden mag sich mit ihnen messen.
Mensen fragte ihn, warum er ihm das vorlese. Steffel konnte ihm keine richtige Antwort geben, aber im Grunde war es Mensen egal. Er lief nicht, um der Schnellste zu sein. Er wusste nicht, warum er lief. Es gab einen Grund, da war er sich sicher, aber er fiel ihm nicht ein, und Mensen versuchte, nicht allzu viel darüber nachzudenken. Wenn er den Grund wüsste, dann würde er vielleicht nicht mehr laufen können. Das würde er Steffel nie erklären können, aber das war auch nicht wichtig, nur die türkischen Läufer rannten nachts durch seine Träume. Ganz nah sah er die Gesichter, vollkommen verzerrt von der silbernen Kugel zwischen den Lippen. Die Hufeisen hämmerten hart auf das Pflaster und durch Mensens unruhigen Schlaf.
Queensbury führte ihn am Ende des Sommers durch die Fabrik. Die Maschinen stampften und zerschlugen die Worte, aber das mochte der Herzog, wie alles, was laut war und schnell. Vor allem schnell, deshalb trug er zwei Uhren, eine rechts, eine links.
»Das ist Unsinn«, brüllte Mensen gegen den Lärm. »Ein Mann mit einer Uhr weiß, wie spät es ist, ein Mann mit zwei Uhren ist sich nie sicher.«

Der Herzog lachte und brüllte zurück. »Das sagen viele … Aber das ist eine Täuschung … Nehme die, die vorgeht … So kann man nichts falsch machen … Kommt nie zu spät … Denn Mensen, unterschätze nicht die Kraft … Die Kraft dieser Apparatur … Nicht die Dampfmaschine ist der Schlüssel zur Zukunft … Sieht nur so aus, und alle glauben es, weil sie Lärm macht und stinkt … Der Schlüssel ist das hier.«
Und er zog an den beiden goldenen Ketten und hielt die Uhren hoch.
»Weißt du Mensen, wer die Zeit besitzt … Und man kann sie wirklich besitzen … Besitzt Macht über die Menschen … Irgendwo da drin wird sie gemacht … Keiner weiß wie. Aber egal, es geht hier um dich, denn du bist der Mensch der Zukunft, Mensen, das wollte ich dir sagen … Das solltest du … Wenn alle von deiner Sorte wären, könnte ich doppelt so viel produzieren … Aber das sind sie ja nicht … Noch nicht … Komm, ich zeige dir was.«
Der Herzog kurbelte im Maschinenraum. Es ratterte schneller und lauter.
»Das wäre das richtige Tempo, was? … Aber nach zehn Minuten sind sie alle kaputt, das ist das Problem … Sie gehen kaputt, und ich bekomme keinen Nachschub. Man müsste sie daran gewöhnen … Wenn ich die Arbeiter daran gewöhnen könnte, dann wäre ich bald der … Die Maschinen werden immer besser und schneller … Vor allem schneller. Aber die Menschen hemmen jeden Fortschritt, das ist doch bedauerlich, oder?«
Der Herzog legte Mensen die Hand auf die Schulter.
»Wie hast du das eigentlich angestellt? … Ich meine, was hast du gemacht, damit du dich in doppeltem Tempo? … Ist das die Ernährung, das könnte ich mir vorstellen, dass das Essen … Oder vielleicht doch die Erziehung? … Fördern bestimmte Bewegungen die Geschwindigkeit in besonderem Maße? … Oder deine Herkunft? … Vielleicht ist es in Norwegen so kalt, dass die Menschen sich schneller bewegen müssen, um nicht … Du siehst, ich denke viel über dich nach … Es könnte ja

auch mit deinen Eltern … Haben die Geschwindigkeit einfach an dich weitergegeben, mit der Muttermilch sozusagen? … Auch deine Kinder, falls auch die Mutter von ähnlich rascher Wesensart wäre, schneller als alle anderen? … Faszinierender Gedanke, was Mensen? … Ein Geschlecht der Schnellen, das meine Fabriken bevölkert. Und du wärst der Stammvater dieser besseren Menschen … Ein Freund hat eine Magd, ein flinkes Ding, die passt zu dir. Ich besorge sie. Als Geschenk an dich … Gwendolyn kommt eh weg … Die bringt es nicht … Was hältst du davon? Willst du der Mann der Zukunft sein?«

»Es gibt Schildkröten und Läufer«, brüllte Mensen gegen das Stampfen der Maschinen.

»Was soll das heißen?«

»Jeder läuft so schnell, wie er kann. Aber die Schildkröte weist dem Läufer den Weg.«

»Red keinen Unsinn, völliger Nonsens! … Aus Schildkröten soll man Suppen machen … Das kommt von Gwendolyn, das weiß ich wohl. Das ist nicht gut, Mensen, gerade die langsamste Magd im ganzen Königreich … Mit Sorge. Man hat mir erzählt, dass … Mit sehr großer Sorge sogar. Du hast doch verstanden, was ich dir gerade erzählt habe? Was ich mit dir vorhabe? Es soll dein Schaden nicht sein, wenn du meinen Vorschlag … Mein bester Läufer soll seine Gaben doch nicht verschleudern an eine, die, wenn man sie schlägt, erst fünf Minuten später schreit.«

»Egal, ich schlage sie nicht.«

»Widersprich mir nicht, sonst lasse ich dich vor die Kutsche spannen.«

Nachts war Gwendolyn noch langsamer als sonst. Wenn Mensen der Mann der Zukunft war, dann war sie die Frau der Vergangenheit. Wo sie sich berührten, war Gegenwart. Hinterher lagen sie nebeneinander, die Hände verschränkt.

»Was denkst du?«, fragte ihn Gwendolyn, als die Glocke vom Haupthaus her Mitternacht schlug.

Mensen schreckte hoch, riss sie halb von der Decke und sah in ihre Augen, die ihn erschreckt ansahen.

»Komm los«, sagte Mensen. »Wir müssen weg. Jetzt ist Zeit. Pack deine Sachen.«
Er stand schon vor ihrem Lager und zog sich an, während er ihr alles erklärte. Sie verstand nicht wirklich und wollte nicht fliehen, aber Mensen ließ ihr keine Zeit zu widerstehen. Er zerrte sie hoch, drängte sie die Stiegen hinunter und öffnete den Riegel des Tores, als sie noch bat, sich alles gründlich zu überlegen.
»Uns geht es doch gut hier«, sagte sie. »Woher willst du denn wissen, dass der Herzog nicht nur einen Scherz gemacht hat. Man kennt ihn doch. Wer nimmt Queensbury schon beim Wort? Außerdem steht der Sold für die vergangene Woche noch aus. Du übertreibst doch, wie immer. Mach langsam.«
»Spar deinen Atem fürs Laufen«, sagte Mensen. »Wir haben noch viel vor heute Nacht.«
»Ich habe nichts vor, im Gegenteil: Alles, was ich vorhatte, habe ich schon gehabt«, sagte Gwendolyn, aber kam ihm nach, langsam, hechelnd und widerwillig.
Mensen schlug den Weg durch den Wald Richtung Berge ein. Dort würde sie der Herzog kaum vermuten. Und hinterher würden sie in einem kleinen Hafen einen Fischer suchen, der sie nach Irland übersetzen würde. Die Nacht war noch lang und mondlos, aber Mensen kannte den Weg. Gwendolyn war inzwischen ruhiger geworden. Manchmal schluchzte sie, manchmal fluchte sie leise, wenn sie über eine Wurzel stolperte. Nach zwei Stunden machte Mensen eine Pause, und sie sank auf einem Baumstumpf zusammen.
Mensen sah ihr Gesicht nicht, weil sie es in ihren Händen barg und leise zitterte, aber ihr Nacken war schweißnass und fühlte sich kalt an, als er seine Hand darauf legte.
Sie schauderte kurz, als er sie berührte.
»Ich gehe zurück«, sagte sie dann. »Ich kann nicht. Es tut mir Leid.«
Mensen nahm seine Hand wieder weg. Damit hatte er nicht gerechnet, sie gehörten schließlich zusammen. Wenn der Herzog sie trennen wollte, mussten sie fliehen, das war of-

fensichtlich, aber das konnte er ihr nicht erklären, weil in der Ferne ein Hund anschlug.

»Zu spät, umzukehren«, sagte Mensen. »Sie haben entdeckt, dass wir weg sind. Das war vielleicht Steffel. Jetzt komm und lauf.«

Gwendolyn stand wieder auf, aber das war kein Laufen, sie schleppte sich voran, obwohl die Hunde immer näher kamen. Mensen hörte ein Pferd. Queensbury liebte die Jagd. Mensen packte Gwendolyn an der Hand und zerrte sie weiter. Nicht weit von hier führte der Weg über den Fluss.

»Wenn wir im Wasser abwärts laufen, verlieren die Hunde unsere Spur«, sagte Mensen, immer wieder, um sie anzutreiben, aber vergebens.

Das Kläffen der Hunde kam immer näher.

Mensen schob sie schließlich die Böschung des Flusses hinunter und sprang ins Wasser. Es war kalt, aber floss langsam und fast ohne Strömung und ging ihm nicht einmal bis an die Brust.

»Komm jetzt«, sagte Mensen und winkte ihr von der Mitte des Flusses zu, und sie trat zögernd mit einem Fuß ins Wasser. Mensen sah, wie sie den Kopf schüttelte und den Schuh zurückzog.

Er hörte die Stimme des Herzogs, der die Pferde durchs Dickicht trieb.

»Ich kann nicht«, sagte sie und hob ihre Schultern, dann brachen die Hunde durchs Unterholz und kläfften sie an. Mensen war fast am anderen Ufer, als er den Schimmel des Herzogs erkannte.

Der Herzog rief seinen Namen in die Dunkelheit, ohne ihn zu sehen. Mensen solle antworten. Er habe ihm doch immer gesagt, dass sie zu langsam sei. Ob er ihm jetzt glaube?

Mensen kroch unter einen Zweig auf der gegenüberliegenden Seite.

Er solle sofort antworten, sonst würde er wirklich wütend werden, rief der Herzog über das Wasser. Er wisse genau, dass er nicht weit sei.

Mensen schwieg. Der Herzog konnte ihn nicht gesehen haben.
Er sah ihn ja selbst kaum, nur einen schwarzen Schatten am anderen Ufer, aber er hörte plötzlich, wie Gwendolyn schrie, der Herzog ihren Namen brüllte, den Knall eines Gewehres und wie ein schweres Bündel ins Wasser fiel.
Sie schwamm auf ihn zu, so langsam, wie sie die Wäsche aufgehängt hatte. Endlich hatte sie ihre Geschwindigkeit wiedergefunden, drehte sich sanft im Kreis und sank dabei ein wenig tiefer. Ihr rotblondes Haar streifte seine Hand, als wollte sie Abschied von Mensen nehmen, bevor sie sacht und lautlos ins Dunkle glitt.
Mensen schwamm in die andere Richtung, so leise, dass der Herzog ihn nicht hörte, und kletterte an einem abgestorbenen Baum aus dem Wasser.
Es war ein anderer Schmerz als bei dem Tod von Jan. Tiefer ins Herz, brennender und stechend und weniger dumpf. Aber nur das Herz fühlte sich an, als ob es gleich explodierte. Der Rest des Körpers war unbeteiligt. Als Jan starb, hatte alles gelitten: die ganze Haut, Kopf, Bauch und alle Organe, Arme, Beine, sogar Haare und Nägel. Jetzt konnte Mensen den Schmerz von außen betrachten.
Er lauschte, ob er die Hunde des Herzogs hörte, aber sie kläfften an einer anderen Stelle des Waldes.
Mensen lief los.
Der Herzog würde ihn eher im Westen suchen, Richtung Irland, also lief er nach Süden, durch die Nacht, den Morgen, den Tag, bis sich die Wiesen über die Kreidefelsen ins Meer stürzten. Hier bog er nach Osten und fand in Dover ein Boot zum Übersetzen. Er schloss die Augen während der Überfahrt und hielt sich mit beiden Händen an der Reling fest. Frankreich war flach, es regnete ein wenig, und er verstand die Leute schlecht. Deutschland war voller Soldaten, das mochte er nicht, aber er kannte die Sprache. Kurz vor Dresden überholte er eine Kutsche, ein rotes Gesicht sah ihm aus dem Fenster entgegen und schrie ihm etwas nach. Er küm-

merte sich nicht darum, sondern lief weiter. Das war mühsam; alle paar Meilen kam er in ein neues Land mit eigenem Geld und streng gesicherten Grenzen. Die Zöllner waren misstrauisch, verglichen Mensens Gesicht lange mit einer Liste von Steckbriefen und ließen ihn ungern passieren, als sei das Land, das er betreten wollte, ihr wertvollster Besitz.
In einer nahen Schenke trank Mensen ein Bier. Es war trüb, und der Schaum schwamm oben drauf wie ein Fettklumpen. Der Wirt in dem Schankhaus stand hinter der Theke und beobachtete Mensen. Er schrieb etwas in ein kleines Buch. Als Mensen zu ihm hinsah, ließ er den Stift sinken.
Eine Kutsche hielt an, ein staubiger Mann zwängte sich durch die Tür in die Stube und hustete in ein Tuch. Mensen erinnerte sich an das rote Gesicht in der Kutsche, die aufgedunsenen Backen, das gezwirbelte Bärtchen unter der mächtigen Nase. Der Mann erkannte ihn auch.
Er müsse sich unbedingt vorstellen, bedrängte ihn der andere, sein Name sei Freiherr von Wedemeyer, alter Adel, aber verarmt, leider alles nichts mehr wert, weder das alte adelige Blut, noch die Pergamente seiner Herkunft, aber gesegnet mit einem großen Durst und reichlichem Appetit, und er wolle den unbekannten Läufer gerne einladen, zum Essen, jetzt und hier, und mit ihm alles Notwendige besprechen.
Ja, das Notwendige, wiederholte er und rief den Wirt und bestellte einen großen Topf Fleisch und Knödel und reichlich Bier für beide, das würden sie brauchen, denn es gebe etwas zu feiern, zumindest glaube er das. Ob Mensen, inzwischen hatte er seinen Namen erfragt, ob Mensen schon einen Berater habe, der seine erstaunlichen Fähigkeiten, denn erstaunlich seien sie, das habe er in kürzester Zeit erkannt, ob es also schon jemanden gebe, der Mensens Qualitäten einem breiteren Publikum verkaufe?
Mensen schüttelte den Kopf. Er sei auf See gewesen, anschließend als Botenläufer in England. Jetzt laufe er ziellos, aber er habe nichts zu verkaufen.
Doch, doch, das habe er sicher, er wisse es nur nicht, sagte

Freiherr von Wedemeyer und schob sich einen halben Knödel in den Mund. Er tätschelte Mensens Schenkel. Das hier, das sei sein Kapital. Die Hand lag länger auf Mensens Bein, als ihm angenehm war.
Mensen schüttelte den Kopf. Wer wolle schon einen Läufer sehen?
Alle, sagte Wedemeyer und häufte Mensen noch einen Fleischklumpen auf den Teller.
Alle, sagte er wieder, auch wenn sie es vielleicht noch nicht wüssten. Sie würden es schon lernen. Die Menschen müssten immer nützlicher werden, immer sinnvoller ihre geringen Kräfte einsetzen, immer produktiver sein. Je mehr sie aber zu einem Sklaven ihrer Arbeit würden, umso mehr würden sie sich nach dem Überflüssigen sehnen, dem Entbehrlichen, dem Zwecklosen. Das sei eine ungestillte Sehnsucht, aber Mensen werde sie erfüllen. Die körperliche Anstrengung des Boten werde durch die Nutzlosigkeit des Schaulaufens geheiligt und der Leib so einem höheren Zweck geweiht.
Mensen hatte ihm erstaunt zugehört und schüttelte den Kopf. Das könne nicht funktionieren, aber Wedemeyer fuchtelte mit seinen Händen durch die Luft, als könnte er Mensens Widerstand beiseite wedeln.
Natürlich tue es das. Außerdem gingen die Menschen in Deutschland immer gedrückter. Die Politik halte die Leute klein. Seit dem Aufruhr in Frankreich hätten sie Angst, da oben, die Fürsten und Herzöge, Bischöfe und Könige, die Kaiser und ihre Satrapen. Deshalb die ganzen Soldaten, das sei ihm doch sicher aufgefallen? Wer kein Soldat sei, der sei Polizist. Und wer auch kein Polizist sei, sei ein Spitzel, wie dieser Wirt, der die ganze Zeit schon mit dem schiefen Grinsen zu ihnen schaue, vor solchen Menschen müsse man sich hüten. Und wer auch kein Spitzel sei, der werde als Aufrührer verdächtigt und stehe mit einem Fuß im Kerker. Schlecht für die Menschen, aber gut für ihn, gut für Mensen, denn je mehr man die Menschen unterdrücke, umso mehr würden

sie nach einem Ventil verlangen. Schausteller und Jahrmärkte hätten daher ihre große Zeit. Und ein Läufer passe da bestens hinein. Als Bote in England habe Mensen eine Anstellung gehabt. Wedemeyer aber werde ihn zum Künstler machen.
Er sei ein einfacher Mensch, sagte Mensen. Er laufe, weil er das müsse. Der Freiherr täusche sich in ihm.
Er täusche sich nie in jemandem, widersprach Wedemeyer. Niemals. Mensen solle ihm vertrauen, er werde seinen Namen in ganz Europa bekannt machen.
Mensen ließ ihn das Essen bezahlen und folgte anschließend der Kutsche bis zu dem Gut in Anrode, wo Wedemeyer bei seiner Cousine Beatrice, einer Witwe, untergekommen war. Er ließ Mensen vor dem Tor warten, um Beatrice auf dessen Ankunft vorzubereiten. Kaum war die Kutsche in der Einfahrt verschwunden, öffnete sich das Tor wieder einen Spalt, und ein Kind schlüpfte heraus und kam zu Mensen.
»Hallo«, sagte Mensen und ging in die Hocke, damit das Kind nicht zu ihm aufschauen musste.
Es antwortete nicht. Die Haare waren fast schulterlang, und Mensen überlegte, ob es ein Junge war oder ein Mädchen. Das Kind sah ihn stumm an mit einem Blick, der ihn kränkte.
»Hast du auch einen Namen?«, fragte er das Kind, aber bekam keine Antwort. Stattdessen fuhr das Kind mit den Fingern von der Schulter über seinen Arm und griff mit einer kleinen und erstaunlich festen Hand seinen Daumen und führte ihn durch das Tor in einen Garten voll Unkraut. Vom Haus her kam ihm Wedemeyer entgegen, an seiner Hand eine Frau, die Beatrice sein musste.
Das Kind da habe Mensen also auch schon kennen gelernt, sagte Wedemeyer. Es heiße Maike und könne nicht reden. Aber vielleicht sei das besser so. Und das hier sei Beatrice.
Mensen reichte ihr die Hand. Ihr Griff war weniger fest als der des Kindes.
Mensen hatte anfangs viel Zeit, seine Gastgeberin zu betrachten, bis Wedemeyer Plakate für Schauläufe gedruckt und Genehmigungen dafür eingeholt hatte. Häufig saß Be-

atrice am Feuer und sah reglos hinein. Mensen mochte ihre bleichen Wangen im roten Schein der Flammen. Ein andermal fand er sie im Lehnstuhl des Speisesaals, ein aufgeschlagenes Buch auf den Knien, dessen Seiten sie nicht umblätterte. Sie stand im Garten und sah auf den See. Immer war sie schon da, und er wusste nicht, wie sie dort hingekommen war. Auf der Chaiselongue im Salon, den Handrücken der Linken über die Stirn gelegt, die andere Hand in ihrem Schoß. Unter dem brüchigen Baldachin auf der Veranda in einem zerfledderten Korbstuhl. Auf der Ofenbank in der Küche, zu ihren Füßen das Kind. Vielleicht gibt es Löcher in der Zeit, durch die sie schlüpfte, von einem Raum in den anderen? Er fand sie im Fauteuil, Strickzeug neben sich. Ihr Blick in die Ferne. Sie lachte, als er seine Frage stellte, und lud ihn ein zu einem Spaziergang im Park. Da könne er sehen, dass sie sich sehr wohl bewege. Sie hakte sich bei ihm ein und führte Mensen durch den Garten. Moos grünte auf den Kieswegen, ein steinerner Bacchus lag zerbrochen im Gras, und Brennnessel wuchs aus den Scherben seines Kruges. Ihre Hand lag leicht auf seinem Arm. Die Schritte knirschten im Takt auf dem Kies. Es war Mai, und der Himmel hing voller Wolken, und es nieselte, ein beständiger, feiner Regen, und es schien Mensen, als würde es nie wieder aufhören wollen. Er sah sie an, durch den Regen, und sie blickte geradeaus, als bemerkte sie nicht, wie er ihr Gesicht betrachtete. Sie sah auf den See und schob die Unterlippe nach vorne. Mensen wollte ihr über die Haare streichen, ganz leicht und ganz langsam, wenigstens das, aber seine Hand schaffte den Weg nicht bis zu ihr, sondern blieb in der Luft hängen, als hätte er sie dort vergessen. Sie blickte auf seine Finger und sagte nichts. Aber sie lachte, und dabei leuchteten goldene Punkte in ihren grauen Augen. Etwas an ihr erinnerte ihn an Gwendolyn, aber er wollte das Gefühl nicht groß werden lassen. Alle, die er mochte, waren schon tot, außer Skulberg, und der war verschollen. Der Regen wurde stärker und trieb sie zurück ins Haus. Das war vor vielen Jahrzehnten einmal sehr ansehnlich gewesen, aber Beatrices Herrschaft über die verbliebenen Diener in Anrode war nachlässig. Es wurde schlecht gekocht, und im Park wucherte Efeu über den Pavillon und die Brüstung am See. Das Dach müsste neu gedeckt werden, durch die Ritzen des Fensters zog nachts kalt der Wind, und der Schwamm wuchs in den Wänden. Aber das machte nichts, denn Mensen war kaum hier, weil Wedemeyer sein Versprechen wahr machte und überall Rennen organisierte. Mensen wusste nicht, wie er das anstellte und woher er die Verbindungen hatte, vielleicht nutzte der adelige Namen etwas, vielleicht hatte er ein anderes Geheimnis, aber es war ihm gleich, solange es nur einen Grund zu laufen gab. Als Jan gestorben war, war Mensen gelaufen, um sich bei jedem Schritt an den Freund zu erinnern. Jetzt lief er, um Gwendolyn zu vergessen, und kam nach drei Monaten zum ersten Mal nach Anrode zurück.

Am Tor stand Maike, als habe sie auf Mensen gewartet, rannte zu ihm und legte ihm die schmalen Arme um die Hüften. Er hob sie hoch und drehte sie einmal im Kreis und setzte sie ab, als er bemerkte, dass ihm Beatrice aus dem Garten zusah. Er ging zu ihr, und sie umarmte ihn kurz. Zu kurz, fand Mensen, aber einen Moment lang strichen ihre Finger über seine Wangen. Dann forderte ihn das Kind zurück, und er spielte Verstecken im Park.

Ihr Cousin hatte viele Wettkämpfe vereinbart, und Mensen reiste bald wieder ab. Am schwersten fielen ihm die Rennen in den deutschen Ländern. Hier atmete er beim Laufen die Angst der Menschen, die an der Strecke standen. Wirklich munter waren nur die Soldaten. Wedemeyer lachte und zählte das Geld, aber je mehr Mensen lief, umso größer wurde die Konkurrenz. Immer mehr Läufer traten auf. Wenn er nach Anrode kam, konnte er kaum noch berichten, wo, wann und wie schnell er gelaufen war, schon musste er wieder los. Das müsse man akzeptieren, sagte Wedemeyer, das seien halt die Gesetze des Marktes. Je präsenter Mensen dem Publikum sei, umso mehr werde es nach ihm verlangen. Eine kleine Pause wäre bereits verheerend, denn dann würde seine Position von einem der Rivalen eingenommen werden, und ihn würde man vergessen, denn so seien die Menschen nun mal. Früher war Mensen anders gelaufen, das wusste er noch, aber er wusste nicht, worin der Wandel bestand. Die Veränderung war zu langsam gekommen, und für Langsames hatte er kein Organ.

Weil jetzt schon zu viele andere rannten, erfand Wedemeyer neue Attraktionen. Das Laufen auf Stelzen war eine davon, aber das musste Mensen erst lange üben. Er stolzierte mit den Stelzen durch den Park, an seiner Seite Maike, die stumm lachte, wenn Mensen sich absichtlich ein Bein stellte, fast auf den Boden stürzte und sich im letzten Augenblick wieder fing. Sie wollte es selber probieren, und Mensen hielt die Stelzen, und das Kind lief auf geradem Weg zu der Mauer des Parks und sah über sie hinweg in die Weite.

Nach dem ersten richtigen Stelzenlauf kam Mensen blutig nach Anrode zurück. Das Holz der Stecken hatte die Achseln wund gerieben, und Beatrice rieb Mensen Öl hinein. Sie ließ nicht zu, dass er das selber tat. Das Öl war warm und brannte im ersten Moment auf der Haut, und dann löste sich der Schmerz unter ihren kreisenden Fingern auf. Sie hielt die Augen geschlossen, während sie ihn pflegte, als wollte sie erfühlen, wo es schmerzte, und er sah sie an und überlegte sich, wie es wohl wäre, wenn er sie küssen würde, aber in diesem Moment öffnete sie die Augen und blickte ihn streng an, als hätte sie seine Gedanken erraten, und Mensen entschuldigte sich, und sie fragte, warum.

Warum, fragte sie ihren Cousin auch später beim gemeinsamen Essen. Warum Wedemeyer Mensen das antue?

Wedemeyer verstand sie nicht. Antue? Was sie denn damit meine? Er häufte sich den Teller voll und schüttelte den Kopf. Er tue Mensen nichts an, im Gegenteil, er mache ihn berühmt, zur Sensation, ob sie das nicht sehen würde? Mensen sei doch früher nur ziellos durch die Gegend getrottet,

oder Mensen? Jetzt aber liefe er für Ruhm und Ehre und Geld, mit dem beispielsweise der Dachdecker bezahlt werden könne, so dass es diesen Winter nicht mehr reinregnen würde, was ihr doch auch sehr Recht sei, oder? Mensen sei etwas ganz Besonderes.
Mensen sah von seinem Teller auf. Er wolle nichts Besonderes sein, sondern so wie die anderen, sagte er.
Er solle ruhig sein, sagte Wedemeyer. Er rede Unsinn und wisse doch nicht, was er wolle. Aber das mache nichts. Er, Wedemeyer, wisse es. Mensen solle lieber anhören, was die Zeitungen über ihn schrieben.
Er griff in seine Tasche und hielt Mensen eine Zeitung vors Gesicht.
Oberhessisches Provinzial-Wochenblatt, las Mensen, die neueste Ausgabe.
Wedemeyer lehnte sich zurück, nahm die Zeitung und las vergnügt:
Der Schnell-Läufer Mensen Ernst aus Norwegen gab am Donnerstag, den 15. abends eine große Produktion im herzoglichen Augarten und lieferte einen augenscheinlichen Beweis, dass er imstande sei, in der Kraft, Ausdauer und Schnelligkeit allen bisher bekannten Schnell-Läufern den Rang abzugewinnen. Die heutige Produktion erregte mit Recht Staunen und Bewunderung unter den zahlreich versammelten Zuschauern. Der Rasenplatz des großen Parterres im Augarten beträgt 224 Klafter im Umfange. Mensen Ernst kündigte an, diesen Weg 36 Mal binnen 76 Minuten zurückzulegen. Anfangs umlief er den Raum in eineinhalb Minuten, später in zwei und gegen Ende in zweieinhalb Minuten. Er bewegte sich bei der drückendsten Sonnenhitze ohne die geringste, sichtliche Anstrengung, trank zur Auffrischung zu mehreren Malen ein Glas Wasser, hielt die Uhr in der einen, ein kleines Stäbchen in der anderen Hand, und legte einen Weg von 8062 Klafter, also mehr als zwei deutsche Meilen in einer Stunde und zwanzig Minuten zurück. Während dieser ganzen Zeit pfiff er lustig und guter Dinge eine unbekannte, wahrscheinlich norwegische, Arie. Das öftere Anhalten zum Wassertrinken war

Ursache, dass er um vier Minuten später anlangte. Da bei dieser Produktion die außerordentliche physische Kraftentwicklung mehr ein Gegenstand der Aufmerksamkeit sein muss, als das Anlangen am Ziele nach der gegebenen Minute, so wurden ihm auch allgemeine, laute und verdiente Beifallsbezeugungen gespendet. Anschließend umlief er den Rasenplatz zweimal mit Stelzen. Der Schnell-Lauf mit Stelzen zeigt sich als eine höchst anstrengende Bewegung, da bei dem unelastischen Auftreten die Brustmuskeln ungemein in Anspruch genommen werden. Dennoch legte Mensen Ernst auf seinen eineinhalb Schuh hohen Holzbeinen die Rennbahn ohne Unterbrechung und mit der größten Leichtigkeit dreimal zurück, und hatte zu jedem Umlaufe nur drei Minuten Zeit notwendig. Dieses lebendige Perpetuum mobile gehört unter die außergewöhnlichen Erscheinungen und hat bereits in ganz Europa Sensation erregt.

Das sei doch was. Und er, Wedemeyer, habe diesen Erfolg erst möglich gemacht, kein anderer, und daher lasse er sich nicht vorwerfen, er würde Mensen etwas antun, im Gegenteil, Mensen sei sein Kapital, sein bestes und wertvollstes, das werde er doch nicht zerstören wollen, nie und nimmer werde er das. Aber, und das sei die Kehrseite des Erfolges, immer mehr Läufer ahmten Mensens Künste nach, darunter einige, die als Botenläufer ihr Brot verdient hatten und nun ohne Anstellung seien, seit die Thurn- und Taxis'sche Post immer zuverlässiger werde. Er müsse daher Mensens Erfolg verteidigen. Das sei keine leichte Aufgabe, bei Gott, das sei es wirklich nicht. Jetzt liefen auch die anderen schon mit Stelzen, das sei auch nichts Neues mehr, aber dafür habe er sich etwas Besseres überlegt: Mensen werde in Kassel demnächst rückwärts laufen. Das habe es noch nie gegeben, ein Schnellrückwärtsläufer, oder ein Rückwärtsschnellläufer, was denn besser klinge auf dem Anschlagzettel? Er sei sich da noch unsicher. Mensen solle doch etwas dazu sagen. Aber der sage ja kaum noch etwas, als habe ihm das Laufen die Sprache verschlagen. Stimmt's, Mensen? Aber der nickte nur. Und lief rückwärts um Kassel, vier Werst in zwölf Minuten.

Bald liefen auch andere rückwärts, aber Wedemeyer gab längst nicht auf, Wedemeyer nicht, im Gegenteil, je größer die Konkurrenz wurde, desto ausgefallener wurden seine Ideen. In Madrid steckte er Mensen in eine Ritterrüstung und ließ ihn in der Augusthitze rennen, bis er ohnmächtig wurde. Vor dem König in Kopenhagen lief Mensen mit einer Kiepe auf dem Rücken, in der ein Kind mit einer Peitsche saß und ihn kreischend antrieb. Für das Rennen vor den Augen des Papstes hatte Wedemeyer Stelzen in Form von Bischofsstäben bauen lassen. In Dresden lief Mensen in Ketten, in Frankfurt als Chinese verkleidet, in Straßburg als Frau. Mal musste er laufen und Lieder singen, mal dabei Gedichte rezitieren. Mal lief er auf Kies, der durch die Sohlen drückte, und mal über Wege voll Schlamm und voll Kot. Mal auf Wiesen, durch Felder, auf einer Stadtmauer, um Schlösser und Städte, gegen die Uhr, gegen andere Läufer, gegen Pferde und Hunde und Stiere. Vor Fürsten, Herzögen, dem König, dem Volk. Er lief im Kreis und lief geradeaus, lief kürzere Strecken und längste Wege, lief für Kreutzer und Rubel und Taler und Gold. Mal hatten die Anschläge Erfolg, und Tausende kamen; mal kam nur ein Dutzend, und keiner wusste warum. Ein Jahr lief es gut, ein anderes schlechter, ein drittes war glänzend, ein viertes war lau.

Je mehr er lief, umso weniger schmerzte ihn die Welt. Mit jedem Schritt entfernte er sich von Gwendolyn. Aber auch von Beatrice. Wenn er heimkam, erschrak er über sie. Nach jedem Lauf sah sie müder aus, als sei sie selber die Strecken gerannt. Sie sah nicht mehr geradeaus, wenn er ihr Gesicht musterte, sondern blickte ihn an, vorsichtig, als müsste sie Acht geben, alles mitzubekommen. Er hatte ihre Augen schon lange nicht mehr leuchten sehen. Auch Maike schien immer länger zu brauchen, um sich an Mensen zu gewöhnen, und Wedemeyer hatte immer absonderlichere Ideen: Als nächstes wollte er Mensen nackt laufen lassen. Als Nacktläufer, meinte er, wäre Mensen eine wahre Attraktion, das gebe es bislang nirgends, sobald das Frühjahr komme, werde er das ausprobieren. Damit würde Mensen seine Stellung als bekanntester aller Läufer festigen können, der wahre Adam, der von Gabriel verfolgt aus dem Paradies vertrieben wurde und seitdem durch die Welt hetzt. Man könne ihm ja ein Feigenblatt anheften, wenn es sein müsse. Sonst würden die Läufe vielleicht nicht überall genehmigt werden, die Repression werde zurzeit ja eh wieder drückender, aber einige Ländchen kenne er schon, wo das die Sensation würde. Er rieb seine Hände.

Doch ein schweres Fieber erlöste Mensen, und er stürzte sich in die Krankheit und wollte nicht wieder heraus. Er ließ sich aussaugen von ihr, ohne Widerstand und gab sich ihr ganz hin. Das Blut kochte in seinen Adern, im Kopf brodelten die Gedanken, die Glieder schmolzen, und Schweiß brannte im Auge. Er lag in dem heißen Leib wie ein Fremder und hörte sich schreien, nach Jan, immer wieder. Er roch den fauligen Geruch seines Körpers, aber der Aderlass machte ihn müde und glücklich, und er sah Beatrice, die an dem Bett wachte, alte Trauer in grauen Augen. In ihren Augen sollten doch goldene Fünkchen leuchten, das wollte er sagen. Wo die denn seien? Sie legte ihren Finger auf seine Lippen. Er solle still liegen. Aber er wollte nicht still sein, das musste er ihr noch sagen, dass er sie glücklich sehen wollte, er liebte sie, er liebte sie auf seine Art, nach Art der Läufer eben, so gut, wie er es halt kann. Und nicht nur sie, auch Maike, das Kind, das nicht an sein Bett durfte, aber die Zunge rollte schwer und träge durch den Mund. Er wusste nicht, wie lange er lag, aber es war noch nicht lange genug. Als das Fieber ging, klammerte er sich daran und bat es zurückzukommen. Nur ein wenig wolle er noch liegen, es möge noch etwas bleiben, es verlasse ihn zu früh, doch er konnte es nicht halten.

Na endlich, begrüßte ihn Wedemeyer, als Mensens Blick wieder klar wurde. Er war ungeduldig. Das habe etwas zu lange gedauert. Mensen möge jetzt aufstehen. Er habe keine Zeit zu verlieren.

Mensen sagte ihm, dass es andersherum sei. Die Zeit verlie-

re die Menschen. Er richtete sich auf. Nicht der Mensch brauche die Zeit, sagte Mensen. Die Zeit brauche den Menschen, sonst könne sie nicht sein.
Er solle doch jetzt nicht so gescheit daherreden. Wedemeyer war wütend. Wirklich nicht. Das solle er lieber den Studierten überlassen. Aber keine Sorge, das sei sicher nur eine Nachwirkung des Fiebers, eine momentane Überhitzung des Gemütes, das verfliege rasch wieder, und wenn nicht, dann müsse man halt in Gottes Namen noch einmal den Arzt holen und ihn zur Ader lassen. Aber er möge bedenken, dass in drei Wochen der Mailauf in Wien stattfinde, das wichtigste Rennen des Frühjahrs. Alle großen Läufer würden dort sein, monatelang habe er darum gekämpft, dass Mensen dort teilnehmen dürfe, was nicht leicht gewesen sei, das könne er glauben. Das sei die Gelegenheit für Mensen, sich wieder ins Gespräch zu bringen. Denn das sei wichtig, nie dürfe das Publikum seinen Namen vergessen, wer die Aufmerksamkeit auch nur einmal verliere, erlange sie nie wieder zurück.
Am Vortag des Mailaufs testete Mensen die Strecke. Start war an der Hauptallee des Praters, neben der Hofschlosserei. Der Weg führte geradeaus über das zweite Rondeau und am Heustadelwasser entlang bis zum Lusthaus. Hier musste er sich ausweisen, denn zwei Polizisten zu Pferd versperrten den Weg. Von dort lief er zurück. Es war eine leichte Runde, in vierzig Minuten war er durch, und nicht einmal das Gesicht war erhitzt. Der Prater war schon heute voller Menschen. Die Wurstbudenbesitzer stellten Stände auf, und an der Strecke wurden Tribünen gebaut. Überall standen Zelte. Vor einem von ihnen saß ein dicker Mann und winkte Mensen zu sich her. Er habe ihn laufen sehen. Nicht schlecht, wirklich, das sei ein ordentliches Tempo gewesen, er könne das beurteilen, seit bald fünfzehn Jahren sei er hier und habe allerhand Läufer erlebt. Mensen solle doch hereinkommen und sich eine andere Art von Rennen ansehen. Mensen trat in das Zelt, wo lauter optische Geräte standen, die er

schon einmal auf einem Jahrmarkt gesehen hatte, ohne zu wissen, wofür sie gut waren.
Der Mann zeigte ihm, wie es funktionierte: Einfach ein Auge schließen, das andere an den schmalen Schlitz halten und dann gucken, was geschehe.
Das tat Mensen, während der Mann an einer Kurbel drehte. In dem Kasten sah Mensen das Bild einer nackten Frau mit kleinen Brüsten und einem Blumenkranz in den Haaren. Sie stand, als wolle sie gleich los. Das nächste Bild war ganz ähnlich, nur hatte ihr rechter Fuß sich etwas gehoben. Im nächsten Bild dann noch etwas höher. Bild für Bild stieg der Fuß ein wenig mehr in die Luft. Es folgte eine Reihe Bilder, in denen der Fuß sich wieder senkte. Bild für Bild, bis zum Boden. Mensen sah lieber auf die Brust. Das ging eine Weile so. Hinterher lobte er den Kasten für die vielen Bilder. Aber es seien alle fast gleich gewesen. Hundert verschiedene hätte er lieber gesehen.
Der Mann an der Kurbel jagte ihn raus, und Mensen verstand nicht, warum er das tat.

Um fünf Uhr morgens traf er die übrigen Läufer. Außer ihm traten noch zwölf andere an. Sie redeten nicht miteinander, sondern musterten ihre Gegner misstrauisch. Man hatte sie in Uniformen gesteckt, weißer Anzug und Pluderhosen, auf dem Kopf bunte Kappen mit Federschmuck, lange Schärpen um den Leib und in der Hand eine Läuferpeitsche. Eine Militärkapelle spielte zu laut, und Polizeisoldaten postierten sich an der Strecke. Beatrice umarmte ihn. Zum ersten Mal war sie mitgekommen. Sie werde ihm winken, aber hier seien zu viele Zuschauer, und er werde sie sicher nicht bemerken. Sie werde ihn dennoch beobachten, ganz genau betrachten und schauen, ob er glücklich sei, wenn er laufe, denn genau das sei er ihrer Meinung nach nicht, das würde sie spüren.
Alles Quatsch, sagte Wedemeyer. Mensen solle nicht glücklich sein. Er solle gewinnen. Das würde genügen. Und das würde er. Ganz sicher, er sei bei weitem der Beste, und wenn

er hier genügend Aufmerksamkeit erhalten würde, dann könne man auf das Nacktlaufen vielleicht auch verzichten. Schließlich komme heute ganz Wien.
Mensen sah ihnen nicht nach, als sie gingen. Der Prater füllte sich mit Menschen. Die Kampfrichter standen in Galalivree und ordneten die Läufer in einer Reihe an. Die Federkappen hatten sie ausgezogen. Fast alle schnürten ihre Hüften ein. Die anderen tänzelten unruhig von rechts nach links, von links nach rechts. Immer wieder, als helfe das etwas, drängten sich um die besten Plätze und scharrten über den Boden. Jemand schob Mensen den Ellenbogen in den Magen und schob ihn einen Fuß weit zurück. Der wunderte sich, denn ein Rennen wird doch erst beim Laufen entschieden. Ein Trommelwirbel erstickte das Gejohle des Publikums, eine Sekunde war es ganz still, dann schoss die Kanone. Das Rennen begann zu schnell für Mensen. Er hörte das hastige Getrappel im Staub, die leisen Flüche und sah alle von hinten. In dem Pulk gönnte keiner dem anderen einen Fußbreit. Kleine Stöße nach allen Seiten. Mensen hielt sich zurück und sah in die Gesichter der Zuschauer. Sie waren erhitzt, als liefen sie selber, geblähte Nüstern und aufgerissene Lippen, schweißnasse Haare auf rötlicher Stirn. Alle paar Schritte ein Schutzmann. Ein Zuschauer stieß gegen seine Beine. Ein langer Kerl in abgerissenen Hosen, der sich mit ihm messen wollte, rannte eine Weile neben Mensen her und fiel dann zurück, erschöpft und erstaunt. Zwei richtige Läufer jagten direkt vor Mensen. Der eine hielt sich die Hand in die Hüfte und humpelte mehr, als dass er rannte, aber auch die Schritte des anderen waren aus dem Takt, und Mensen lief mühelos an ihnen vorbei. Die Gesichter am Wegrand johlten. Sie sahen alle gleich aus. Er suchte nach den grauen Augen, in denen es golden blitzte, aber er fand sie nicht. Am nächsten Läufer war Mensen bald dran, doch der sprintete los und zog kurz davon. Mensen ließ ihn rennen.
Einige Schritte später war er wieder am anderen. Dreimal stürmte ihm der Läufer davon, doch beim letzten Versuch

brach er zusammen. Auch am ersten Rondeau kniete einer und hustete sich die Lunge aus dem Leib. Neben ihm stand schon der Wagen des Arztes. Auf dem Weg zu dem Zweiten überholte Mensen drei andere, darunter den Drängler von vorhin, beim Start. Das Schreien der Menschen dröhnte zu laut.

Er überholte ein paar von den anderen. Immer lauter wurde das Gebrüll der Menschen. Am Lusthaus bekam Mensen die Wendemarke. Die Hälfte des Weges hatte er schon geschafft.

»Nur noch zwei andere«, brüllte ihm jemand entgegen, aber das vergaß er schon, bevor er es verstand. Jetzt war er schon an dem Rondeau vorbei, und es ging zurück in die Hauptallee. Vor ihm lief kein anderer mehr. Er erinnerte sich nicht, noch Läufer überholt zu haben, und drehte den Kopf. Eine Sekunde lang dachte er, da wäre noch einer. Ein Läufer mit Turban und Schellengurt, doch er täuschte sich, da war niemand, er war zu weit vorne und lief längst allein. Die Zuschauer brüllten seinen Namen. *Mensen Ernst*. Aus tausend Kehlen, doch sie meinten ihn nicht. Aber warum schrien sie dann? Die Gesichter verschmolzen zu einer einzigen Fratze. Nur ein einziges schmolz nicht. Ein Augenpaar sah ihn fragend an, freundlich und ein bisschen spöttisch. Der Mund in dem Gesicht leuchtete rot unter den bleichen und unrasierten Wangen. Die Haare waren blond, beinahe weiß.

Skulberg.

Mensen wurde langsamer. Das konnte nicht sein.

Skulberg.

Er blieb stehen. Das Gebrüll wurde schriller. Eine Hand packte ihn an der Schulter und schob ihn zurück auf den Weg.

Skulberg.

Mensen drehte sich um. Der Lehrer stand da und hob seine Hand. Mensen wurde wieder weiter geschoben. Er sei ein Läufer. Er solle jetzt laufen, schrie ein Polizist. Er sah noch einmal zu dem Lehrer zurück. Der blickte ihn an und nickte ihm aufmunternd zu. Mensen hatte ihn zuletzt an dem Tag seines ersten großen Laufes gesehen, als Krogh ihn zum Postboten gemacht hatte. Damals musste er rennen. Heute nicht, dachte Mensen und machte sich wieder auf seinen Weg, aber er lief jetzt nicht mehr, sondern schlenderte, ganz gemächlich, im Tempo eines Sonntagsausflüglers, und schwang seine Läuferpeitsche wie einen Spazierstock. Das Geschrei hatte aufgehört, jetzt waren sie stumm und verwundert, und Mensen genoss die Stille. Hinter sich hörte er schnelle Schritte, ein Läufer zog an ihm vorbei. Dann der Nächste. Der Dritte. Dann alle Übrigen, die noch auf den Beinen waren. Mensen kam als Letzter ins Ziel. Dort sah er zuerst die Augen von Beatrice. So wie jetzt hatten die lange nicht geleuchtet, aber sie konnte ihm nicht sagen, wie sehr sie sich freute, denn in dem Moment nahmen die Polizisten ihn mit. Wedemeyer hatte ihn festnehmen lassen, aber nach ein paar Stunden war Mensen wieder frei, da kein Anklagepunkt gefunden werden konnte. Langsam zu gehen war selbst während eines Rennens nicht verboten, und Mensen traf sich mit Skulberg in einem der Kaffeehäuser. Es war das erste Mal seit langem, dass Mensen Norwegisch sprach. Mensen sah Skulberg an. Er sah aus, wie damals in Fresvik, als sei er keinen Tag älter geworden, nur die Haare waren etwas grauer. Mensen fragte ihn nach der Heimat.

»Fresvik. Das ist lange her. Schon vor zehn Jahren bin ich gegangen. Es war zu eng geworden. Der Himmel ist dort zu fest mit den Bergen verschraubt. Zu lange die Winter und die Sommer zu grau. Zu wenig Licht scheint in die Seelen der Menschen. Und das Licht, das ich ihnen bringen wollte, das wollten sie nicht. Es war ein neues Licht, da bekamen sie Angst und blieben lieber in der alten Nacht.«

»Was ist mit Haraldson?«

»Längst tot. Den hat der Schlag getroffen. Seinen Hof hat Ole geerbt, der gerät nach dem Vater und ist sehr erfolgreich, wie alle Dummköpfe, die nie an sich zweifeln. Ase hat geheiratet. Drei Kinder hatte sie, als ich Fresvik verließ, inzwischen können es gut fünf oder sechs sein.«

Mensens Finger tasteten zu dem Medaillon am Hals. Seit vielen Jahren ging er von Ase beschützt. Natürlich, sie musste heiraten, das war das Einzige, was sie tun konnte als Frau in dem Dorf. Und Mensen musste Fresvik verlassen, sobald es möglich gewesen war. Sie hatten beide das Richtige getan. Und doch, irgendetwas schmerzte.

»Und sonst?«

»Viele Schulkameraden von dir sind bei der Marine. Viele schon gefallen. Die See hat einen großen Magen und kann ganze Generationen verdauen, ohne auch nur einmal aufzustoßen.«

»Auch Jan ist tot. Der war sicher leichte Kost.«

Sie schwiegen beide.

»Nur gut, dass du ein Landmensch geworden bist«, sagte Skulberg endlich. »Was ist mit Ägypten? Dem Nil?«

Mensen schüttelte den Kopf.

»Das ist vorbei. Als Jan versank, versank auch das. Das war nur der Traum eines Jungen. Nicht weiter schlimm, dass er weg ist. Schau, auch die Uhr von dir ist stehen geblieben.«

Mensen zog das Geschenk Skulbergs aus der Tasche.

»Viertel vor zwei. Was ist da passiert?«

»Da sank das Schiff.«

»Lass sie reparieren.«

»Das möchte ich nicht. Beatrice wollte das auch schon.«

»Mensen, ich habe sie dir geschenkt, damit du weißt, was die Stunde schlägt. Ich würde sie gerne für dich richten lassen.«

Mensen wog die Uhr in seiner Hand, als wollte er ihr Gewicht schätzen. Dann löste er die Kette und schob sie zu Skulberg.

»Wie hast du mich gefunden?«, fragte er ihn.

»Das war einfach. Dein Name ist in ganz Europa bekannt. Aber ich hätte nie gedacht, dass aus dir ein Rennpferd wird. Verstehe mich nicht falsch. Nicht, dass du nicht laufen solltest, das meine ich nicht. Aber nur im Kreis und für nichts als für Ruhm und Geld?«

Mensens Kopf pendelte nach links, seine rechte Hand zuckte und warf die Kaffeetasse um. Ein Ober kam und wischte missbilligend den Tisch.
»Na, immer noch der Alte, das freut mich. Das habe ich mir gedacht und gewünscht. Die Unruhe steckt zu tief in dir, als dass sie sich in einem Leben verbraucht.«
»Schlimm genug. Ich versuche zu sein wie die anderen, aber ich schaffe es nicht. Ich kann nirgends bleiben. Das will ich ändern, schon wegen Beatrice und dem Kind.«
»Wenn du nicht in die Gesellschaft passt, dann ändere nicht dich. Das ist der falsche Weg. Ändere die Gesellschaft.«
»Große Worte. Aber ich kann nichts außer laufen.«
»Erinnerst du dich noch an Pheidippides?«
»Der Bote der Athener, der rannte, um seine Stadt zu retten?«
»Genau der. Die eigene Stadt zu retten. Dafür lohnt sich das Rennen. Aber für Ehre und ein paar Dukaten? Gäule hetzt man im Kreis, aber Menschen haben eine andere Bestimmung. Du hast doch auch schon von Moritz Saphir gehört, dem Wiener Dichter. Der hat zum Mailauf ein Gedicht auf euch Läufer geschrieben, vor ein paar Tagen stand es in der Theaterzeitung. Das kennst du, oder nicht?«
»Ich kenne keine Gedichte.«
Skulberg zitierte auf Deutsch. Er sprach es noch besser als Mensen:
»Wir rennen und jagen,
Vor Kutscher und Wagen
Der Eitelkeit Fron,
Und unserm Bestreben,
Wie manchem im Leben,
Wird Schwindsucht zum Lohn.
Wir fliegen behände,
Wer früher das Ende,
Das Ziel wohl erreicht,
Und hat man's errungen,
hält fest es umschlungen,
So liegt man erbleicht.«

Dann redete er wieder Norwegisch.
»Also Mensen, nicht dass du ein Opfer der Schwindsucht wirst und läufst, bis dass dir das Blut aus dem Mund fließt. Was du heute Morgen bei dem Mailauf gemacht hast, war sehr gut gewesen. Mittendrin auszusteigen, das verlangt mehr Mut, als ewig weiterzutrotten. Man muss wissen, wann und wofür man läuft.«
Er hob seine Tasse und prostete Mensen zu.
»Ich weiß, wofür es sich lohnt«, sagte Skulberg.
»Und nur weil wir in unserer Sprache reden, kann ich es dir sagen. Sonst würden uns die Spitzel verstehen. Die sind überall, du kannst fast keinem mehr trauen. Metternich hat seine Agenten durch ganz Europa geschickt, damit sich nirgends mehr ein freier Geist regt. Dahinten der Bauer mit der Filzmütze, der die ganze Zeit über seinem Glas kauert. Dreh dich nicht zu auffällig um. Der folgt mir schon seit zwei Tagen. Er nennt sich Beulitz. Sicher nicht der richtige Name. Und der Dicke zwei Tische weiter, den habe ich auch schon mal gesehen, der ist nicht koscher. Man muss aufpassen.«
»Und wofür lohnt es sich zu laufen?«, fragte Mensen.
»Dafür, dass eine neue Epoche anbricht. Die bleierne Zeit liegt schon zu lange über Europa. Überall herrscht Stillstand. Und Stillstand heißt Tod, das hast du doch immer gesagt, oder? Und was für Menschen gilt, gilt erst recht für den Staat.«
»Warum bist du in Deutschland? Warum nicht in Norwegen oder in Frankreich?«
»Vergiss Frankreich. Das Feuer der Freiheit ist dort längst schon erloschen. Von diesem Land erwarten wir wenig. Norwegen ist sich selbst noch zu wenig bewusst. Aber Deutschland regt sich schon seit einigen Jahren. Der phlegmatische Teutone spürt den alten Hermann in den Adern und sprengt im Stillen seine Fesseln. Überall entstehen Gruppen von Menschen, die sich gegen die Kräfte der Beharrung stellen.«
»Und wozu braucht es da einen, der läuft?«
»Jeder Brief wird von der Post geöffnet, jede Depesche von der Polizei kontrolliert, jede Zeitung zensiert, jede Information,

die uns Republikanern helfen könnte, wird unterdrückt. Es ist bisher unendlich schwer, unsere Unternehmungen zu einem großen Ganzen zu verbinden. Hier könntest du helfen: Botschaften überbringen, Briefe schmuggeln, Flugblätter verteilen, Geld transportieren. Als Läufer kommst du überall hin. Man kennt deinen Namen. Niemand wundert sich, wenn du durch die Lande reist. Von Schaulauf zu Schaulauf. Aber das ist nur die Tarnung. In Wirklichkeit würdest du für die neue Zeit laufen.«

»Ich kenne eure neue Zeit nicht.«

»Weil es sie noch nicht gibt. Nur in unseren Köpfen. Aber wenn wir nichts dafür tun, dann kommt sie nie.«

»Ich dachte, die Zeit kommt immer.«

»Irgendeine Zeit kommt immer. Aber wie sie aussehen wird, das liegt in unserer Hand.«

»Aber die Zeit ist größer als der Mensch.«

»Auch das Meer ist größer als der Mensch. Aber man kann es eindeichen. Darauf segeln. Salz gewinnen. Seine Kraft nutzen.«

»Oder untergehen.«

»Seit wann bist du so pessimistisch?«

»Ich habe schon einige ertrinken sehen.«

»Im Meer?«

»In der Zeit.«

Sie sprachen noch die halbe Nacht, anschließend brachte Skulberg Mensen zu seinem Gasthaus.

Mensen schlich hoch ins Zimmer. Beatrices Atem ging tief und regelmäßig, viel tiefer und regelmäßiger als er ging, wenn sie wirklich schlief. Sie hielt die Augen fest geschlossen, als Mensen seine Hand auf ihre Schulter legte. Sie war noch magerer als sonst.

IV

Drei Monate später bekam Mensen von Skulberg eine Nachricht für den Stadtschreiber von Hanau. Skulberg besuchte inzwischen regelmäßig Anrode und verstand sich sehr gut mit Wedemeyer, was Mensen wunderte, weil er nicht wusste, was die beiden verband, aber vielleicht war es gut so, denn Wedemeyer war nach dem Mailauf so wütend gewesen, dass er Mensen hinausgeworfen hätte, wäre Beatrice nicht gewesen und das Geld, das Mensen mit seinen Läufen verdiente.

Die Überbringung der Botschaft war der erste Auftrag im Dienst der neuen Zeit. *Die neue Zeit*. Was immer das sein sollte, Mensen würde es schon noch erfahren. Auf jeden Fall sollte es eine Zeit sein, in der ein Schneller ein Schneller sein durfte, ohne dass die Langsamen mit dem Finger auf ihn zeigten, viel mehr verlangte Mensen nicht. Er las das Blatt zweimal, dann konnte er es auswendig und lief los.

Das Reisen war immer mühsamer geworden. Kam man neu in eine Stadt, musste man seinen Pass hinterlegen, und die Aufenthaltskarte wurde streng kontrolliert. Wenn man eine Nacht in der Fremde verbrachte, bekam die Polizei vom Fußherberger den Nachtzettel. Auch die Posten am Hanauer Stadttor waren gereizt, als Mensen die Empfehlungsschreiben zeigte, und durchsuchten seine Taschen genau, aber die Schmuggelware trug er im Kopf, die fanden sie nicht.

Ob Mensen keine Heimat habe? Ob es ihn durch die Welt

treibe wie Ahasver, den ewigen Juden? Ob er gar ein Semit sei? Trotz der blonden Haare?
Mensen erzählte von dem Schaulauf.
Die Posten wunderten sich, dass er ein Läufer war. Dafür sei er doch sehr klein geraten. Nichts für ungut. Aber man wisse heutzutage nie, wer Einlass begehre.
Mensen gab ihnen die Anschlagzettel für das Rennen und durfte passieren. Die Gassen waren trüb, als ob das Licht der Sonne sich nicht hineinwagte. Polizisten patrouillierten in Zweiergruppen, und selbst die Hunde schlichen still und geduckt. Eine Gruppe von Kindern kam an Mensen vorbei, schweigend und die Köpfe gesenkt. Zwei Frauen schleppten Körbe voll Wäsche. Beim Anblick Mensens erstarb ihr Gespräch. Er fragte sie nach dem Weg zur Färbergasse. Sie antworteten nicht, aber er fand die Straße auch so. Das Haus, das er suchte, lag neben der Hofapotheke. Die Schindeln klammerten sich an die Fassade, und die Fenster waren fast blind. Die Tür öffnete sich knarrend, als Mensen dagegen klopfte, und Stadtschreiber Ströbel, ein kräftiger Mann mit vollem Bart und dunklen Ringen unter den wachen Augen, bat ihn herein, verschloss Türen und Fenster und ließ Mensen berichten.
Der überbrachte ihm Skulbergs Nachricht und fragte Ströbel, was in der Stadt los sei. Hier seien die Menschen noch unglücklicher als sonst.
Die Wüste Sahara sei in allen Köpfen und Herzen, sagte Ströbel. Das Glück sei verdorrt, doch das werde sich ändern. Mit Skulbergs Hilfe würden sie bald eine Oase sein; er lasse es regnen.
Das Rennen am nächsten Tag war schnell vorüber. Mensen lief ohne besonderes Interesse, die Zuschauer sahen ihn ohne besonderes Interesse. Vielleicht war die Zeit der Läufer vorbei, dachte Mensen, als er am Abend durch leere Gassen zurück in das Gasthaus ging, in dem Ströbel ihn einquartiert hatte. Das sei sicherer, sie sollten nicht zusammen gesehen werden. Freie Geister wie sie lebten gefährlich, denn die Für-

sten hatten große Angst nach dem, was in Frankreich geschehen war. In Paris hatte der König die Pressefreiheit eingeschränkt und das Parlament aufgelöst. Aber Skulberg hatte sich getäuscht, das Feuer der Freiheit loderte noch bei den Franzosen: Sie vertrieben den König und suchten sich einen neuen.

Er starrte auf die Wand im Gasthaus. Die Flamme zitterte und warf unruhige Schatten. Er dachte an Beatrice, dort sollte er sein, nicht hier in der Fremde, aber manche waren überall fremd. Er goss sich einen Becher Wasser ein. Es schmeckte abgestanden. Plötzlich hörte Mensen es singen, der Wind wehte Versfetzen durch die Straßen. *Frisch auf mein Volk! Die Flammenzeichen rauchen.* Dann wieder Stille. Mensen hörte genauer hin. Ein neuer Vers, näher und lauter. *Die Saat ist reif. Ihr Schnitter, zaudert nicht.* Das laute Lied passte nicht in das ruhige Städtchen, hier ging man nur auf Zehenspitzen. *Der Freiheit eine Gasse!* Das wurde immer wieder gerufen, mal im Chor, mal einzeln. Jetzt hörte Mensen auch die stampfenden Schritte auf Pflasterstein und Stimmen von Männern, Frauen und Kindern, die näher kamen. Die Butzenscheiben vibrierten, und durch ihr braunes Glas glänzte der Schein der Fackeln. Mensen öffnete das Fenster und sah auf ein Meer von Mützen, Hüten, Kappen und Helmen. *Der Freiheit eine Gasse!* Mensen zog seinen Mantel über und ging vor die Tür, denn das wollte er sich genauer ansehen, aber als er auf der Schwelle stand, packte ihn ein Handwerksgeselle am Arm und zog ihn mit. Am anderen Arm hakte sich ein Lehrbursche ein. In den Toreinfahrten standen die Waschfrauen und applaudierten dem singenden Zug.

Frisch auf mein Volk! Die Flammenzeichen rauchen,
Hell aus dem Norden bricht der Freiheit Licht.

Kinder saßen auf den Schultern der Väter, sangen mit und schwenkten bunte Taschentücher. Soldaten waren jetzt nicht mehr zu sehen. Der Zug endete an einem großen Gebäude mit vergitterten Fenstern und schwerem Tor. *Die Mautstation*, erklärte einer Mensen, *das Haus der Unterdrückung.*

Mensen nickte, das wusste er. Die Station sollte das Ziel sein, so lautete die Anweisung von Skulberg. Vor dem Eingang standen zwei Posten und wussten nicht, was sie mit den Blumen machen sollten, die die Frauen ihnen ansteckten. Die Kinder warfen die Scheiben ein, ihre Väter hatten Äxte gezückt, zerschlugen das eichene Tor und stürmten hindurch. Möbel wurden auf die Straße gestürzt, ein zerbrochenes Stehpult, Tische und Stühle, Schränke und Garderoben. Aus dem oberen Stockwerke fiel eine Chaiselongue. Die Dielenbretter wurden ausgehebelt und klein gehackt. Eine Gruppe war auf das Dach gestiegen und zerschlug die Ziegel. Andere schleppten Register und Papiere nach draußen und türmten sie zu einem Haufen, auch eine Kiste voll Geld. Jemand warf eine Fackel darauf, und später wurde eine Sau auf dem Feuer gegrillt. Alle standen ringsum und sangen Lieder. Jemand fiedelte dazu, zwei andere schlugen die Trommel. Champagner aus dem Zimmer des Amtsvorstehers wurde ausgeschenkt. Jemand brachte auf einem Wagen ein Fässchen Bier. Kinder lärmten und spielten Verstecken zwischen den Möbeln.
Wenn das die neue Zeit sei, dann laufe er gern, sagte Mensen, als eine Frau ihn zum Tanz packte. Wenn nur nicht zu viel zu Bruch gehe dabei.

Zwei Wochen darauf sollte Mensen in Marburg eine Rede halten. Skulberg hatte sie geschrieben und bat ihn, in seinem Namen zu sprechen, weil er selber nicht reisen konnte. Es war das erste Mal, dass Mensen vor Menschen reden sollte, und er hatte den Text wieder und wieder vor sich hergesagt, auf dem Weg von Anrode hierher. Es ging gegen den Kurfürsten und die Gräfin Reichenbach, die Blutsauger und Presser. Es ging ums Hand-ans-Werk-Legen und um die Dreschflegel, zu denen man greifen müsse. Um die Freiheit, die man sich nehmen müsse, weil sie niemals von oben verfügt werde. Ums Paradies, das nicht auf einen warte, sondern jetzt und hier errichtet werden müsse.

In der Werkstatt von Schreiner Stachelbörsch saßen einige Dutzend Zuhörer. Mensen wusste nicht, wohin er seine Hände stecken sollte, die wild durch die Luft fuchtelten. Zu viele Augenpaare blickten ihn an, und er versuchte, in alle Augen gleichzeitig zu sehen, damit jeder das Gefühl bekam, er spräche direkt zu ihm, aber das ging nicht. Also hielt Mensen den Kopf ruhig und ließ die Zuschauer verschwinden, einen nach dem anderen, schließlich stand er allein und begann zu sprechen. Der Takt seiner Schritte hatte sich den Worten eingeschmiedet, Silbe um Silbe hämmerte es jetzt aus ihm heraus. Zu Anfang der Rede war es totenstill gewesen, und Mensen fragte sich, ob er etwas falsch gemacht hatte. Später klatschten sie bei einzelnen Sätzen und stimmten ihm zu. Irgendwann fing einer der Zuhörer an zu brüllen, andere schrien mit und sprangen auf, einige Gläser gingen zu Bruch. Es dauerte lange, bis sie wieder ruhig waren. Als er geendet hatte, jubelten alle, und Mensen fragte sich wieder, ob das nicht falsch sei. Er wusste, dass das, was er sagte, auch stimmte. Er hatte sich die Bedeutung der Rede erlaufen. Aber die anderen brüllten ihm zu schnell und zu laut und zu sehr im Chor, aber zu spät, schon umringten sie ihn. So habe er noch nie einen reden hören, lobte ihn Stachelbörsch. Noch nie. Mensen müsse die Ansprache unbedingt morgen noch einmal halten, vor den Bauern der umliegenden Dörfer, der Landmann sei wichtig für die gemeinsame Sache, und schließlich habe Mensen doch von Dreschflegeln gesprochen, wer sollte die halten, wenn nicht die Bauern? Er werde alles Notwendige in die Wege leiten.

Mensen sagte nur zögernd zu. Es war ihm unheimlich, wie die Worte aus seinem Mund einen ganzen Saal in Aufruhr versetzten. In Hanau war ein Haus niedergebrannt, nur weil er ein paar Sätze überbracht hatte. Was wird hier passieren? Ist er die Fackel, die das Licht bringt, oder trägt er das Feuer, das bald alles versengt? Andererseits gab es immer mehr Bettler, darunter auch Frauen und Kinder, immer voller waren die Gefängnisse, immer drückender die Knechtschaft in den Manufakturen, immer unverschämter die Steuern. Und einige seiner Mitstreiter waren in die Hände der Obrigkeit gefallen. Die meisten davon blieben lange verschwunden, und nicht alle von ihnen kehrten wieder zurück. Die, die wieder auftauchten, waren fast wie vorher: Die gleichen Körper, die gleichen Namen, die gleichen Stimmen benutzten die gleichen Worte, nur die Augen waren anders geworden. An den Augen erkannte Mensen sie, und ihre erloschenen Blicke machten ihm Angst.

Mensen kehrte zu Skulberg nach Frankfurt zurück, doch der wollte ihn schnell wieder loswerden. Er habe Großes mit Mensen vor, noch könne er ihm das nicht verraten, aber Mensen werde schon sehen und Augen machen. Hier in der Stadt sei er jetzt aber nicht sicher, denn die Krawalle würden immer heftiger, erst gestern hätte es drei Tote gegeben, am Allerheiligentor.

»Das ist es nicht wert«, sagte Mensen.

»Aber die Aufläufe gegen die Herrschaft werden heftiger. Wir treffen uns jeden Abend, zur gleichen Zeit. Der Rat der Stadt hat deshalb bei Dunkelheit eine Ausgangssperre verhängt. Wer dann noch angetroffen wird, auf den wird geschossen. Trotzdem können wir nicht nachgeben, weil sonst die Kraft des Widerstands erlischt.«

»Auf welcher Seite stehen die Soldaten?«

»Auf unserer, aber sie befolgen ihre Befehle.«

»Sie müssen die Befehle befolgen können, ohne zu schießen. Lasst es einfach nicht dunkel werden. Jeder Mann nimmt eine Laterne mit. Entzündet Kerzen, Fackeln, Feuer und macht die Nacht zum Tag.«

Skulberg befolgte den Vorschlag. Mensen blieb noch einen Abend in der Stadt und sah die Fackelzüge durch die Straßen ziehen. Kein Schuss fiel, und er schlief beruhigt ein.

Mensen reiste ohne Umweg von Frankfurt zurück nach Anrode. Lange Zeit hatte er Beatrice nicht gesehen, aber als er ankam, war nur der Hausknecht daheim. Die Herrschaft sei mit ihrer Tochter bei ihrer Familie, auch Wedemeyer sei unterwegs, keiner wisse genau, wo. Mensen habe sich nicht angemeldet. Das stimmte nicht, das hatte er schon, doch er reiste schneller als die Post. Als er drei Tage dort war, kam der Brief, der ihn ankündigen sollte. Bald würde das anders werden: Die Flügeltelegrafen überzogen schon halb Europa, in Zukunft würde jeder Haushalt einen haben. Eine Nachricht von Straßburg nach Paris brauchte bei klarer Sicht nur fünf Minuten bei 44 Stationen, Mensen hatte das mit eigenem Auge gesehen. Demnächst würde man keinen Boten mehr brauchen und nur noch private Post selber schreiben, alles andere würde der Telegraf erledigen.

Der Frühling brach in den Garten ein, über Nacht trieben Büsche und Sträucher aus, doch im Haus blieb es kalt. Der Winter klammerte sich an den Wänden fest und ließ sich auch durch das Kaminfeuer nicht vertreiben. Mensens Schritte hallten durch die Gänge und Flure.

Als Beatrice kam, hielt sie ihn lange im Arm.

»Ein Vogel. Du kommst und gehst wie ein Vogel, auf dich wartet man nur umsonst. Wenn man die Hoffnung aufgegeben hat, dann fliegst du herein, und wenn man sich an dich gewöhnt hat, bist du verschwunden.«

»Sperling oder Adler?«

»Pass auf«, sagte Beatrice, »sonst mache ich Hühnerbouillon aus dir.« Sie lachte kurz.

»Ich weiß, du hast Recht«, sagte Mensen. »Und es tut mir Leid. Ich würde bleiben, aber Skulberg braucht mich für seine neue Zeit.«

»Und mein Cousin für seinen Geldbeutel, und beide riskieren dein Leben. Du läufst dich zu Tode, ob für Geld oder Skulbergs Ideen.«

»Das ist ein großer Unterschied.«

»Bist du sicher? Wer ist schon Skulberg? Ein Pfarrer, der seinem Gott weggelaufen ist! Ein Lehrer, der seine Schüler verlassen hat! Ein Patriot, der sein Land im Stich gelassen hat! Dem kannst du nicht trauen.«

Sie öffnete den schweren Fensterflügel. Die Scheibe klirrte.

»Aber was rede ich. Komm Mensen, mein Zugvogel, spring und fliege davon.«
Er stellte sich neben sie und legte den Arm um ihre Hüfte. Der Kirschbaum warf eine Hand voll Blüten in den Wind.
»Ich liebe dich nach Läuferart.«
»Ich weiß, das heißt: nicht sehr.«
Es klopfte an der Tür. Der Hausdiener schlurfte herein und brachte einen Umschlag. Den habe ein persönlicher Bote gerade für Mensen abgegeben. Ein Brief von Skulberg. Mensen erbrach das Siegel.

Lieber Mensen,

die Krawalle in Frankfurt waren ein großer Triumph, und wir hoffen, immer mehr Menschen zu gewinnen für eine Sache, die der Gerechtigkeit dient, damit das Himmelreich auf Erden nicht länger den wenigen vorbehalten ist, sondern seine Pforten für alle öffnen wird. Denn der Himmel ist ganz nah, das sehe ich immer deutlicher, auch wenn wir Pfaffen lange gepredigt haben, dass er weit sei und nur mühsam zu erlangen. Aber noch schläft das Volk den langen Schlaf und träumt nur von besseren Zeiten. Man muss es aufrütteln, dass es erwacht und den starken Arm bewegt und die Ketten abschüttelt, in die man es schlug. Du weißt ja, wie unsere Handwerker und Burschenschaftler die polnischen Patrioten empfangen haben, die aus ihrer Heimat vertrieben wurden. Da wuchs die Idee in mir, die Demokraten aus ganz Europa mögen sich verbünden und sich gemeinsam gegen ihre Henker erheben. Nicht nur bei uns strömt das Geld aus dem Säckel der Armen in die Kisten der Reichen. Und nicht nur bei uns gibt es diese ungeheure Armee von Diplomaten, Beamten und Intriganten, Schmarotzern und Papierstutzern und ihren Söhnen, Neffen, Basen und Nichten. Nicht nur bei uns verzehren Polizeifiguren und Spekulanten, Kupplerinnen und Maitressen, Abgeordnete und Fürsten das sauer erwirtschaftete Brot des Volkes. Aber genug lamentiert, denn das Lamentieren wollen wir den Schwächlingen überlassen. Ich habe eine Nachricht für dich,

von der ich wünsche, du mögest sie nach Paris überbringen. Das ist das Geringste, was ich von dir möchte. Wenn du zustimmst, beginnt dort alsbald dein größter Lauf: von Paris nach Moskau in fünfzehn Tagen. Du wirst wichtige Dokumente nach Russland bringen, die in keines Menschen Hände fallen dürfen, sonst bedeuten sie den Tod von vielen. In Paris werden dir einige Freunde zur Seite stehen, die diesen Lauf vorbereiten werden. Die großen Journale werden gerne darüber schreiben, dürfen sie doch aufgrund der Zensur kaum über das berichten, was wirklich wichtig erscheint. Einige Engländer haben angeboten, große Wetten auf dich abzuschließen. Niemand wird vermuten, dass der Weg nicht das Ziel ist, sondern die Botschaften, die wir in deine Kleider einnähen werden. Die russischen Patrioten müssen auf unsere Seite, dann kann das große Werk gelingen. Wenn du zweifelst, denk an den Läufer aus Athen. Vor langer Zeit säte ich die Geschichte in dein Herz. Jetzt ist die Zeit der Ernte gekommen.
Dein Skulberg.

Mensen zeigte ihn Beatrice. Die überflog ihn kurz und warf die Fetzen aus dem Fenster.
»Mensen! Du bist kein Acker, in den man etwas sät. Du bist ein Mann, 32 Jahre alt, mit Herz, Hirn und leider auch Füßen.«
»Aber von Paris nach Moskau. Endlich eine richtige Strecke laufen, nicht immer im Kreis oder in blödsinnigen Verkleidungen zwischen elenden Städtchen.«
»Deine Beine. Immer geht es um deine Beine. Was will dein Herz?«
»Mein Herz sehnt sich nach einem weiten Land. Wie Russland. Mächtige Flüsse unter endlosem Himmel, weite Ebenen ohne einen einzigen Menschen. Und von Paris nach Moskau ist noch kein Läufer gelaufen. In nur zwei Wochen, das hat keiner auch nur gewagt zu denken. Napoleons Armee ging den Weg vor Jahrzehnten.«
»Und ging unter … «

»Ein Einzelner kommt immer weiter als ein ganzes Heer.«
»Aber so weit bist auch du nie gekommen.«
»Aber ich wollte es immer. Und außerdem dient der Lauf nicht nur mir, sondern auch der neuen Zeit.«
»Die neue Zeit ist doch nur die alte. Was war, wird sein. Und was sich ändert, ändert sich nicht wegen der Taten der Menschen, sondern weil es dem Ratschluss Gottes gefällt.«
»Wer jetzt oben ist … «
»Wird unten sein. Das ist der ganze Unterschied. Das ist keine neue Zeit. Das ist ein Spiegel der alten. Aber Skulberg ruft dich, also flieg schon los und komm nie wieder.«
Zwölf Wochen später stand Mensen in Paris. Von irgendwo schlug eine Glocke drei Uhr. Der Ton umkreiste den Obelisken auf der Place de la Concorde, fand nirgends Halt und rollte die Champs-Elyssée hinauf Richtung Arc de Triomphe. Die Nacht hing schwer über der Stadt. Ein paar Droschken ratterten über das Pflaster, eine davon angeführt von einem Läufer in Galauniform und verschwitztem Gesicht unter der weißen Federmütze. Ein paar Augenblicke später waren sie vorüber, und der Platz lag wieder schweigend. In einer Stunde sollte der große Lauf beginnen, so hatten das die Herren der Wett-Sozietät beschlossen. Jede Minute zähle, und je eher Mensen am Tage loslaufe, desto größer sei die Chance, dass er rechtzeitig in Moskau eintreffe. Obwohl die Wetten gegen ihn stehen würden. Über 100.000 Franc seien gesetzt. 4.000 Franc werde Mensen bekommen, falls er es schaffe.
Vom wahren Grund seines Laufes ahnten sie nichts, aber Mensen war entsprechend instruiert worden. In Moskau würde er in einem bestimmten Gasthaus von einem Mann auf Deutsch um etwas Geld für Schuhe gebeten werden. Das sei das Signal. Dieser Mann solle die geheimen Briefe erhalten, das hatte Pierre ihm gesagt, der auch die Briefe in seinen Wams eingenäht hatte. Pierre war sicher bald hundert Jahre alt, aber in seinem verkrüppelten Körper steckte genug Leben für noch eine weitere Revolution, obwohl ihm die letzte schon fast den Kopf gekostet hatte.

Freiheit, Gleichheit, Brüderlichkeit, das sei auch gerade etwas für einen wie Mensen, sagte Pierre, vor allem die Gleichheit, denn bei ihnen hier gelte seit der Revolution ein neues Maßsystem, nicht mehr Elle und Fuß, die Körpermaße der Herrscher. Er selbst sei dabei gewesen, als die Nationalversammlung den Meter eingeführt habe, das Kilogramm und die Sekunde. Wie solle man auch die Leistungen eines Läufers bewerten, wenn nicht ein Maß für alle gelte? Er nahm Mensen mit nach Breteuil, um ihm den Urmeter und das Urkilogramm zu zeigen, und Mensen hatte ihn gefragt, ob die Ursekunde auch aus Metall sei.
Mensen genoss die letzte Stunde der Ruhe. In seinem Quartier in der Rue de Montmartre war er den ganzen Abend bestürmt worden von Neugierigen, die ihn sehen wollten, den Eil-Läufer, den Narren, den Wahnsinnigen, der alleine und ohne die Hilfe der großen Armee durch das barbarische Russland in dessen verbrannte Hauptstadt laufen wollte. Wäre er die gleiche Strecke nach Spanien gelaufen, hätte kein Mensch sich gekümmert. In den Straßen und Cafés hörte er seinen Namen, und die Zeitungen druckten Mensens Bild, fett der Termin der geplanten Abreise: 11. Juni 1832. Die Nacht vor dem Start konnte er nicht schlafen, obwohl er nicht in dem weichen Bett lag, sondern in ein paar Decken eingehüllt auf einem Strohsack, den der Wirt besorgt hatte.
Der Obelisk auf dem Platz schien von innen zu leuchten, als bewahre er eine Spur ägyptischer Sonne, die er aufgesogen hatte in den Jahrtausenden, in denen er in Luxor gestanden hatte, bevor man ihn raubte und von seinem Zwillingsbruder trennte, der in Ägypten geblieben war. Mensen legte die Hand auf den alten Stein. Er fühlt sich warm an. Irgendeine geheime Verbindung würde es geben, zwischen den beiden Säulen, auch über Tausende von Meilen hinweg. Eine Droschke rumpelte von Osten her und hielt direkt auf Mensen zu. Es waren Comté Simon, der Bevollmächtigte der Wett-Sozietät, und die anderen Herren, deren Namen Mensen immer vergaß. Sie redeten viel und laut und rieben sich die Hände.

Mensen war ein gutes Geschäft, mit dieser Aufmerksamkeit hatten selbst sie nicht gerechnet. Jeder klopfte ihm auf die Schultern, und langsam kamen die ersten Zuschauer. Mensen erhielt die Papiere des Wettbureaus, darunter einige Briefe an den Zaren und Mitglieder seines Hofes. Dann kontrollierten sie nochmals die Route, die Mensen in den vergangenen Tagen entworfen hatte, um die geplanten Zeiten durch den Telegrafen zu übermitteln. Ein Schreiber kam und wollte ein Gespräch mit Mensen. Wie er sich fühle? Ob er Angst habe? Wie er sich auf den Lauf vorbereitet habe? Ob er nicht ein seltsamer Clown sei? Mensen verstand nicht den Sinn dieser Fragen. Er antwortete trotzdem. Der Mann machte Notizen in einen kleinen Block. Immer mehr Menschen strömten auf den Platz. Gendarmen zu Pferde schirmten Mensen und die anderen vor der Menge ab. Vereinzelt ertönten Rufe: Er möge beginnen, es sei an der Zeit, und Moskau sei fern, sonst komme er niemals dort an. Je mehr sie an ihm zweifelten, desto lauter brüllten sie. Irgendwann schlugen die Glocken dann vier. Mensen hörte sie kaum, denn die vielen Ohren schluckten die Töne. Mensen sah zum Comté. Der nickte. Jetzt würde er beginnen. Noch einmal schaute er zu dem Obelisken. Es war ihm, als flüstere der ihm etwas zu. Zuerst war der Weg vor lauter Menschen kaum zu finden, obwohl die Gendarmen versuchten, die Massen zurückzuhalten. Viele schlugen ihm nochmals auf den Rücken, und langsam wurde die Gasse in der Menge breiter, so dass sogar einige Droschken neben ihm herfahren konnten, bis zur Place de Vendôme und die Chaussee entlang zur Barriere von Meaux. Er trug sein Barett in der Hand. So musste er es nicht abnehmen zum Grüßen der Menschen, die überall im roten Licht der Morgensonne standen, in Meaux und in Château-Thierry, Chalons und den Straßen in westlicher Richtung. Überall wurde er aufgehalten. In den Städten boten die Menschen ihm Essen an. Ein Stück getrockneter Schinken, schön fett, vom Schwein, oder eine Kanne Wein zum Frühstück. Da renne es sich doch gleich viel leichter, denn leerer Bauch laufe nicht

gern, das wisse man doch. Dirnen hoben ihre Röcke und zeigten das weiße Fleisch ihrer Schenkel, um ihn zu bremsen. Jugendliche rannten ein Stück neben ihm her und schrien ihm zu. Er laufe zu langsam, mit diesem Schritt werde er nie ans Ziel gelangen. Er solle sich beeilen, denn Moskau sei ein Stück weit entfernt. Es wurde Mensen zu viel. Um die nächste Stadt machte er einen Bogen und lief ein gutes Stück querfeldein. Das war besser, hier kam er schneller und leichter voran. Der Obelisk hielt seine Gedanken noch immer gefangen. Irgendwann würde er den anderen besuchen, der immer noch in Luxor stand, unter dem weiten Himmel der Wüste.
Chalon lag lange schon hinter ihm, und er lief in den Wäldern von Verdun, wo die Welt mit sich in Frieden lag. Durch sie hindurch gelangte Mensen nach Metz, eine altmodische Stadt mit hoher Zitadelle. Er konnte sie nicht umgehen, denn das Korn stand gelb in den Feldern ringsum, und alle Wege liefen auf die Stadttore zu. Auch hier waren die Straßen voller Menschen, und Mensen fluchte auf den optischen Telegrafen, der auf die Minute genau seine Ankunft meldete. Bald überquerte er die preußische Grenze nach Saarbrücken, die steinerne Brücke nach St. Johann. Er merkte an den Soldaten, dass er in Deutschland war. Der Comté in Paris meinte, dass die Deutschen dumm seien, beeindruckend sei nur das Militär. Am besten wäre es, man würde jeden Deutschen in eine Uniform stecken und von sich selbst bewachen lassen. Das Gute daran war, dass die Soldaten von seinem Lauf wussten. Er musste fast nie seine Papiere zeigen, und an den vielen deutschen Grenzen wurde er nur selten aufgehalten. Aber der Telegraf war hier weniger verbreitet, und so ahnten die Zivilisten nicht, wer er war. Viele glaubten, er sei verrückt, dauernd rief ihm irgendwer hinterher: Ob er den Teufel im Leib habe, weil er so renne? Dass er ein Sonderling sei. Ein komischer Vogel, dem man die Flügel gestutzt habe, sodass er laufen müsse. Ein Närrischer, dem Tollhaus entsprungen. Die alten Weiber bekreuzigten sich, und die Kinder zeigten mit dem Finger auf ihn.

Umso mehr genoss er es, alleine zu sein. Der Waldboden federte freundlich, als werfe er Mensen immer weiter voran. Mühelos überholte er eine Kutsche, die in die gleiche Richtung fuhr, schon sah er Fulda, aber umging die Stadt. Fremde Menschen hatte er vorerst genug gesehen, das nächste Gesicht sollte das von Beatrice sein. Anrode lag fast auf dem Weg, den die Sozietät ihm vorgegeben hatte, und er konnte sich einen kleinen Abstecher leisten, denn er lag gut in der Zeit.

Beatrice stand am Fenster, als hätte sie seine Ankunft erwartet. Maike begrüßte ihn schon länger nicht mehr, sondern verkroch sich im Park oder in ihrem Zimmer, wenn Mensen kam.

»Du wehst durch mein Leben wie ein Wind.«

Sie hakte sich ein und führte Mensen durch den Garten. Brennnesseln wucherten überall. Der Schleim der Algen bedeckte das Wasser des Teiches, es roch moosig und faul.

»Kein Wunder, diesem Haus fehlt ein Mann. Der, der hier sein sollte, ist immer weg. Nie ist er da, wenn man ihn braucht.«

Sie machten die Runden zum Birkenhain. Die weiße Rinde hing in Fetzen wie ein zerrissenes Papier. Das Grabkreuz darunter war verschwunden, das Kreuz mit dem Namen von ihrem Mann. Mensen fragte nicht, was das bedeuten sollte.

»Ein Toter als Mann ist besser als ein Läufer. Auf einen Toten wartet man nie. Auf einen Läufer wartet man immer«, sagte Beatrice.

»Ich bin, was ich bin. Ich habe mir nicht ausgesucht, ein Läufer zu sein. Ich würde sesshaft werden, wenn ich es könnte.«

Sie antwortete nichts, und doch nahm sie ihn mit hoch auf ihr Zimmer. Sie zog ihn langsam aus und rümpfte ihre Nase.

»Du musst dich erst waschen«, sagte sie. »Du riechst noch schlimmer als das Wasser im Teich.«

Sie liebten sich, ohne sich anzusehen, und er durfte sie nicht auf den Mund küssen. Hinterher rollte sie sich auf die Seite und schlang die Arme um ihre Beine.

Sie hatte Recht, dachte Mensen, Recht mit allem, was sie sagte. Vielleicht war hier sein Platz, trotz Skulberg, trotz der Revolution, trotz der Steine des Hauses, die ihn so sehr drückten. Aber sie konnte ihn nicht halten, sie war schon entglitten und atmete Schlaf. Er sah ihren Rücken von hinten und wagte nicht, die Hand darauf zu legen.
Er konnte nicht einschlafen und zog sich leise wieder an. Sie hatte ihm neue Strümpfe besorgt, die alten waren schon durchgelaufen. Er küsste sie lächelnd auf die kalte Stirn. Sie lächelte im Schlaf zurück.
Mensen atmete auf, als sich das Tor hinter ihm schloss. Die Nachtluft war feucht und würzig, ein feiner Dunst lag über der Welt. Die Mauern des Hofes standen wie ein Fels.
Vielleicht war er nicht für Häuser gemacht.
Schritt für Schritt lief er weiter. Über Gera und Glauchau, Chemnitz und Pirna nach Schlesien. Vorbei an Bunzlau und Troppau über die große Straße auf Krakau zu. Er sah nur die Mauern und trat nicht ein; er ging nur unter Menschen für Geld oder Essen.
Immer wieder dachte er, es folgte ihm einer, doch wenn er sich umdrehte, war niemand zu sehen. Manchmal hörte er ein feines Glöckchen bimmeln, wie manche der Botenläufer es trugen, doch blieb er stehen, war nichts zu hören außer dem Rauschen des Windes.
Am 18. ließ er sich über die Weichsel setzen. In Galizien hatte er den schlechtesten Weg der Welt. Die Hitze war so groß wie der Sand tief und die Mücken hungrig. Nördlich von Chelm überquerte er die russische Grenze. Acht Tage war er bis hier unterwegs. Die Zöllner durchblätterten lange seine Papiere. Er zeigte das Empfehlungsschreiben des russischen Gesandten in Paris, aber Paris war weit weg. Acht Tage nur für Mensen, aber mehr als ein Leben weit für Menschen wie sie. Wo denn das Gepäck sei, fragten sie ihn. Die Verpflegung? Ob da noch eine Kutsche nachkomme, die alles Notwendige transportiere? Mensen sprach nur einige Worte Russisch. Er zeigte den Quadranten, den Wassersack, das

Bündel mit Briefen, die er mit sich trug. Sie entzifferten die Buchstaben. Die Briefe gingen an den Zarenhof. Das überzeugte sie schließlich, und bedauernd ließen sie Mensen ziehen.

Die Karten, die er für Russland hatte, waren schlecht. Das Land lag weit, keine Stadt versperrte hier den Weg, es gab kaum Dörfer, und die einfachen Bauern, die er hier sah, verschwanden, sobald sie ihn sahen. Eine große Angst lag auf ihren verkrümmten Schultern.

Zuerst lief Mensen noch über einen deutlichen Weg, ausgetreten von Pferden und Menschen. Von Ferne sah er eine Bauernkate. Ein Angler saß schweigend vor seinem Eimer. Eine zerbrochene Deichsel verrottete im Graben. Ein Stück Tuch hing an einen Baum wie ein Zeichen für Wanderer. Später wurden die Spuren weniger, ohne dass er sah, an welcher Stelle jemand abgebogen war. Dann teilte sich der Pfad. Beide Wege wiesen in die richtige Richtung, keiner von beiden war tiefer ausgetreten. Der Pfad, den Mensen wählte, wurde schließlich immer undeutlicher. Ein Fischernetz klammerte sich an einen Birkenast. Der Boden wurde weicher, das Wasser der Sümpfe lief über ihn weg. Baumstämme lagen kreuz und quer. Als Mensen darüber stieg, erkannte er auf der anderen Seite nicht mehr, wohin er gehen konnte. Aber jetzt nicht stehen bleiben und überlegen, bloß nicht jetzt zur Ruhe kommen, sonst würde ihm die Kraft fehlen, sich wieder aufzumachen auf den langen Weg bis nach Bobruisk. Dort wäre das Schlimmste ausgestanden. Nicht stehen bleiben. Nicht überlegen, immer weiter, das Ziel lag vorne, Ostnordost, kein Weg führte zurück. Also lief er voran. Der Morast saugte sich an den Schuhen fest. Mensen krallte seine Zehen zusammen und rettete den Schuh, doch der nächste Schritt war ein weiterer Kampf. Irgendwie ging es weiter. Ein richtiger Lauf war das schon lange nicht mehr. Noch ein Schritt. Seine Spuren füllten sich gluckernd mit Wasser. Er brach einen Ast von einem ersoffenen Baum ab und tastete sich weiter voran. Mensen machte sich ganz leicht, aber die Erde griff dennoch nach ihm. Über ihm flog ein Schwarm grauer Gänse und lachte ihn aus. Früher einmal hatte er gehofft, dass der Wind ihn mit sich nehmen könnte, aber das war lange vorbei. Etwas südlich sah er einen breiten Fluss, vielleicht Styr, vielleicht Goryn, vielleicht Slutsch. Er hatte die Namen auswendig gelernt, aber was sind schon Namen, und der Karte traute er schon lange nicht mehr. Wichtig war die Richtung: Aus den Sümpfen hinaus, das konnte nicht falsch sein. Das nächste Ziel war das Ufer des Flusses. War er erst dort, würde alles besser, zur Not würde er schwimmen, aber jetzt wollte die Erde ihn haben. Er versank bis zum Knie und warf sich nach vorne, noch einige hundert Schritte zum Fluss, aber was heißt hier Schritte, Schritte gab es schon lange keine mehr, jetzt war es ein Robben geworden, Elle um Elle schob er sich voran. Immer näher ans Ufer. Griff in den Schlamm und zerrte sich weiter oder zog sich an Baumwurzeln ein wenig nach vorne. Die nächste Wurzel fasste seine Hand wie beim Gebet, aber sie zog ihn nicht voran, sondern Mensen riss sie aus dem Boden, mitsamt einem dürren Arm. Mensen starrte auf goldene Knöpfe an einem blauen Uniformärmel und begann zu zittern. Mit zwei heftigen Schlägen schleuderte er die Hand aus der seinen, aber die starren Finger lösten sich nur unwillig, denn schon zu lange hatten sie niemanden berührt. Dann wurde der Schädel aus dem Boden gedrückt, mit einem satten *Plopp* wie bei einer Flasche Champagner. Ein junges Gesicht mit leeren Augen. Mensen schaute es nicht an und robbte weiter. Da lag das Gewehr, der Lauf verbogen und das Bajonett zerfressen von Rost. Der nächste Soldat verfaulte nur ein paar Ellen weiter, ein Überbleibsel der großen Armee. Eine ganze Kompanie war hier versunken, zum Glück für Mensen, denn die Erde war satt. Noch hatte sie die letzte Speise nicht verdaut, da musste sie keinen anderen fressen. Mensen rutschte über die Leiber. Sie gaben ihm Halt, und er kam immer besser voran. Schließlich erreichte er das Ufer des Stromes. Drei Baumstämme lagen dort, angeschwemmt im Frühjahr, ohne Rinde, das Holz von der Sonne gebleicht, glatt und trocken. Dort ruhte er sich aus und blickte in das träge fließende Wasser.

Das Ruderblatt schlug fest auf seinen Rücken; er schreckte hoch. Vor ihm schaukelte ein Boot auf dem Fluss, zwei Männer lachten über sein verdutztes Gesicht. Der Jüngere sagte etwas zu Mensen. Der schüttelte den Kopf. Nur eine Hand voll Wörter konnte er auf Russisch: *Rechts. Links. Geradeaus. Ja. Nein. Bitte. Danke. Straße. Weg. Stadt. Dorf. Fluss. Wie weit? Wann? Woher? Essen. Trinken. Laufen. Gut. Schlecht.*
Keines davon benutzten die Männer, und andere Sprachen konnten sie nicht.
Bobruisk, sagte Mensen und zeigte nach Nordosten.
Bobruisk, wiederholte der Ältere und riss seinen zahnlosen Mund auf zu einem wilden Gelächter.
Bobruisk, sagte der Junge und schüttelt den Kopf. Dann zeigte er aufs Boot und winkte ihn zu sich. Mensen stieg ein. Alles war besser als diese Sümpfe, und die Richtung stimmte, denn das Boot folgte dem Strom.
Woher, fragte der Junge.
Paris, sagte Mensen, zeigte auf seine Füße und sagte, dass er nach Moskau laufe.
Der Alte stieß dreimal heiser lachend den Namen Napoleon hervor, hämmerte seinen Zeigefinger gegen Mensens Brust und fuhr sich mit der flachen Hand über die Kehle.
Nein, sagte Mensen.
Der Junge sagte nichts, sondern griff die Ruder und dirigierte das Boot heraus aus dem flachen Wasser am Ufer in die ruhige und breite Mitte des Stroms. Dort griff er in eine hölzerne Kiste unter der Ruderbank und zog einen Klumpen Brot hervor. Mit der Faust riss er einige Stücke ab und verteilte sie. Es schmeckte fade, wie ohne Salz gebacken. Mensen bedankte sich auf Russisch. *Spassibor*. Da musste der Alte wieder lachen und wäre fast an dem Brot erstickt.
Mensen fragte den Jungen, wohin er fahre, aber er sagte nichts und nickte nur kurz gegen das Wasser.

Sie fuhren lange. Mal ruderte Mensen, mal ruderte der Junge. Der Alte redete viel vor sich hin, rollte sich schließlich auf der Bank zusammen und schlief einen unruhigen, röchelnden Schlaf. Der Junge sah auf den schlafenden Mann und sprach mit scharfer Stimme auf ihn ein, doch der andere wachte nicht auf.

Gegen Abend erreichten sie einen kleinen Weiler. Die Hütten sahen aus wie aus Treibholz gebaut, als hätte der Fluss sie ans Land geworfen und als schwämmen sie bei der nächsten Flut wieder fort, mitsamt ihrem Inventar und den Menschen. Mensen erkannte nicht, was sie hier hielt. Die wenigen Tiere waren mager und kränklich; eine Kuh hatte den Ausschlag, ihr Euter hing leer. Die Ziegen standen im schlammigen Boden und kauten auf Algen und grünlichem Schleim. Frauen gab es keine, oder sie wurden versteckt, aber die Männer waren freundlich. Das Dutzend Bewohner versammelte sich um Mensen und ließ sich von dem Jungen erklären, wer der Fremdling war. Napoleon, krächzte der Alte dazwischen, aber niemand lachte. Mensen zu Ehren wurde ein Schwein geschlachtet. Das Feuer loderte die halbe Nacht, man reichte ihm die besten und saftigsten Stücke und Kartoffeln, schwer und würzig von dem sumpfigen Boden. Sie sangen Lieder und tranken Wodka. Irgendwann fiel Mensen in einen traumlosen Schlaf, aus den ihm am Morgen der Junge weckte. Er hielt eine Karte in der Hand, selber gezeichnet auf schlechtem Papier. In der Mitte ein blauer Streifen: der Fluss. Ein Kreuz markierte die Lage des Dorfes. Von dort führte ein dünner Strich weg vom Wasser.

Mosyr, erklärte der Junge und wies auf einen Punkt am äußersten Rand des Zettels. Das war eine Stadt, den Namen hatte Mensen schon einmal gehört. Der Strich verband die Stadt und das Dorf.

Mensen fragte, ob der Weg gut sei, und der Junge nickte und führte ihn vorbei an den Hütten und Ställen. Die anderen Männer waren nicht zu sehen, kein Geräusch, nur das Blöken des einsamen Schafes.

Mensen sah den Jungen an. Der blickte auf Mensens Brust, wo das Medaillon von Ase hing. Mensen zögerte und verneinte und grub in den Taschen nach ein paar Münzen für seinen Retter, doch der wollte kein Geld.
Er zeigte auf den Christophorus. Mensen ließ ihn das Amulett betrachten. Zärtlich strichen die Finger des anderen darüber, einen Augenblick nur, dann riss er es von Mensens Hals. Ein kurzer Schmerz fuhr ihm durch den Nacken, und Mensen wollte ihm nach, doch da standen die anderen, der Junge bei ihnen eingereiht. Ihre Gesichter waren freundlich, aber bestimmt.
Mensen streckte seine Hand aus und forderte das Gestohlene zurück. Der Junge verschwand hinter dem Rücken der Älteren. Napoleon, krächzte der Greis und lachte. Diesmal lachten die anderen mit.
Was man verliert, macht einen leichter, dachte Mensen, drehte um und lief los.
Der Junge hatte Recht gehabt. Der Weg war sehr gut, gestampfte Erde, von den Sümpfen geschützt durch einen kleinen Wall. Er lief lange und schnell und holte die Zeit wieder auf, die er gestern verloren hatte. Wenn man Zeit überhaupt aufholen kann, aber vielleicht bleibt die verlorene Zeit für immer vertan.
Aus dem schmalen Pfad wurde langsam ein breiterer Weg mit Spuren von Menschen und Ochsenkarren. Ein zweiter Weg kam von Süden, ein dritter von Norden. Noch immer keine Menschen. Das Land lag still und schweigend und lauernd, selbst die Bäume standen gedrückt, als hindere einer ihren freien Wuchs. Er dachte, er könne ewig hier laufen und würde doch nie bewohntes Gebiet erreichen, geschweige denn die russische Hauptstadt.
Gegen Mittag ballten sich Wolken zusammen. Das schwarze Gebirge am Himmel fiel schwer auf die Erde mit großen, warmen Tropfen, die seine ausgetrocknete Haut küssten. Mensen sah den Blitz aus den Wolken fahren, aus dem dunkelsten Spalt direkt auf ihn, aber kurz bevor er ihn erreich-

te, zögerte der Blitz einen Moment lang, schlug einen Haken und fuhr in eine der krüppligen Birken, die mit einem Schlag explodierte. Mensen stand still und betrachtete die Flugbahn der rotglühenden Holzfetzen. Zwei der Stücke flogen in seine Richtung, aber er wich aus und sah ihnen nach. Es roch nach Pulver; der Stumpf des Baumes loderte kurz auf, dann löschte der Regen den Brand. Die nächsten Blitze suchten fernere Ziele.

Mensen stand und schaute in den Schleier aus Tropfen: So hatte er den Regen noch nie gesehen. Das war kein Chaos, kein blindes Sich-zur-Erde-Stürzen, kein Zufall, kein Wirrwarr, keine Nachlässigkeit. Dahinter lag ein System, eine Ordnung, jeder Tropfen hatte seine Bestimmung, sein Schicksal, seinen Platz in einem größeren Plan, den Mensen nicht kannte. Er ahnte nur, dass hier etwas war, wie ein Buch in einer fremden Schrift, eine Musik, die er hörte und doch nicht verstand. Er schaute den Tropfen genauer an, der vor seinen Augen zur Erde stürzte. Mensen sah sich in der glänzenden Oberfläche, grotesk verzerrt, riesig der Schädel und winzig die Beine, sah die weite, öde Heidelandschaft und das Zucken eines Blitzes. Das Bild verschwand, und sein Blick glitt durch die Oberfläche in das Innere des Tropfens hinein. Dort wiederholte sich das Schauspiel der äußeren Welt: ein Regen im Regen, ein geordneter Tanz von winzigen Tröpfchen, jedes einzelne folgte einem größeren Ziel. Und noch tiefer bohrte sich sein Blick, auch in jene winzigen Teilchen hinein, und Mensen erschrak, als er sah, dass sie leer waren.

Es war eine unheimliche Leere, nicht die Leere Russlands, die er durchwanderte, nicht die Leere des Meeres in den Rossbreiten, wo kein Wind die Segel bläht. Es war die Leere der Leere. Das Nichts leuchtete mitten aus der Fülle der Dinge. Die Welt kippte ihn aus, und er stürzte zu Boden.

Er fühlte, dachte, war nichts.

Doch aus dem Nichts wuchs irgendwann das Sein, ein vages Gefühl von Existenz, als ob da etwas wäre, das sagen könnte *Ich bin*. Aber noch war es nackt und schutzlos und brauch-

te einen Raum, um Ich zu sein, und schuf ihn sich, langsam, zuerst eine Wand. Noch war sie fast durchsichtig, dahinter schimmerte das Nichts noch hervor, doch dann wurde sie massiver, Stück für Stück, und endlich stand sie, als ob sie wirklich wäre. Der Kalk war an manchen Stellen ein wenig abgeblättert. Darunter sah man die Mauer aus Ziegeln und Stroh. Oben klebte ein Gecko, er wischte mit den Krallen über sein Gesicht und lauerte auf Fliegen.
Dann noch drei andere Wände, Boden, Decke, eine Grenze nach draußen. Auch das gelang. Jetzt brauchte es eine Tür und ein Fenster, es ging auf einen staubigen Hof. Das Ich erschuf die Treppe. Ein Tor auf die Straße. Sich selber ins Zimmer: Mensen Ernst. So lag er beschützt auf einem Diwan, Seidenkissen unter dem Kopf und neben sich eine Frau. Er hatte sie nie zuvor gesehen. Sie war nackt wie er und lehnte ihren schweren Körper gegen ihn. Ihre Hand lag wie zufällig auf seinem Geschlecht, während sie ihm eine Geschichte erzählte, in einer fremden Sprache, vielleicht auf Arabisch. Er verstand nichts davon, aber das war egal. Er liebte sie in allen Sprachen, aber er wusste, dass ihre Nächte gezählt waren, ob es zwei waren oder drei oder 1001. Sie erzählte immer weiter. Gegen das Nichts, gegen die Zeit und gegen den Tod. Viel später war ihre Geschichte fertig.
»Wovon hast du gesprochen?«, fragte er.
»Von uns.«
»Was tun wir?«
»Uns lieben.«
»Und wie geht es aus?«
Eine unsinnige Frage, das wusste er, eine gefährliche Frage, denn kaum stellte er sie, da begann sich alles zu drehen, zuerst ganz langsam, wie das Kinderkarussell auf dem Jahrmarkt in Kopenhagen, das von einem alten Pferd angetrieben wurde. Das Wirbeln wurde schneller und wilder. Längst hätte das Karussell alle Kinder abgeworfen, auch die Erwachsenen könnten sich jetzt nicht mehr halten, und selbst die Holzsitze würden aus der Verankerung gerissen. Der

Strudel zerrte an der Frau, sie winkte Mensen noch zu, ein bedauerndes Lächeln auf ihren Lippen, er wollte zu ihr, aber sie wurde schon erfasst, und nicht nur sie, der Mahlstrom zerrte alles mit: den Gecko unter der Decke, die Treppe zum Hof, das Tor zur Straße, den Diwan, das Fenster, den Raum und die Tür, bis nichts mehr blieb außer Mensen, die Wange in einer schlammigen Pfütze.

Langsam stand er auf.

Das Gewitter war weitergezogen, der Himmel leuchtete hellblau und klar. Die nassen Haare hingen ihm in die Augen, die Hosen klebten an den Beinen und machten sie schwer. Er trottete den Weg weiter, Richtung Nordosten. Schritt für Schritt heraus aus dem Labyrinth der Möglichkeiten, hinein in die echte, die wirkliche Welt. Jeder Schritt ein Geschenk, stundenlang lief er so, bis er die ersten verängstigten Bauern sah, die auf ihren Feldern arbeiteten, als wäre nichts vorgefallen.

Bobruisk war ein dreckiges Nest, die Häuser nur bessere Bauernkaten, ohne Plan aneinander gestellt. Es stank nach fauligem Torf, und die Kleider der Menschen waren grauschwarz, als schliefen sie nachts in den Mooren. Mensens dreckiger Kittel fiel niemandem auf. Er kaufte Brot und Schinken von einer runzeligen Greisin auf einem staubigen Platz ohne Schatten. Die Marktfrauen saßen und starrten die Kunden an, die mit gesenkten Köpfen vor ihnen standen, als lösten sie eine Schuld ein.

Am zehnten Tag seiner Reise setzte er nördlich von Mogilew über den Dnjepr und erreichte am nächsten Mittag Smolensk. Die Mauern der Stadt standen abweisend, die Wächter am Tor durchsuchten die Körbe der Händler, die geduckt seit Stunden auf Einlass warteten. Mensen bekam bei einem von ihnen eine Hand voll getrocknetes Obst.

Bei Wjäsma erreichte er die Ausläufer eines Gebirges. Die Sonne war längst untergegangen, der Mond hing im Himmel wie ein fetter Käse. Mensen lauschte auf die Töne der Nacht. Da war ein Geräusch, das nicht sein sollte, das Heulen von

Wölfen schwebte klagend im Wind, und daher entschied er, erst morgen weiterzulaufen. Moskau war nicht weit.
Am nächsten Tag durchquerte er die Berge. Keine Spur von Wölfen und auch nicht von Menschen, nur Frieden und Einsamkeit. Nach dem Abstieg durchquerte er die Ebene bei Borodino. Hier hatte Napoleon den russischen General Kutusow geschlagen, vor zwanzig Jahren, und hatte sich damit den Zugang nach Moskau geöffnet. Das lag nur noch einen guten Tag weit entfernt, und Mensen wusste, dass er sein Ziel in der Zeit erreichen würde. Der Boden war ausgedörrt, er hatte das Blut der Franzosen und Russen getrunken und hatte immer noch riesigen Durst, den Mensens Schweißtropfen nicht stillen konnten. Die Felder lagen verdorrt, nichts wollte mehr wachsen, wo der Tod seine Ernte einfuhr. Die Bewohner schlichen durch die Gassen wie zu Zeiten einer Belagerung, nah an die Wände gedrückt, immer im Schatten, damit der Feind auf den Wällen sie nicht erblickte.
Er hatte Durst. Jetzt war der Lauf so gut wie vorbei, jetzt wollte er ein Bier, in einem Gasthaus, kein brackiges Wasser mehr aus verfallenen Brunnen. Er sah ein Schild mit einem Krug. Die Tür hing in der Angel und quietschte, als Mensen sie öffnete. Auf den Scheiben lag ein rußiger Film. Die Gäste blickten in ihre Gläser, als ob es dort etwas zu sehen gäbe. Ob sie erst bei seinem Eintritt verstummten? Mensen setzte sich auf einen Schemel, an den einzigen Tisch, der unbesetzt war. Der Wirt kam, und Mensen bestellte ein Bier. Seine Worte fielen ins Schweigen und gingen unter. Die Tischplatte klebte unter seinen Händen. Das Holz an der Kante war rau und gesplittert. Zwei Männer standen auf und verließen die Stube. Das Bier war warm, mit jedem Schluck wurde er müder, und er merkte, wie schwer ihm der lange Weg in den Beinen hing. Plötzlich war das Glas leer, der Wirt brachte ein neues. Schon beim ersten Schluck spürte Mensen den Überdruss, er stieß bitter auf, der einzige Laut in der Stube.
Der Wirt stellte ihm einen Teller Suppe hin, sehr salzig, mit Kohl und mit Speck. Ein Kanten Brot und ein Bier. War das

zweite schon wieder alle? Mensen aß und trank, ohne es zu merken.
Die Hand auf der Schulter war schwer und bestimmt. Mensen drehte seinen Kopf hoch und sah in ein starres Gesicht. Die Augenbrauen wölbten sich nach oben, und der Mund war sehr rot und verzerrt von Freundlichkeit. Er sagte etwas auf Russisch. Mensen verstand kein Wort, aber verstand die Uniform und die Geste. Hinter dem Mann stand ein zweiter, das Gewehr nachlässig über die Schulter gelegt. Mensen legte einige Rubel auf den Tisch und folgte dem Druck der Hand, die ihn durch die Stube lotste und durch das Gewirr der schmalen Gassen. Die Polizei benutzte eines der wenigen Steinhäuser der Stadt. Der Mann mit dem seltsamen Gesichtsausdruck schien der Vorgesetzte zu sein. Er dirigierte Mensen auf einen Stuhl und stellte Fragen. Mensen schüttelte den Kopf. Mit seinen wenigen Worten versuchte er zu erklären, warum er in Borodino war. Er wollte ihm die Briefe an den Zarenhof zeigen, aber der andere schüttelte immer wieder den Kopf. Die Freundlichkeit wich nicht von den roten Lippen. Der zweite Polizist schob Mensen in eine kleine Kammer und verschloss sie mit einem rostigen Schlüssel. Die Pritsche war hart, so wie er es gerne mochte. Er legte sich darauf und schob die verfilzte Wolldecke unter den Kopf. So nah vor dem Ziel gescheitert. Nur noch einige Dutzend Meilen bis zur Hauptstadt. Gerade hier stecken geblieben, in diesem trüben Nest. Vielleicht war die wahre Bestimmung der Reise enttarnt, aber er war zu müde, um sich aufzulehnen, das konnte er später tun, später, wenn das Bier aus dem Blut geschwemmt wurde und der Schmerz aus dem Schädel.

Als er erwachte, fühlte er als erstes nach den Briefen im Wams. Sie waren noch da, niemand hatte sie entdeckt. Ein Mondstrahl schien freundlich durchs vergitterte Fenster zu Mensen herein. Er sah hinaus. Der Himmel war klar, die Sterne schienen noch ferner als sonst. Er rüttelte an der Türklinke, es schepperte, sonst geschah nichts. Auch durchs

Fenster war kein Entkommen. Es blieb der Kamin. Mensen steckte den Kopf in die schmale Öffnung. Es war eng, das merkte er, aber er konnte nichts Genaues erkennen, außerdem blieb kein anderer Weg, den Versuch war es wert. Schwierig war der Einstieg. Er war nur einige Hand breit, und hier musste Mensen durch. In den Fingern hielt er den Sack mit den Papieren.

Auf dem Rücken schob er sich durch die kalte Feuerstelle, steckte den Kopf in das schwarze Loch und drückte den Körper hinterher, Zentimeter für Zentimeter. Das Hemd riss an der Schulter auf. Er spürte, wie Blut den Arm herunterlief. Der Oberkörper steckte schon im Kamin, nur die Beine lagen noch in der Kammer. Mensen presste sich gegen die Rückwand und richtete sich auf. Die Steine zerfetzten den Kragen. Er legte den Kopf in den Nacken und sah weit oben ein fahles Licht. Er hängte sich den Sack um den Hals und schob sich ein wenig hoch. Die Wand des Kamins war fettig, und manchmal rutschten die Finger ab. Mit den Füßen tastete er nach Halt. Zum Glück war der Schornstein nachlässig gemauert; immer wieder fand er einen kleinen Sims, Platz genug für die Spitze seiner Schuhe. Wenn er sich ausruhen wollte, verkeilte er die Beine in dem Schlot und atmete einige Momente durch. Ruß bröckelte ab von den Wänden und fiel Mensen ins Gesicht. Er hatte keine Hand frei, um ihn abzuwischen, und pustete ihn fort. Die Länge seines Körpers hatte er bereits durchstiegen, noch dreimal so viel, und er war frei. Doch der Rauchfang wurde enger, und schon passten Mensens Schultern kaum hindurch. Er streckte beide Arme nach oben. So wurde er schmaler, aber er konnte kaum noch klettern, und die Beine machten die ganze Arbeit. Doch er kam voran, und als Mensen hochschaute, war der Lichtfleck wieder größer geworden. Kurz darauf spürte Mensen die kühle Nachtluft an seinen Fingern. Schließlich war der Kopf draußen und blickte in das Dorf. Es war ruhig, die Straßen waren leer und dunkel. Das letzte Stück war kein Problem. Ein paar Atemzüge, und er war durch. Mensen verschnaufte auf dem Dachfirst. Nach unten steigen würde einfacher sein. Seine Ledersohlen fanden guten Halt auf den Ziegeln. Vorsichtig kletterte er bis zur Regenrinne und hangelte sich daran zum Boden hinab. Die ersten Gassen durchquerte er planlos, erst einmal wollte er weiter, fort von dem Gefängnis. Dann hielt er kurz an und klappte seinen Kompass auf. Er würde das Dorf in östlicher Richtung verlassen. Zum Glück gab es hier keine Stadtmauern und Wächter, in wenigen Minuten war er in der freien Natur, auf einer guten und leeren Straße, die in Richtung der russischen Hauptstadt führte. Nach Moskau, denn das blieb sein Ziel, auch wenn er verfolgt wurde. Er musste den Mann in dem Gasthaus finden, der die geheimen Briefe erwartete. Der würde Mensens Rückkehr organisieren, falsche Papiere beschaffen und ihn am besten per Postschiff über Sankt Petersburg nach Schweden bringen. Vor allem musste er unerkannt in die Hauptstadt. Das würde nicht einfach sein, vielleicht konnte er einen der Posten bestechen oder sich als russischer Bauer verkleiden, mit einem Korb voll Kartoffeln und Kohl. Er würde sich das morgen genau überlegen. Für heute war es wichtig, dass er weit kam und eine gute Strecke zwischen sich und das Gefängnis legte. Mit ein wenig Glück würde sein Ausbruch erst nach Tagesanbruch entdeckt, dann brauchte die Nachricht bis Moskau viel länger als er, denn hier gab es keinen optischen Telegrafen. Bis dahin war Mensen längst in der Stadt und mithilfe des anderen vielleicht schon verschwunden. Falls er ihn gleich findet. Mensen kannte keinen Namen, nur das Gasthaus, in dem er einkehren sollte. Doch was morgen geschah, würde das Morgen entscheiden, heute genoss er es, wieder zu laufen, die kühle Luft in den Lungen und das ziehende Gefühl in den Waden. Bis Moskau gönnte er sich keinen Schlaf, je schneller er dort war, umso sicherer würde er sein. Er kümmerte sich nicht um die anderen Reisenden auf der Straße, auch in Russland würde es laufende Boten geben, obwohl er mehr aussah wie ein Vagabund. Der Wind wehte durch Mensen, und kein Blick blieb an ihm hängen.

Gegen Abend sah er die Umrisse der Stadt. Er wusste nicht, ob es klug wäre, sich jetzt noch Eintritt zu verschaffen, oder ob er besser bis morgen warten sollte. Vielleicht macht sich ein spät Ankommender verdächtiger als einer, der mit der Sonne reist. Dann musste er die Nacht irgendwo verbringen und sich von keinem Bauern erwischen lassen. Vielleicht wurde er schon per Steckbrief gesucht. Andererseits, wer von den Bauern konnte hier schon lesen? In allen Ländern hielt man sie dumm, damit sie genügsam ihre Arbeit verrichteten. Das würde sich ändern, mit seiner Hilfe.

Sechs Reiter kamen von Moskau her, er beachtete sie kaum, zu viel Verkehr war hier auf der Straße. Doch die sechs hielten direkt auf ihn zu. Als er sie bemerkte, war es schon zu spät. Die Pferde bildeten einen Kreis um Mensen und ließen ihn nicht entkommen. Die Soldaten trugen goldene Epauletten, Zeichen der Leibgarde des Zaren. Stämmige Burschen mit entschlossenen Gesichtern, die mit einem Mal ihre Flinten zogen. Die Schlösser funkelten im Licht der Abendsonne, und Mensen hob seine Hände hinter den Nacken und ließ sich auf die Knie fallen. Ein Pferd scheute, und er spürte, wie der Huf an seinem Kopf vorbeischlug. Die Soldaten hielten ihre Läufe in die Luft und schossen ihm sechsfachen Salut. »Lange lebe Mensen Ernst. Der Läufer Europas«, brüllten sie auf Französisch und stiegen vom Pferd.

Sechs Wochen später war Mensen wieder in Anrode.

Beatrice hatte Zeitungsausschnitte gesammelt, die von seinem Erfolg berichteten, ein dicker Stapel, den sie auf dem Glastisch im Esszimmer ausbreitete und der immer wieder von Maike durcheinander gewirbelt wurde. Auf einem war ein Bild zu sehen: im Hintergrund eine zerzauste Kiefer und düstere Felsen, im Vordergrund Mensen, den Blick in die Ferne, in den Händen sein hölzerner Quadrant.

Mensen musste lachen, und Maike sah ihn an und ahmte ihn nach.

»So sauber war ich nie und nie so rasiert. Alles reine Erfindung.«
»Aber gut erfunden. Die Welt schaut auf dich. Schau, sogar der Adel bewundert dich. Lies die Vossische Zeitung. Ein echter Fürst hat den Artikel geschrieben.«
Sie reichte Mensen das Blatt. Maike schnappte es sich und rannte aus dem Zimmer. Mensen lief ihr hinterher und erwischte sie gerade noch am Fuß, als sie unter ihrem Bett verschwinden wollte. Er zog sie hervor, klemmte das Kind unter seinen Arm und brachte es zurück zu Beatrice. Hier las er den zerknüllten Bericht, den Maike kaum hergeben wollte.

Die Ankunft des Schnell-Läufers Mensen Ernst in der russischen Hauptstadt nach seinem 14-tägigen Marsch durch Europa, von Hermann Fürst zu Pückler-Muskau.

Unglaubliches hat sich dieser Tage ereignet, von dem man noch in Generationen berichten wird. Mensen Ernst, der norwegische Schnell-Läufer, ist nach seinem außerordentlichen Gewaltmarsch von Paris nach Moskau in der russischen Hauptstadt eingetroffen. Der »Fliegende Mensch« lief diese 350 deutschen Meilen in nur 14 Tagen. Die Eilstafette von reitenden Boten, die gleich nach seiner Ankunft entsandt wurden, um die Wett-Societät in Paris zu benachrichtigen, benötigte bis zur ersten Station des Telegrafen fast doppelt so lange als der Renner. Seither ist Moskau im Läufer-Fieber. Ein Zuckerbäcker macht gute Geschäfte mit dem Verkauf einer Figur des Schnellfüßlers aus Mandelbrot. Dichter überbieten sich im Lobpreis, und angeblich wird gerade ein Libretto geschrieben für ein Singspiel über den Renner.
Viel gelacht wurde hier über den Kommandanten eines Polizeipostens in Borodino. Der ließ den Schnell-Läufer arretieren, weil er erstens nicht etiquettemäßig gekleidet und zweitens ein Fremder und als solcher verdächtig gewesen wäre. Man hat den guten Mann degradiert, jetzt dient er als Laternenanzünder in Minsk, möge er dort mit seiner genauen Art gute Dienste leisten und die Menschen erleuchten.

Einige Tage lang wurde Mensen Ernst in die beste Gesellschaft eingeführt. Auch der Verfasser dieses Berichtes hat seine Bekanntschaft gemacht. Der Läufer ist etwas über dreißig Jahre alt, von sehr angenehmem Wesen und schlanker Gestalt, viel kleiner als man bei jemandem erwarten könnte, der solche Strecken mühelos rennt. Sein Gesicht trägt die Züge eines Grüblers, was ebenfalls unpassend scheint bei einem Mann, der sich so eifrig nach vorne bewegt. Bei Hofe schien er sich nicht wirklich wohl zu befinden. Nie hat man ihn sitzen sehen, stets lief er durch die Säle hindurch, mit unruhigem Schritt, und starrte aus den Fenstern, als wolle er gleich davon. Möglich, dass der Lauf ihm noch in seinen Beinen steckte und dass das Leben am Hofe ihm fremd war nach Hunderten von Meilen in der freien Natur. Eigenthümlich war auch die Art, wie er seinen Kopf hielt, oder eben nicht hielt, sondern ihn wie ein Vogel auf seinem Hals hin- und herwippen ließ, dass mancher fürchtete, er würde ihm gleich herunterfallen. Ich sprach lange mit ihm über das Reisen und erzählte von meinen Entdeckungen in Ägypten. Früher habe er immer vorgehabt, zu Fuß den Nil aufwärts zu laufen auf der Suche nach seinem Ursprung, so sagte er mir. Ich bestärkte ihn darin, diesen Plan wieder aufzunehmen, denn man dürfe Afrika nicht auf Dauer den Franzosen und Briten überlassen.

Vorgestern lieferte Mensen Ernst vor einem zahlreich erschienenen Publikum eine öffentliche Probe seiner Geschwindigkeit ab, wobei er alle dort anwesenden Schnell-Läufer aufforderte, sich mit ihm zu messen. Wer den Platz vor der Basilius-Kathedrale schneller als er dreimal umrunden werde, dem sollten die ganzen Einnahmen der Produktion gehören. Obwohl er den Mitläufern 150 Schritte Vorsprung gewährte, siegte der Norweger um Armeslänge. Einige der Damen empörten sich: Dass sich sogar Standespersonen an der Rennerei beteiligen würden, sei ein wahrhaft sansculottischer Einfall. Das Laufen möge man doch den niederen Menschen überlassen, zumal es der Gesundheit abträglich sei, wie schon die Basenweisheit wisse, die jedem schnellen Läufer hinterherschreie: »Junge, lauf dir nicht die Schwindsucht an den Hals.« Aber die Damen haben Unrecht, denn das Laufen ist

eine Geschicklichkeit, die sehr verdiente, mehr von uns geachtet zu werden, als gewöhnlich geschieht. Anders war es bei den Griechen, bei denen das Laufen eine der vorzüglichsten gymnastischen Übungen war und in den öffentlichen Wettkämpfen den ersten Rang ausmachte.
So schließe ich hoffnungsvoll mit Shakespears King Lear:
»Dann kommt die Zeit, wer's lebt zu sehn,
Dass man mit Füßen pflegt zu gehn.«

»Das ist doch ein echter Erfolg«, sagte Beatrice. »Fürst Pückler lobt dich vor aller Welt.«
»Aber Ziel war nicht das Erreichen Moskaus gewesen«, sagte Mensen. »Auch nicht, meine Berühmtheit zu steigern. Ziel war es, die russischen Revolutionäre für ein gemeinsames Vorgehen zu bewegen. Aber das kann nicht funktionieren. Russland ist zu groß. Hier wird es nie einen Umsturz geben.«
»Das ist mir ganz egal«, sagte Beatrice. »Ich bin stolz auf dich.«
»Die Zeitungen loben mich. Aber …«
»Kein ABER. Gebe dich damit zufrieden.«
»Aber sie sehen nicht, was mich wirklich bewegt.«
»Dafür sehen sie, dass du dich bewegst. Und wie schnell. Du bist jetzt berühmt.«
»Die Zeitungen sind morgen schon altes Papier, und Ruhm macht nicht satt und nicht froh.«
»Aber was würde dich je froh machen? Gibt es da was? Sei ehrlich. Ich glaube nicht. Bisher habe ich nichts gefunden. Wenn es nichts gibt, dann höre auf zu laufen. Unglücklich kannst du auch bei mir sein. Wenn du reist, ist das nur eine Flucht aus dem Leben.«
»Nein. Eine Flucht ins Leben. Und ich habe die Hoffnung, dass die Samen aufgehen, die ich gesät habe. Das braucht seine Zeit. Wir sehen hier nur nicht, wie sie wachsen und keimen. Wenn ich jetzt ausstiege, wäre alles vergebens. Es gärt in Deutschland, einer muss den Teig rühren. Noch muss ich der Revolution meine Beine leihen.«

»Aber verbringe jetzt wenigstens einige Wochen mit mir, geh nicht gleich wieder.«

»Das würde ich gerne, aber ich muss Geld nach Frankfurt bringen, dort ist etwas Großes geplant.«

»Klar, Mensen. Immer ist es etwas Großes. Etwas Besonderes.«

»Aber Genaues weiß ich noch nicht. Und da ist Weidig, der Rektor einer Schule in Butzbach, der Kontakt zu unseren Kreisen sucht. Wir versprechen uns viel von dem Mann.«

»Und Griechenland? Was ist damit? Wedemeyer hat davon gesprochen.«

»Das weiß er von Skulberg, aber er sollte nicht darüber reden. Es wird wieder einen großen Wettlauf geben, von München nach Nauplia in Griechenland. Dort residiert seit diesem Jahr König Otto, ein Bayer als König von Griechenland. Er ist noch jung, erst 17 Jahre alt und sehr offen für neue Ideen. Baron von Guisen ist unser Verbündeter. Er ist der bayrische Außenminister. Wir hoffen, den König auf unsere Seite ziehen zu können. Es ist wichtig, über die Grenzen des eigenen Ländchens hinaus zu denken. Ein Erfolg im Ausland ist auch ein Erfolg, der bis nach Deutschland zurückstrahlen wird, denn nirgends ist die Reaktion so finster wie hier. Vielleicht kommt aus dem Osten das Licht, aus Hellas, der Wiege der Demokratie.«

»Hier höre ich Skulberg aus deinem Mund sprechen. Wo sind denn deine eigenen Worte.«

»Ich bin ein Läufer. Ich bin kein Redner.«

»Sag etwas Eigenes. Sonst ziehe ich dich am Ohr.«

Sie zog ein wenig. Mensen überlegte.

»Etwas Eigenes. Das nur du sagen kannst.«

Sie zog noch mehr.

»Na? Ist da jemand? Oder bist du nur ein Sprachrohr?«

»Ich muss los«, sagte Mensen und lief nach Frankfurt.

Ein paar Tage später kam er mit Skulberg nach Butzbach. Weidig lief durch die Stube und rieb die Schläfen mit seinen Händen. Clemm saß in Weidigs Lehnstuhl und rauchte

scharfen Tabak in seiner Pfeife. Seine Augen waren vom Rauch ganz rot.
Er sei also der, der immer renne, sagte Clemm. Man höre viel von Mensen. Aber die Geschichten seien größer als er selber. Clemm meinte, er habe sich Mensen beeindruckender vorgestellt.
Mensen schwieg.
Er sei sehr froh, dass Mensen da sei, sagte ihm Weidig und strich langsam durch seinen Kinnbart. Er trug einen Anzug aus schwarzem Samt und sah sehr würdig aus. Jetzt könnten sie also in Ruhe alles besprechen. Sie hätten genug Zeit. Es gehe um eine Flugschrift. Erst in drei Wochen komme Büchner, ihr Verfasser, und ein anderer Student. Die beiden würden die Druckvorlage nach Offenbach bringen. Karl Preller sei der Drucker, ein Freund ihrer Sache. Ihr Plan sei, das Manuskript in zwei Botanisiertrommeln zu stecken. Die beiden Studenten würden als Naturkundler gehen. Ganz harmlos. Niemand würde sie verdächtigen. Anschließend würde die Flugschrift von Mensen verteilt werden.
Vorausgesetzt, ihm gefalle der Text, sagte Mensen, und Weidig griff sich in den Bart und sagte, dass er auf ein gnädiges Urteil Mensens hoffe.
Mensen las:

Der Hessische Landbote.
Erste Botschaft
Darmstadt im Juli 1834

Vorbericht

Dieses Blatt soll dem Hessischen Lande die Wahrheit melden, aber wer die Wahrheit sagt, wird gehenkt, ja sogar der, welcher die Wahrheit liest, wird durch meineidige Richter vielleicht gestraft. Darum haben die, welchen dies Blatt zukommt, Folgendes zu beobachten:
1. *Sie müssen das Blatt sorgfältig außerhalb ihres Hauses vor der Polizei verwahren;*

2. *Sie dürfen es nur an treue Freunde mittheilen;*
3. *Denen, welchen sie nicht trauen, wie sich selbst, dürfen sie es nur heimlich hinlegen;*
4. *Würde das Blatt dennoch bei einem gefunden, der es gelesen hat, so muss er gestehen, dass er es soeben dem Kreisrath habe bringen wollen;*
5. *Wer das Blatt nicht gelesen hat, wenn man es bei ihm findet, der ist natürlich ohne Schuld.*

Mensen nickte beim Lesen. In Zeiten wie diesen wurde ein Wort zur Waffe, und wer die Waffen erhob, wurde verfolgt und bestraft. Man musste vorsichtig sein, aber wer vorsichtig war, war meist nichts anderes mehr. Die Vorsicht war zu einer Tugend geworden, die den ganzen Mann verlangte. Nichts hatte mehr Raum neben ihr. Sie fraß einen von innen, und man ging durchs Leben wie ein Geist.
Er las weiter.
Friede den Hütten! Krieg den Palästen!
Dann überflog er die nächsten Seiten.
Es ging um das schöne Leben der Reichen, das ein langer Sonntag sei, und um die Mühseligkeiten der Armen. Es ging um die Steuern, die der Staat den Armen abpresste, damit er eine Ordnung erhalten konnte, die dafür sorgt, dass die Armen arm blieben. Es ging um Gesetze, die Eigentum einer einzigen Klasse von Reichen und Gelehrten seien. Es ging um die Bestechlichkeit der Richter. Um die Mühlen der Bürokratie in den Amtsstuben. Um die Scharen unnützer Beamter und die fetten Polster, auf denen sie sich ausruhten, wenn sie eine gewisse Zeit treu gedient hatten. Es ging um das Militär, das teures Geld koste und zu gesetzlichen Mördern werde, um die gesetzlichen Räuber zu schützen. Es ging um die Korruption der Regierung, die keinen ehrlichen Mann als Minister duldete. Es ging um Freiheit, die man nicht geschenkt bekomme, sondern sich erkämpfen müsse. Weidig sei sehr kühn, dass er das drucken lasse, sagte Mensen.

Weidig rieb seine knochige Nase und antwortete, dass das nicht seine Privatkühnheit sei, sondern eine Kühnheit für ihre Nation, die verdienstvollste aller Tugenden. Außerdem sei der Text nicht von ihm, sondern von Büchner, er habe ihn nur überarbeitet, und das würde dem Autor sicher nicht gefallen.

»Die Tugend unserer Zeit ist nicht die Kühnheit«, sagte Skulberg. »Es ist die Vorsicht. Die steht den meisten Menschen ins Gesicht geschrieben.«

»Aber man hat uns das Hirn gegeben, um zu denken, die Augen, um zu sehen, die Ohren, um zu hören, die Hände, um zu handeln«, sagte Weidig.

»Die Beine, um zu rennen«, sagte Mensen.

»Die Beine, um zu rennen«, wiederholte Skulberg.

»Rennen mag gut sein«, unterbrach Clemm. Er sog an seiner Pfeife und fixierte Mensen mit seinen roten Augen. Mensen mochte diesen starren Blick nicht.

»Sogar sehr gut, wenn die Richtung stimmt. Aber wenn einer rennt, muss man sich fragen: Warum rennt der so? Rennt der zu uns her? Oder von uns weg? Rennt er in den Kampf oder die Abtrünnigkeit? Ist er auf der Flucht oder dem rechten Weg? Geht er über Leichen oder schwankenden Grund? Wird er gejagt, oder ist er der Jäger? Brennt ihm was auf den Nägeln oder unter den Sohlen?«

»Zu viele Fragen für einen, der rennt«, sagte Mensen und las halblaut weiter. Die Sprache wurde immer packender. Das letzte Stück sprach Weidig mit.

Hebt die Augen auf und zählt das Häuflein eurer Presser, die nur stark sind durch das Blut, das sie euch aussaugen, und durch eure Arme, die ihr ihnen willenlos leiht. Ihrer sind vielleicht 10.000 im Großherzogtum, und eurer sind es 700.000, und also verhält sich die Zahl des Volkes zu seinen Pressern auch im übrigen Deutschland. Wohl drohen sie mit dem Rüstzeug und den Reisigen der Könige, aber ich sage euch: Wer das Schwert erhebt gegen das Volk, der wird durch das Schwert des Volkes umkommen. Deutschland ist jetzt ein Leichenfeld. Bald wird es ein Paradies sein. Das deutsche Volk ist ein Leib, ihr seid ein Glied dieses Leibes. Es ist einerlei, wo die Scheinleiche zu zucken anfängt. Wenn der Herr euch seine Zeichen gibt durch die Männer, durch welche er die Völker aus der Dienstbarkeit zur Freiheit führt, dann erhebt euch, und der ganze Leib wird mit euch aufstehen.

Beide schwiegen.

»Das ist ein Text, den ich gerne verteile«, sagte Mensen schließlich und sah zu seinem alten Lehrer. Skulberg nickte.

»Es wird nur eine Weile dauern, bis ich wieder hier bin.«

»Das macht nichts«, sagte Weidig. »Ich werde mit Büchner noch einige Zeit über den Text streiten. Ich habe manches geändert, das wird ihn ärgern. Aber Anfang August sollten wir ihn in Umlauf bringen.«

»Ich werde kommen. Das verspreche ich.«

»Ich wusste, dass du das tust. Das Verhältnis zwischen den Armen und den Reichen ist das einzige revolutionäre Element in der Welt«, sagte Skulberg. »Möge das Flugblatt dazu beitragen, dass die Verhältnisse sich ändern.«

»Ein Text allein ändert nichts«, widersprach Clemm. »Wenn in unserer Zeit etwas helfen soll, so ist es Gewalt.«

»Gewalt mag notwendig sein, aber nur in der richtigen Dosierung«, sagte Weidig.

»Viel hilft viel«, sagte Clemm. »Sind wir denn nicht auch jetzt schon in einem ewigen Gewaltzustand? Nur weil wir im Kerker geboren und großgezogen worden sind, merken wir nicht mehr, dass wir im Loch stecken mit angeschmiedeten Händen und Füßen und einem Knebel im Mund.«

»Gewalt kann das Volk abschrecken, doch wir brauchen das Volk«, sagte Weidig. »Wir müssen die materiellen Interessen des Volkes mit den politischen Zielen der bürgerlichen Revolutionäre vereinigen.«

Skulberg nickte: »Sollte jemals die Revolution ausgeführt werden, kann das nur durch die große Masse des Volkes geschehen, durch deren Gewicht und Überzahl die Soldaten erdrückt werden können.«

»Das Volk ist ein Fels«, sagte Clemm. »Ein Fels, auf dem man

Blutgerüste für die Tyrannen bauen muss. Seien wir nicht zu gnädig. Aus dem Dreck, woraus der Kaiser ist, bin ich auch. Vergießt er unser Blut, vergießen wir seines, und dann wird eine Gesellschaft der Gleichen geschaffen. Die Unterschiede zwischen den Menschen werden ausgemerzt, dann sind wir frei.«

»Nein«, sagte Mensen. »Das ist falsch. Dann sind wir nicht frei. Wenn alle gleich sind, sind alle gefangen. Es geht nicht darum, dass die Menschen gleich sein müssen. Es geht darum, dass sie unterschiedlich sein dürfen.«

Der Lauf nach Nauplia wurde immer wieder verschoben. Zwei Wochen war Mensen schon in München, und noch immer zögerte König Ludwig, ihm eine Erlaubnis dafür zu geben, obwohl man Mensens Name hier kannte, nicht erst nach dem Eillauf von Paris nach Moskau.

»Der Normann ist ein Narrmann«, lästerte eine Zeitung. Mensen vertrieb sich die Zeit mit einem Probelauf von München nach Augsburg. In siebzehn Stunden war er wieder zurück, und die Lästerzungen wurden ruhiger, doch am Hofe wurde er weiter vertröstet. Man müsse noch abwarten, bis die Post aus Griechenland hier eingetroffen sei, erst dann könne man, vielleicht, Mensen auf den Weg schicken, mitsamt der Antwortbriefe an König Otto. Und außerdem sei sich der bayrische König unsicher, ob ein solcher Lauf wirklich opportun sei. Ein Mensch, der die ganze Welt zu Fuß durchquere, der habe doch etwas Seltsames an sich, meinte der König, vielleicht werde er Mensen bei einer Audienz überprüfen und anschließend seine Entscheidung fällen.

Zum Glück für Mensen brach in Italien die Cholera aus. Hauptmann Trentini aus Nauplia, der mit Depeschen des Königs unterwegs war, steckte in Triest in Quarantäne. Die Briefe reisten ohne ihn weiter, wurden durchstochen und geräuchert und so von den Keimen befreit. Alle italienischen Häfen waren geschlossen, kein einziges Postschiff lief mehr aus, und König Ludwig lud Mensen zur Audienz. Als Mensen in

den Thronsaal geführt wurde, sah er, wie sich der König mit beiden Händen an die Lehnen seines Thrones klammerte, als fürchtete er jeden Moment, er könne herunterfallen, oder – schlimmer noch – heruntergestoßen werden, und blickte mit unsicheren Augen auf Mensen, als drohe eine Gefahr von ihm.
Warum Mensen laufe, fragte der König mit einer Stimme, die dünn durch den Saal wehte.
Die Antwort wusste Mensen, seit er ein Kind war, und sagte dem König, dass der, der stehen bleibe, sterbe.
Die Brauen des Königs zogen sich zusammen, und eine breite Falte klaffte in seiner Stirn auf wie eine Wunde.
Woher Mensen das wisse?
Mensen sagte, er habe das gesehen.
Der König sagte ihm, dass er sich täusche. In seinen Augen lag Sorge. Er suchte Bestätigung von einem alten Minister, der rechts von ihm stand und ihm zunickte.
Nur im Stillstand erholten sich der Mensch und der Staat. Zu viel Unruhe schaffe nur Unfrieden. Wie viel Unglück komme über unsere Welt, nur weil es die Menschen nicht schaffen würden, in einem Zimmer ruhig auf einem Stuhl zu sitzen? Wie viel überflüssiges Leid werde durch Unrast erzeugt? Durch Hast? Durch Eile? Durch Ungeduld? Zu viel Bewegung sei eine Krankheit, die ansteckend ist und sich ausbreiten könne; eine Plage, wie die Cholera, die jetzt die Ankunft der Post seines Sohnes auf so unselige Weise verzögert habe. Wer sich mit der Unruhe infiziert habe, den solle man in Quarantäne stecken wie diesen Hauptmann, so lange, bis die Krankheit abgeklungen sei.
Es gebe viele, die glauben würden, dass nicht Unruhe eine Krankheit sei, sondern der Stillstand, widersprach Mensen.
Was Mensen sich erlaube, unterbrach ihn einer der Minister. Er spreche hier mit dem König.
Der König aber redete weiter, als sei nichts geschehen, nur die Adern auf seinen Handrücken traten noch deutlicher hervor und pulsierten unregelmäßig.

Ruhe sei die erste Menschenpflicht, sagte er. Sie tue Not, gerade in diesen unseligen Augenblicken, wo eine verbrecherische Rotte ihr geheiligtes Vaterland mit Anarchie, Plünderung, Brand und Mord bedrohe. Wer still sei, tue anderen nichts Böses. Wer ruhig sei, sei ein guter Untertan. Maßvoll und bedächtig sollten die Menschen sein. Maßvoll und bedächtig. So würden sie sich am besten führen lassen. Mensen möge daher laufen, aber nur, um notwendige Depeschen an seinen geliebten Sohn, den König von Griechenland, zu überbringen. Das sei der einzige Zweck dieses Laufes. Doch der Pöbel solle es nicht erfahren und unnötigerweise beunruhigt werden. Zu viel Bewegung, Mensen verstehe, zu viel Bewegung könne tödlich sein. Die Zeitungen dürften nicht informiert werden, und es dürfe auch keine Wette abgeschlossen werden, wie in Paris, wo man es gewagt habe, einen König zu guillotinieren und einen anderen zu vertreiben. Das gebe es hier nicht. Kein Aufsehen, keinen Aufruhr, keinen Affekt. Jetzt könne Mensen sich entfernen. Kammerherr von Braun werde sich seiner annehmen.
Die Depeschen wurden in Wachsstaffeln eingenäht, darunter die vertraulichen Briefe des Außenministers Baron von Guisen an König Otto. Niemand am Hofe vermutete etwas. Mensen sprach nur kurz mit dem Minister. Dieser bat ihn, seine Briefe persönlich zu überbringen. Er möge beobachten, wie der junge König reagiere, das sei sehr wichtig und aufschlussreich.

Mühsam war die Zeit in München gewesen, noch mühsamer war anschließend der Weg. Zu viele Berge gab es auf der Strecke und zu viele Flüsse. Die Berge versuchte er zu umgehen und lief so länger, als er eigentlich wollte. Für die Flüsse schnitzte er sich oft Stelzen und durchquerte sie mehr oder weniger trocken. In Cattaro wurde er festgehalten, weil er so durch die Gegend rannte und man eine Abart der Cholera vermutete, die Mensen in die Raserei zwang. Die Zertifikate des Königs von Bayern halfen weniger als eine Hand voll Dukaten, dann durfte er weiter. Als er den Serail in Cattaro verließ, rannte ein Bote durch den Schatten des Vorhofes. Ein Schellengürtel klang freundlich und hell, doch das Gesicht war verzerrt, eine grausame Fratze unter dem Schatten eines schwarzen Turbans. Da war kein Mund, nur ein klaffendes Loch, aus dem es weiß glänzte. Mensen zuckte zurück. Er fror noch lange, obwohl er sich an Steffels Beschreibung erinnerte: Eine silberne Kugel trügen die türkischen Läufer im Mund, um besser atmen zu können. Das war eine Erklärung, und doch – irgendetwas war seltsam an dem Türken.

Von der Stadt war es nicht mehr weit bis Griechenland, aber die Karten waren schlecht, und die Uhr war bei einer Flussüberquerung nass geworden und zeigte die Zeit nur ungefähr an. So konnte er seine Position nicht bestimmen, denn erst durch die Zeit wird ein Punkt im Raum definiert. Er legte sich zum Schlafen hin, als er dachte, dass die Grenze schon hinter ihm liegt. Soldaten weckten ihn und schleppten ihn als Spion zurück nach Janina. Drei Tage brauchten sie für diesen Weg, den Mensen in wenigen Stunden gelaufen war. Dort klärte ein Pascha alles auf und rauchte mit Mensen die Wasserpfeife. Am nächsten Morgen hatte Mensen Kopfschmerzen und lief ohne Pause bis Griechenland, dessen Hauptstadt Nauplia er erst am 24. Tag seines Laufes erreichte.

Das Treffen mit König Otto war eine Enttäuschung. Mensen übergab ihm die Briefe von Guisen, doch der König beachtete sie kaum. Er sei zu schwach für diese alte Erde, die getränkt war mit Geschichten von Göttern und Helden und nicht bereit für etwas Neues. Ob Mensen die Ilias gelesen habe? Vom Unheil bringenden Zorn des Achill? Von der Zerstörung der Festung des Priamos? Hier blühten im Frühling nicht nur tausend Blumen, hier blühe die ganze Geschichte der Welt. Nicht weit von hier sei ein altes Theater, in dem man vor zwanzig Jahrhunderten schon die ergreifendsten Dramen gespielt habe. Von Liebe und Tod und dem Kampf gegen die Götter. Was Guisen da schrieb, sei sinnloses Zeug, nur für den heutigen Tag gemacht. Doch die Geschichte der Hellenen stehe wie ein Fels in der Brandung der Epochen. Was sei schon das Glück künftiger Generationen gegen das Leid von Agamemnons Geschlecht? Was der Hunger der bayrischen Bauern gegen die zeitlose Marter von Tantalos? Was die Knechtschaft in den Manufakturen gegen die Qualen des Sisyphos? Guisen solle ihn mit der Gegenwart verschonen. Mensen kenne doch das Dichterwort:

Dreifach ist der Schritt der Zeit,
zögernd kommt die Zukunft hergezogen,
pfeilschnell ist das Jetzt verflogen,
ewig still steht die Vergangenheit.

Das sei doch schön gesagt. Ewig still stehe die Vergangenheit. Darauf komme es an. Nur das Ewige zähle. Alles andere sei schwankend, ungewiss, kränklich und blass. Die Zukunft sei nur interessant, sobald sie zur Vergangenheit geworden sei. Und er sei noch jung, erst siebzehn Jahre alt. Da liege noch viel Vergangenheit vor ihm.

Mensen reiste nach dieser Audienz umgehend nach Anrode zurück. Er brauchte mit dem Schiff und der Postkutsche viel länger als zu Fuß, aber er konnte nicht mehr laufen. Es ging nichts mehr. Die Füße taten ihm weh. Die Sohlen brannten bei jedem Schritt, und die Knöchel waren geschwollen. Die Muskeln der Oberschenkel fühlten sich hart wie Stein an, so dass er die Beine kaum beugen konnte.

Seine Rückkehr sollte ein Fest sein, aber er saß an dem Tisch wie ein Fremder und sah den Apfel in der Silberschale an. Das Rot der Schale glänzte im Licht der Kandelaber. Er hatte Lust, ihn zu nehmen und hineinzubeißen, aber das würde Beatrice nicht dulden. Sie würde ihm höchstens erlauben, ihn zu zerlegen, mit Messer und Gabel, wenn überhaupt, denn der Apfel war ein Teil der Tischdekoration. Der Speisesaal war geschmückt, und die Diener hatten stundenlang das alte Geschirr poliert.

Die Lehne des Stuhls drückte gegen seinen Rücken. Er sah We-

demeyer beim Essen zu. Der aß Mensens Portion gleich mit. Er selber war solche Mahlzeiten nicht mehr gewohnt. Auch der Wein war zu süß und zu schwer, wie Honig klebte er am Gaumen, er konnte ihn beim besten Willen nicht trinken, nicht nach diesem langen Lauf. Er war müde, sehr müde, er wollte schlafen. Nicht eine Nacht. Viele Nächte und Tage. Er wusste nicht, warum. Das Kind saß stumm neben ihm und biss sich auf die Lippen. Beatrice fragte ihn schon wieder:
»Hat wirklich keine Zeitung berichtet?«
»Keine Einzige. Der Lauf war mehr oder weniger geheim.« Das Sprechen war mühsam.
»Das ist nicht richtig. Wenn einer so weit läuft wie du, sollten es alle erfahren.«
»Und wie hat der König reagiert?«, fragte Skulberg.
»Schlecht«, sagte Mensen. »Ich mache das nie wieder.«
Er konnte die Augen nicht von dem Apfel lassen. Rot wie ein offenes Herz. Mensen streckte die Hand aus und strich über die Schale.
»Bravo«, sagte Wedemeyer. »Gut gesprochen, Mensen. Der ganze Lauf war grad für die Katz. Kein Geld eingenommen, keinen einzigen Heller. Zu viel Zeit für nichts vergeudet. Wirklich für nichts. Dabei ist jetzt Saison. Jetzt müssten wir laufen.«
»Wir?«, fragte Mensen.
»Nach Moskau, gut, das war etwas anderes. Das hat unsere Börse prall gefüllt. Vierfach den Wetteinsatz zurückbekommen. Aber Griechenland …«
»Darum geht es nicht«, sagte Skulberg. »Es geht um mehr.«
»Hört, hört.« Wedemeyer schnaufte in die Serviette. »Immer geht es um mehr …«
»Es geht um Mensen«, sagte Beatrice. »Wenn er nicht mehr für die Politik läuft, dann muss er auch nicht mehr für Geld laufen. Dann kann er hier bleiben. Bei mir.«
»Er hat nicht gesagt, dass er nicht mehr läuft«, sagte Skulberg. »Das hast du doch nicht, oder? Und du hast noch nichts vom König Otto berichtet.«

»Da gibt's nichts zu sagen. Aber du und Guisen hättet euch überlegen sollen, ob sich der lange Marsch zu ihm lohnt. Gerade der fette Guisen, der kommt ohne Droschke ja kaum auf den Abort.«

»Mensen!« Beatrice knallte empört die Gabel auf ihren Teller.

»Ich bin müde. Ich will keine fremden Länder mehr retten.«

»Dann bleibst du endlich in Anrode?«

»Und ab morgen wird wieder gelaufen. Und Geld verdient«, sagte Wedemeyer.

»Es gibt eine Nachricht für einen Rechtsanwalt in Gießen«, sagte Skulberg. »Die könntest du nächste Woche überbringen.«

»Vielleicht in Hamburg. Hamburg, da warst du noch nie. Reiche Stadt. Gute Stadt, da wird das Geld fließen.«

»Ich bin froh, wenn du erst endgültig hier bist.«

»Wir haben ein Waffendepot in den Bergen. Wir dürfen jetzt nicht nachlassen.«

»Wir werden hier eine schöne Zeit verbringen, du wirst dich ganz erholen und wieder richtig zu Kräften kommen.«

»Die Bauern sind bereit, bald geht es los. Wir brauchen dich jetzt dringender als je zuvor.«

»Wie wär's mit Stelzen? Auf Stelzen bist du lange nicht gelaufen. Kannst du das noch?«

»Das tut ihm nicht gut. Da kriegt er diese Wunden.«

»Schont ihn für die Revolution.«

»Du hast doch gehört, dass ihm das jetzt egal ist.«

»Mit dem Geld könnte man ...«

»... eine schöne Zeit ...«

»... für die Armen ...«

»... sonst verblasst der Ruhm ...«

»... und die Opposition ...«

»... für immer bei mir ...«

»... aber geht nie aus.«

Mensen sah sie an. Er verstand nicht mehr, was sie sagten. Er verstand sie nicht mehr, nicht die Sätze und nicht die Wörter. Und er wollte sie nicht verstehen. Das war vorbei. Er hielt den Kopf ruhig, und sie verschwanden. Nur die Münder waren noch da, die auf- und zuklappten, als bekämen sie keine Luft, wie Karpfen im Teich, nein, nicht wie Karpfen, eher wie diese kleinen Fische in den Flüssen des Dschungels, die er in Südamerika gesehen hatte, die ein ganzes Huhn in wenigen Sekunden gefressen hatten; so sahen die Münder aus, als wollten sie Fleisch, als wollten sie sein Fleisch, als wollten sie ihn mit Haut und Haaren fressen, in kleinen Stückchen, ein Festmahl zu seiner Rückkehr, mit spitzen Zähnen und gierigen Zungen, die verstohlen über die Lippen leckten. Er sah den Hunger, der dahinter stand.

Doch er würde sich nicht fressen lassen. Mit einem Mal war alles ganz einfach, plötzlich sah er den Weg, ohne darüber nachzudenken. Da war er, war es vielleicht schon immer gewesen, und er hatte ihn nur nicht gesehen. Jetzt sah er ihn, jetzt würde er ihn gehen. Er schüttelte den Kopf, und mit der Bewegung kehrten ihre Gesichter zurück.

»Ich gehe nach Ägypten«, sagte Mensen.

Sie hörten ihn nicht.

»Nach Ägypten. Und von dort zu den Quellen des Nils.«

Sie sahen ihn an. Wedemeyer verstand ihn als erster. Er ließ die Gabel fallen und griff an sein Herz.

»Ägypten?«

Beatrice saß mit einem Mal sehr aufrecht und biss sich auf die Lippen. Skulberg lächelte.

»Ich gehe nach Ägypten«, sagte Mensen ein drittes Mal. »Einen letzten Lauf mache ich für Weidig und verteile die Flugschrift. So ist das versprochen. Und anschließend wandere ich nach Genua und schiffe dort ein.«

»Warum tust du mir das an?«, fragte Beatrice. Die Silben gellten durch den Saal.

Mensen stand auf, griff nach dem Apfel und biss hinein. Dann spuckte er aus.

Er war aus Wachs.

Mensen lief los.

Am nächsten Tag erreichte er Butzbach. Weidig war froh, ihn zu sehen.
»Kein bisschen zu früh.« Er schob Mensen ins Zimmer. Clemm saß hinter dem Tisch und nickte ihm zu, die Augen verkniffen und rot von dem Rauch seiner Pfeife, die er nie ausgehen ließ.
»Ist der *Landbote* gedruckt?«, fragte Mensen. »Dann laufe ich noch heute zu Drucker Preller, um ihn zu verteilen. Morgen muss ich dann weiter, eine wichtige Verabredung.«
Weidig nickte. »Es geht jetzt los. Die ersten Exemplare werden gerade in einige Städte gebracht. Sie selber sind dann für die Verteilung auf dem Land zuständig. Aber langsam! Noch etwas essen, bevor Sie gehen?«
»Am liebsten einen Apfel.«
Er aß ihn mitsamt dem Gehäuse. Kaum war er fertig, traten schwere Stiefel gegen die Tür, und ein junger Mann stürzte ins Zimmer.
»Verrat!«
Die Tür schlug hinter ihm zu. Weidig und Clemm sprangen auf.
»Wir sind verraten, alles aus und vorbei.«
»Das ist Büchner«, rief Weidig. Der Student konnte kaum noch atmen, sein Kragen war nass, und das Haar hing ihm in die Stirn. Er konnte nur noch stammeln:
»Minnigerode ist festgenommen.« Mensen setzte ihn auf den Lehnstuhl.
»In Gießen, am Stadttor.«
Er trank das Glas, das Mensen ihm reichte, in einem Zug aus.
»In den Kleidern. Da trug er den Landboten. Hundert Stück.«
Mensen brachte ihm noch mehr Wasser. Büchner atmete etwas durch.
»Es könnte mich rasend machen. Vollkommen rasend. Eine fatale Geschichte! Wir sind verraten. Von Kuhl. Das hat keiner geahnt. Ausgerechnet er. Eine treue Seele, so schien es mir immer. Aber man schaut nicht in ihre Köpfe herein.«

»Kuhl? Dieses Schwein!« Clemm kaute auf seiner Pfeife herum. »Er war mir schon immer verdächtig. Der verdammte bürgerliche Liberalismus! Verfluchte Verräter. Auf dem Altar der Freiheit soll man sie schlachten und den Boden der Revolution mit ihrem Blut düngen.«

»Aber was tun wir jetzt?«, fragte Weidig. »Um die Verräter kümmern wir uns später. Und für Altäre ist auch keine Zeit. Was geschieht mit den neunhundert Landboten, die noch bei Preller lagern?«

»Verbrennen, was sonst«, sagte Clemm. »Blatt für Blatt, nicht alle auf einmal, das gäbe zu viel Rauch, da macht sich der Drucker verdächtig.«

»Es wäre schade, wenn das Feuer der Revolution nur eine Stube in Offenbach heizte«, sagte Weidig.

»Aber was sonst?« Clemms Stimme wurde noch schriller. »Niemand kann den Landboten verteilen. Jetzt ist überall Geheimpolizei. Keiner ist vor ihnen sicher.«

»Aber den Landboten verbrennen, Weidig, das geht nicht.« Büchner hatte sich erholt. »Weidig! Sagen Sie etwas dazu. Wir haben zu lange über den Text gestritten, als dass wir ihn jetzt verbrennen können. Um jedes Wort haben wir gekämpft, das der andere verändern wollte. Und jetzt das Ganze ins Feuer werfen? Das bricht mir das Herz.«

»Wir könnten die Texte für einige Monate vergraben«, sagte Weidig. »Wenn sich alles beruhigt hat, holen wir sie wieder heraus. Wir haben schon lange für bessere Zeiten gekämpft. Auf ein halbes Jahr mehr oder weniger kommt es nicht an.«

»Aber was machen wir, wenn Minnigerode gesteht und uns alle ans Messer liefert?«, fragte Clemm. »Minnigerode ist weich. Legt man ihm Daumenschrauben an, dann wird er nicht widerstehen.«

Büchner schüttelte den Kopf.

»Ist er nicht. Niemals wird er abtrünnig werden.«

»Und wenn doch? Sie hatten auch Kuhl vertraut. Ihre Menschenkenntnis ist scheint's nicht die beste.«

»Kuhl weiß nichts, was uns gefährlich werden könnte, wenn nur Minnigerode schweigt.«
»Aber wir können nicht sicher sein, dass er es tut. Und wenn er erst redet, ist es zu spät. Die Beweise müssen vernichtet werden. Sofort! Die Druckplatten, das Manuskript und alle Exemplare. Einer sollte gleich heute Nacht nach Offenbach gehen und Preller anweisen. Das kann ja unser Läufer machen. Auch wenn er nichts zu sagen hat. Rennen kann er doch?«
Clemm starrte Mensen an.
»Einverstanden. Ich werde gehen«, sagte Mensen. »Gleich jetzt. Ich verstehe nicht so viel von der Politik wie Ihr, aber ich verstehe etwas vom Laufen. Und bei jedem Lauf gibt es einen Moment, bei dem man denkt, dass es nicht mehr weitergeht. Keinen einzigen Schritt. Und trotzdem hört ein Läufer nicht auf, sondern macht seinen Weg. Ein Läufer ist nicht einer, der schnell rennt. Das sieht nur so aus, aber das ist falsch. Ein Läufer ist einer, der weitermacht, obwohl er nicht mehr kann. Wir sind an so einem Augenblick angekommen, wo anscheinend nichts mehr geht, aber das hat nichts zu sagen. Wir kennen unser Ziel, und da gehen wir hin. Deshalb laufe ich noch heute zu Preller nach Offenbach, nicht um ihn zu warnen, sondern um den Landboten zu verteilen. So war unser Plan.«
»Halten Sie ihn auf!« Clemm sprang hoch. Seine Pfeife flog zu Boden, und Weidig trat nachdenklich die glühende Asche aus. Er sah zu Mensen auf, der seinen Kittel zuknöpfte.
»Ich habe viel Gutes von Ihnen gehört. Sie sind schon viele Wege gegangen, Mensen, aber heute Nacht gehen Sie weiter als alle anderen. Ich wünsche Ihnen viel Glück.«
Mensen trat aus der Tür.
»Wenn Sie ihn nicht halten, muss ich es tun.« Clemm stürzte ihm hinterher.
»Hindern Sie mich, wenn Sie können«, sagte Mensen und verschwand in der Nacht.
Clemm versuchte es nicht einmal.

Das Schulhaus von Usingen leuchtete unter dem gelben Licht des Augustmondes. Ein Laden war nicht verriegelt, der Sommerwind schlug ihn gegen die Wand und trommelte der Stadt ein monotones Lied. Mensen legte ein Exemplar des Landboten auf die Treppenstufen, ein weiteres vor das Rathaus mit der goldenen Uhr. Die Zeiger standen auf kurz vor zwei. Seit gestern Abend war er unterwegs. Drucker Preller war überrascht gewesen, dass Mensen nach allen Exemplaren des Landboten verlangt hatte. Über Minnigerodes Verhaftung war er noch nicht informiert. Als Mensen ihm davon berichtete, schien er sehr beunruhigt. Einmal hatte er über den Sack gestrichen, in den Mensen die Flugschriften gesteckt hatte, aber kein Wort gesagt.

Die Nacht war noch lang. Ein Landbote kam vor den Eingang der Kirche. Der Schmerzensmann sah ihm vom Kreuz neugierig zu. Ein weiteres Exemplar vor das Pfarrhaus, mochte der Pfarrer in seiner nächsten Predigt verkünden, dass die Menschen das Himmelreich auf Erden errichten sollen, statt ihren Gott mit Gebeten zu füttern. Langsam wurde der Sack immer leichter. Er drückte schon weniger auf seine Schulter, und das größte Stück Weg lag hinter ihm. Zwei Exemplare kamen an das Wegkreuz gleich hinter der Stadt, neben die Krüppeleiche. Der nächste Wanderer würde sie finden. Eines vor jede baufällige Kate; die Bauern litten schließlich besonders, obwohl sie das ganze Land ernährten. Zehn Stück in einen hohlen Baumstamm kurz vor dem nächsten Dorf. Ein Lateinlehrer wollte sie weiter verteilen, so war das ausgemacht, hoffentlich bleibt es dabei, trotz der Verhaftung von Minnigerode, dachte Mensen. Man darf der Furcht keine Herrschaft geben über sein Herz.

Mensen umging die Häuser in einem Bogen. Beim nächsten Gehöft legte er zwei weitere aus. Eines vor die Treppe des Herrenhauses, ein zweites vor den Stall, wo die Tagelöhner schliefen. Er roch den beißenden Geruch der Schweine.

»He, du«, rief es von drinnen.

Mensen zögerte. Zwei verschlafene Gestalten mit Mistgabeln in der Hand und Stroh in den Haaren kamen aus der Tür.

»Ein Dieb«, sagte der eine. Er strich sich mit der Rechten das Stroh aus dem Vollbart. Die Zinken der Mistgabel zeigten auf Mensens Gesicht.
»Die Beute im Sack«, sagte der andere.
»Auf frischer Tat.«
»Das wird der Herr uns belohnen. Wenn es wirklich ein Dieb ist.«
»Wer sonst? Der Nikolaus? Mitten im Sommer?«
»Ihr werdet bestohlen«, sagte Mensen. »Aber nicht von mir. Hier lest.«
Er hob das Flugblatt auf, das er vor den Stall geworfen hatte. Der Bärtige stellte die Mistgabel auf den Boden und griff nach dem Landboten.
»Du hältst es verkehrt herum«, sagte der andere.
»Tu nicht so, als könntest du lesen.«
»Lies es vor«, sagte er und reichte Mensen den Zettel.
Der las, die anderen lauschten schweigend.
»Da hat ein Pfaffe die Feder geführt«, sagte der Bärtige. »Aber ein mutiger Pfaffe. Bist du das gewesen?«
»Nein. Nicht ich. Und kein Pfaffe. Ein junger Student. Mediziner.«
»Ein Chirurg. Der schneidet das faulige Fleisch aus Deutschland heraus«, sagte der Bärtige.
»Nicht das faulige Fleisch. Er will den Kopf abschneiden, weil dort der Mund ist und alles frisst. Hat er Erfolg, rennen wir ohne Hirn durch die Gegend.«
»Das tust du eh. Wenn dir dein Herr nicht sagen würde, aus welchem Loch du scheißen solltest, könntest du nicht einmal das.«
»Wir alle wären nichts, wenn man uns nicht lenkt. Du nicht und ich nicht. Die Beamten sind Schmarotzer, aber sie wissen, was gut ist für uns. Der Großherzog ist ein Schwein, aber ein besseres Schwein als wir.«
»Hör nicht auf ihn«, sagte der Bärtige zu Mensen. »Der Wein hat sein Hirn schon aufgeweicht. Nimm deinen Zettel und geh weiter. Bei uns wäre es schade um das gute Papier. Und

lass dich nicht erwischen, die Büttel der Fürsten sind überall.«
Mensen lief weiter. Von diesen beiden drohte dem Staat keine Gefahr.
Zwanzig Exemplare ließ er im nächsten Dorf. Hier schliefen sie alle, nur ein paar Hunde schlugen lustlos an. Von Ferne hörte er ein Horn blasen. Ein Postillon? Dafür war es zu spät in der Nacht. Der Ton hing klagend in den Wipfeln der Bäume. Weilmünster war nah, das Stadttor geschlossen, fünf Landboten deponierte Mensen davor. So würden die Soldaten sie finden und lesen, auch sie gehörten zur Masse der Armen. Wenn man sie auf die richtige Seite bekam, dann war die Macht der Fürsten bald vorbei. Die Straße stieg an durch einen finsteren Wald. Wieder das Horn, ein zweites gab Antwort. Eine Lichtung mit einer verfallenen Kate, wo er eine Flugschrift auf die Türschwelle legte. Der Weg führte von dort steil bergab zum Haus eines Försters. Auch der bekam ein Exemplar. Das Signal erklang plötzlich ganz nah. Mensen lief schneller. Im nächsten Dorf legte er gleich dreißig hinter der offenen Tür der Apotheke ab. Der Besitzer hatte Weidig versprochen, sie den richtigen Leuten auszuhändigen. Der Landbote sei die bessere Medizin für Hessen als seine Pülverchen. Rauch hing in der Luft. Auf einem Hügel kam er durch ein Zigeunerlager. Mensen hoffte, dass sie lesen konnten, und legte einen Landboten auf einen umgedrehten Kupferkessel. Im Weiler hinter der Hügelkuppe waren die Hühner schon wach und scharrten im Mist. Der Himmel hellte langsam auf, und noch immer hatte Mensen einige Flugblätter im Sack. Schnell ein paar vor die Türen. Nicht mehr lange, und die Bauern mussten raus zum Melken, dann war es zu spät. Weiter in das nächste Dorf, das musste er noch schaffen. Dort noch die letzten Landboten verteilen, mehr als zwei Dutzend waren nicht mehr übrig. Der Sack war ganz leicht, bald wäre er frei für die Quellen des Nils. Hinter dem Dorf gabelte sich der Weg. Rechts folgte er einem kleinen Bach. Er gurgelte über moosige Steine. Erst jetzt bemerkte

Mensen, wie durstig er war, und beugte sich nieder. Der Morgentau an den Grasbüscheln drang durch die Hosen und kühlte die Knie, die heiß und wund waren nach dem Lauf durch die Nacht. Er hörte noch das Wiehern eines Pferdes, drehte sich um und sah den Knüppel, ohne dass er ausweichen konnte, und fiel in die Nacht.

Die Tür schloss sich mit einer Endgültigkeit, die keinen Widerspruch duldete; dreimal drehte sich der Schlüssel, und ein Riegel schnappte zu. Mensen stand mit dem Rücken zur Tür, so wie ihn der Gendarm hereingeschoben hatte, nicht einmal unfreundlich, einfach mit etwas Nachdruck wie bei ungezogenen Kindern. Mensen fror. Das hier war ein anderes Gefängnis als das in Russland. Die Mauern waren feucht, auch jetzt im August, und bleiche Flechten klammerten sich an den Sandstein. Das Fenster war halb zugemauert, die Sonne war weit, nur ein paar Strahlen quetschten sich durch den Spalt und malten einen rechteckigen Fleck auf den Boden. Aus der Ecke stank ein hölzerner Kübel. Die Liege war aus Ziegeln gemauert, und an den Wänden standen Inschriften seiner Vorgänger. *Tod den Tyrannen. Die Fürstenknechte an die Galgen. Vive la Revolution. Alles Vermögen ist Gemeingut. Wir wollen hier auf Erden schon das Himmelreich errichten.*
Manche waren noch frisch, mit heller Schrift in den Stein geritzt, andere konnte man kaum lesen in dem diffusen Licht der Zelle, sondern musste sie mit der Spitze des Zeigefingers ertasten. Er kannte die Sprüche aus den Versammlungen. Viele hatten sie vor ihm hier eingekerkert, er war nicht allein, sie würden ihm jetzt Gesellschaft leisten. Andere Gesellschaft würde er nicht haben, wenn alles gut ging. Hoffentlich war er als Einziger verhaftet, nicht Skulberg, Weidig, Büchner oder Clemm. Keinen von ihnen wollte er gefährden, denn jeder war draußen viel zu wichtig; die Aufgaben der anderen wurden nicht geringer, nur weil er hier gefangen war. Aber sie würden Glück haben, schließlich wurde nur er auf frischer Tat ertappt. Der Hinweis aus dem Vorbericht des

Landboten half ihm wenig. *Würde das Blatt dennoch bei einem gefunden, so muss er gestehen, dass er es soeben dem Kreisrath habe bringen wollen.* Aber einer der Tagelöhner hatte ihn verraten, dass wusste Mensen von dem Gendarmen, Leugnen sei zwecklos. Wenn nur die verteilten Exemplare nicht gefunden würden, sondern gelesen und so ihren Zweck erfüllen und Clemm nicht Recht behielt, ausgerechnet Clemm mit den roten Augen und der schrillen Stimme, der sollte nicht ins Recht gesetzt werden. Alles würde gut werden, und sie würden einen anderen finden, der zum Boten taugte, einen zweiten Mensen. Noch war nichts vollbracht, man musste ihn ersetzen, überall, auch seinen Platz bei Beatrice. Sie würde von Skulberg alles erfahren und dann frei werden von ihm, mit jedem Tag ein wenig mehr, und einen anderen bekommen, keinen Läufer, sondern einen, der blieb, der sesshaft war, so wie Mensen jetzt. Denn hier würde er bleiben, das wusste er, aus diesem Kerker lief niemand weg.
Auf dem Gang vor der Tür hörte Mensen einen Schrei und drückte ein Auge an das Guckloch. Zwei Wärter schleppten Minnigerode vorbei. Aus dem Mund floss Blut, die Beine schleiften auf dem Boden nach. Ein Knüppel schlug gegen Mensens Tür.
»Glotz nicht blöd, du kommst früh genug dran.«
Sie lachten. Die Tür zur Nachbarzelle wurde geöffnet, ein dumpfer Schlag, ein Riegel schlug zu.
Mensen drehte sich wieder um, machte einen Schritt nach vorne und berührte mit seinen Händen schon die gegenüberliegende Wand. Zwei Schritte breit, acht Schritte lang. Drei davon nahm die Pritsche ein. Blieben fünf auf zwei Schritte, um sich zu bewegen. Das war nicht viel. Mensen stellte sich dort auf und sah auf die Steine. *Wenn du geschwiegen hättest*, stand dort in schmalen Buchstaben. Zu schweigen – darauf kam es hier an, das war das Wichtigste, wer das schaffte, war ein Held, wer nicht, ein Verräter. Und niemand wusste vorher, was er sein würde.
Mensens Beine begannen auf der Stelle zu laufen. Das tat gut.

Die kalte Zellenluft füllte die Lungen, und die Steine des Kerkers tanzten vor seinem Gesicht auf und nieder, bis ihm schwindelig wurde, er die Augen schloss und die Wände verschwanden.
Mensen lief und lief in der Dunkelheit, bis plötzlich die Sonne aufging und ihm direkt ins Gesicht schien, nicht die zaghafte Sonne Deutschlands, sondern die Sonne Ägyptens, heiß und stark. Sie stand noch tief über der Wüste, färbte den Himmel rot und vertrieb ein paar dünne Wolken. Unter seinen Füßen wurde der Steinboden zu Sand. Er stieg eine steile Düne bergauf und blickte von oben weit in die Landschaft. Hier oben wehte ein Morgenwind klar aus Nordwesten und trug den Duft von Gräsern und Orangenblüten. Hinter dem nächsten Sandhügel röhrte ein Kamel.

Er lief, bis sie ihn zum Verhör holten.
Der Hofgerichtsrat sah auf Mensen herab. Er hatte ein freundliches Gesicht, aber die Freundlichkeit saß nicht in seinen Augen, die durch die Gläser einer randlosen Brille auf Mensen blickten. Seine Stimme war weich wie die eines jungen Mädchens:
»Durch Ihre Beihilfe wurden insgeheim Flugschriften verbreitet, welche die gröbsten Schmähungen gegen die Staatsregierung enthielten. Die Übelgesinnten hatten sich zur Aufgabe gemacht, durch Einwirkung auf das Volk mit aufregenden Schriften eine Revolution vorzubereiten. Über den eigentlichen Tathergang ist uns vieles bekannt, da sich durch das freiwillige Bekenntnis eines Mitschuldigen bald Licht über die verborgenen Gänge verbreitete, welche zu der Werkstätte für jene Schriften führte. Uns fehlen aber noch die Namen aller beteiligten Verschwörer. Wer außer Ihnen wusste davon?«
Mensen blickte gegen die Wand. Dort stehen die schönsten Palmen, mit dichten Kronen und aufrechtem Wuchs und wiegen sich leicht in der Brise, die von der Wüste her weht. In ihrem Schatten würde er jetzt gerne ruhen. Die Stimme erreichte ihn wie ein ferner Wind.

»Verschiedene Erscheinungen zeigen darauf hin, dass diese Flugschriften aus der Mitte einer eng verbundenen Partei hervorgingen. Die hat sich zur Aufgabe gemacht, die Bearbeitung des Volkes zu allmählich fortschreitender Auflehnung gegen die Staatsgewalt durch Druckschriften zu fördern. Wer war dafür verantwortlich?«
Neben den Palmen fließen die blauen Wasser des Nils. Die Wellen plätschern sachte gegen die Böschung und singen ein anderes Lied. Ein Kranich streicht mühelos über sie hin und verschwindet lautlos hinter einer Biegung des Flusses.
»Wer hatte die Idee, durch diese Schriften Begierden und Leidenschaften der großen Masse aufzuregen? Die Hoffnung zu erwecken, ihren Zustand zu verbessern? Alle moralische Scheu vor der bestehenden Gewalt zu vernichten? Dem Volke die Aussicht zu eröffnen, sich eigenmächtig von dem Druck, unter dem es angeblich schmachte, zu befreien?«
Jetzt steuert eine Feluke auf Mensen zu, die weißen Segel im Licht der Sonne. Der Steuermann hat sein Winken gesehen. Er ist noch jung, fast ein Kind von höchstens zwölf Jahren, und zögert kurz, als er bemerkt, dass Mensen kein Einheimischer ist.
»Es scheint durch ihr Schweigen offen vorzuliegen, dass sie mit dem Ansehen der Behörde ihr höhnendes Spiel treiben wollen. Beantworten Sie daher in Folge unsere Fragen, um unerfreuliche Maßnahmen ausschließen zu können. Ist es richtig, dass es ihr norwegischer Landsmann Skulberg war, der dem revolutionärem Treiben hiesiger Studenten Vorschub leistete, es leitete und ihm eine bestimmte Richtung gab?«
Mensen steigt an Bord und bedankt sich. Ein Fischernetz liegt vorn auf dem Deck. Das Boot riecht nach Teer, ein Geruch seiner Kindheit.
»Sie haben durch ihr Schweigen alle Bedingungen der dem Gericht schuldigen Achtung und der Ordnung schon gröblich verletzt. Lassen Sie sich's gesagt sein, wenn Sie sich fortan nicht an die Zucht und an die Ordnung gewöhnen, so nö-

tigen Sie mich, Sie dem gemeinsten Verbrecher gleich zu behandeln.«

Das Boot schaukelt sanft auf den Wellen, und Mensen lässt die Hand durchs Wasser gleiten. Es ist kühl und weich, und blaue Blüten treiben vorbei.

»Der Hessische Landbote, bei dessen Verteilung Sie festgenommen wurden, fällt auf durch seinen besonders rücksichtslosen und gemeinen Ton, welcher alle anderen an ehrverletzenden Äußerungen überbietet, und der daher als Ausfluss der verwerflichsten Gesinnung erscheint. Wer konkret ist dafür verantwortlich? Wer ist der Verfasser?«

Die Fragen hatten bald aufgehört, und sie spannten ihn in Ketten, so dass er verkrümmt auf dem kalten Boden der Zelle lag und selbst die Schlafstelle unerreichbar weit weg war. Der Spranger war noch schlimmer. Wenn man ihn hineinspannte, konnte Mensen kein Glied mehr rühren, aber jedes einzelne schmerzte. Zum Schluss kamen die Schläge. Der Farrenschwanz riss blutige Stücke aus seinem Rücken, aber irgendwann hörte das auf, ohne dass er wusste, warum. Er wurde nie mehr zum Verhör geführt und nie mehr zum Hofgang. Es war, als hätten sie ihn vergessen, wenn es nicht den Futternapf gegeben hätte, der zweimal täglich gefüllt wurde mit Suppe oder Brei. Nebenan hatte er früher Minnigerode husten gehört. Jeden Tag hatten sie ihn zur Vernehmung geholt, danach hustete er noch stärker als sonst, aber das war schon lange her, kein Husten drang mehr aus der Nachbarzelle. Mensen war sich unsicher, wann es aufgehört hatte. War es noch, bevor es das erste Mal kälter wurde? Schneeflocken wehten im Winter herein und krallten sich in den Bart, der ihm hier nicht rasiert wurde. Das erste Mal fror Mensen noch, später hörte das auf. Jahre darauf kam Weidig ins Gefängnis. Mensen sah, wie er durch den Gang geschleift wurde. Clemm hatte ihn verraten, ihn und alle anderen auch, sagte ihm ein Wärter, ausgerechnet Clemm, der so heiß war im Herzen und so sehr kämpfte für die Revolution. Einige

Male kam Weidigs Frau mit den Kindern, um Eingaben zu machen. Mensen hörte die Stimme der Kleinen im Hof, manchmal sah er sie auch. Wenn er den Latrinenkübel auf die Pritsche stellte und darauf balancierte, erreichte er die Gitterstäbe des Fensters und zog sich daran hoch. Da draußen war Welt, da war Himmel und Sonne und Stadt und Mensch, nur er war hier und gehörte nicht mehr dazu.
Jetzt waren seine Arme schon lange zu schwach, um sich an den Stäben nach oben zu ziehen, und Weidig war tot. Er hatte sich in seiner Zelle getötet. Mensen hatte ihn vorher noch gesehen, der Bart war ihm büschelweise ausgefallen, der Blick ging irre, und er blutete aus vielen Wunden. Auch Büchner starb, in der gleichen Woche, erzählte ein Wärter, im Exil in Frankreich, an Typhus. Er hatte Mensen einmal geschrieben. Der bestochene Koch stellte die Briefe zu, auch die von Skulberg. Zweimal erhielt Mensen Post von ihm, auch er war in Frankreich. Der Kampf gehe weiter. Nie aufgeben, dafür sei die Sache zu groß, schrieb Skulberg. Dann wechselte der Koch. Es gab keine weiteren Briefe mehr. Die letzte Botschaft war von Beatrice:
Du bist sesshaft geworden, das freut mich zu hören, denn das habe ich mir immer gewünscht. Jeden Tag habe ich zu Gott gebetet, dass du einmal nicht mehr davonlaufen würdest. Jetzt hat er meinen Wunsch erhört, wenn auch zu spät und an einem falschen Ort. Gott ist ein großer Spaßvogel, der uns Menschen um die Liebe beneidet und macht, dass sie endet.
Männer werden das, was sie sind, durch das, was sie verlieren. Hast du jetzt endlich genug verloren? Bist du jetzt der Mann geworden, der du sein wolltest?
Mensen hatte die Zeilen sehr oft gelesen. Das Papier war längst brüchig, die Schrift war verbleicht, aber die Worte standen in seinem Kopf.
Einmal fielen Schüsse auf dem Gang. Der Schlüssel drehte sich im Schloss, der Riegel wurde beiseite geschoben, ein Maskierter zog Mensen aus der Zelle und wurde an seinem Arm erschossen. Sein Blut spritzte an die Wand des Gangs.

Die Farbe war lange schon verblasst, es blieb nur ein dunkler Fleck, dem man nicht ansah, woher er stammte. Ein Wärter stieß Mensen in die Zelle zurück, der Riegel schnappte zu. Es folgten wieder einige Verhöre und Schläge mit dem Ochsenziemer.

Immer wieder lief Mensen auf der Stelle, immer weiter, solange die Beine ihn trugen, auch jetzt rannte er, Stunde um Stunde. Erst als die Beine zu zittern begannen, legte er den Kopf an den Sandstein, die schweren Klötze ohne Verputz. Er schloss das rechte Auge. Die Spuren im Stein waren gekrümmt wie der Fjord, wenn man auf den hohen Felsen saß, an einem späten Sommertag, der Blick frei ins Tal und auf Fresvik. Da war der Hof von Haraldson und Skulbergs Schulhaus, neben fetten Wiesen die Birkenwäldchen. Auf der anderen Seite Hermansverk, im Licht der Sonne. In dunklen Scharten lag noch der Schnee, der tat gut auf den erhitzten Füßen, gut wie der Wind, der in den Haaren wühlte. Noch ein Schluck aus der Quelle, das klare, weiche Wasser der Berge.

Er schloss das linke Auge und öffnete das rechte. Der Stein war hier glatter, zwischen zwei Klötzen ein gerader Spalt, wie das Bett eines Flusses auf dem Weg zum Meer, eines Flusses in gelbbrauner Wüste, das Flussbett des Nils. Er drückte das Auge näher an den Stein und sah Dünen bis zum Horizont, Felsplateaus und trockene Wadis, eine Karawane, die Kamele schwer beladen mit Salzkegeln und Datteln, einen Storch am Himmel, Wasserbüffel und einen einzelnen Mann, der nach Süden läuft.

Mensen schreckte von der Pritsche hoch, denn das Licht blendete ihn. Er hielt die Hände vor das Gesicht, aber noch immer war es Mensen zu grell, dabei war es mitten in der Nacht. Eine vermummte Gestalt stand vor seinem Bett, in der Hand eine Lampe. Mensen wusste, es würde einmal geschehen, er war nicht überrascht: Skulberg würde ihn holen lassen, er hatte nie den Glauben daran verloren, auch wenn der erste Versuch gescheitert war, damals, vor drei Jahren, oder waren es vier? Der andere trug Schwarz. Er flüsterte, dass Mensen ihm folgen solle. Er stand auf und schlich ihm hinterher, aber die Beine wollten die Treppe nicht herunter, so viele Stufen, wie sollte er das schaffen? Der andere sagte, Mensen möge leise sein, und er gehorchte und torkelte vorsichtig die Stiege hinab. Hier unten war Mensen schon viele Jahre nicht mehr gewesen. Da rechts waren die Räume für die Verhöre, die kannte er gut, besser als er wollte. Links war das Archiv mit den Akten, irgendwo dort verstaubte sein Leben. Der Mann öffnete eine weitere Tür und drängte Mensen in eine enge Kammer. Er wird den Weg schon kennen, schließlich war er auch hereingekommen, auch wenn Mensen nicht wusste, wo er hier war, und er dachte, er kenne hier alle Räume, aber hier war er noch nie gewesen. Schwere Haken hingen an den Wänden, und auf dem Boden klumpten Sägespäne. Der Maskierte steckte die Lampe an einen der Haken, es klirrte leise, und etwas blitzte in den Händen des Schwarzen auf. Der Schlüssel, dachte Mensen, der Schlüssel ins Freie. Der andere trat näher, und Mensen hätte gerne seine Augen gesehen, aber sein Gesicht lag im Dunkeln. Der Schlüssel, dachte Mensen, drehte sich um und lehnte sich mit der Stirn und den Handflächen gegen das harte Holz der Tür, nimm den Schlüssel, jetzt will ich ins Freie, jetzt ist die Zeit gekommen, und der Maskierte hob seine Hand und öffnete die Pforte, das Tor schwang weit auf, ein helles Licht schien in Mensens Gesicht und erfüllte ihn ganz.

Er stolperte über die Schwelle, lag auf dem Pflaster und wollte aufstehen, doch er war wie gelähmt. Er öffnete die Augen. Die Sterne standen verschwommen am Himmel, ein Nebel lag über der Welt, so feucht und schwer, als wollte es nie wieder aufklaren. Er suchte den großen Wagen und den Polarstern; die hatte er lange nicht gesehen, aber er fand sie nicht, denn der Nebel sickerte durch die Augen ins Hirn. Er war schon ganz voll davon und konnte fast nichts mehr erkennen, aber da bewegte sich etwas, am Rande des Blickfeldes, ein schwarzer Schatten tauchte auf und ging mit schwankenden Schritten auf Mensen zu, die Beine waren halb in den milchigen Schleiern verschwunden, und irgendetwas stimmte nicht mit dem Gesicht, ihm war, als sei ein Schrei darin eingefroren, den er gleich hören müsste, aber alles blieb stumm.

Dann geschah lange nichts.

Irgendwann wurde sein Körper vom Boden gehoben, hinein in eine Kutsche. Er presste das Gesicht ans Fenster. Die Welt hatte nichts Festes mehr, die Häuser waren aus Gummi, und die Straßen flossen unter ihnen weg. Von der einen Kutsche wurde er in eine zweite gebracht, von dort in die nächste. Er wusste nicht, wer ihm half; es waren Männer in schwarzen Umhängen, die kein Wort sprachen. Seine Fragen blieben ohne Antwort, und der Nebel ging nicht weg, nicht aus dem Kopf und nicht aus der Welt.

Irgendwann schwamm die Kutsche immer weiter bergauf. Die Alpen, vermutete Mensen, das Weiße musste Schnee sein. In den Tälern taumelten Männer mit Sensen durch wogendes Gras, und wenig später roch Mensen die See.

Genua fiel von den Bergen ins Meer. Die Bugspriete der Schiffe am Hafen standen wie eine Front von Bajonetten. Mensen zog den Kopf ein, sein Begleiter wies stumm auf ein Schiff und war verschwunden. Mensen stieg ein schwankendes Fallreep hinauf. Ein Matrose salutierte und stürzte davon, als er ihn sah.

Kurz darauf bat ein vornehmer Herr ihn in seine Kajüte und fragte, ob Mensen ihn erkenne. Mensen sah ihn lange an und schüttelte den Kopf, aber dem anderen war das egal.

Sie hätten sich in Moskau getroffen, am Hofe des Zaren, vor vielen Jahren. Mensen sei das Stadtgespräch gewesen, für einige Wochen. Er sei Fürst Pückler und erinnere sich gut, dass Mensen doch nach Afrika wolle, zu Fuß den Nil hinauf, zu seinen Quellen, das sei ein perfekter Plan. Eine solche Entdeckung täte Deutschland gut, denn zu viele Briten seien in Afrika. Er würde mit ihm bis Alexandria reisen, dort solle

Mensen von Bord und sich auf den Weg machen. Es sei bereits alles vorbereitet, die französischen Gesandten auf der Strecke seien informiert, und ausreichend Geld sei angewiesen.
»Warum das alles?«, fragte Mensen, der den anderen noch immer nicht erkannte. Zu vieles war seit dem Lauf nach Moskau geschehen.
Ein Freund habe sich für Mensen eingesetzt.
Wer das sei, fragte Mensen.
»Ich«, sagte eine Stimme hinter Mensen, und er erschrak und drehte sich um.
Skulberg hatte sich kein bisschen verändert. Die gleichen Augen, die gleichen Haare, der gleiche Zug um den Mund, alles war wie immer, als sei nichts geschehen, nichts passiert in der Zwischenzeit, als seien die Stunden durch ihn hindurchgeflossen, ohne eine einzige Spur zu hinterlassen, vielleicht war er sogar etwas verjüngt, die Haare waren wieder blonder geworden, nicht mehr grau, und die Haut sah zart aus, wie bei einem Kind. Die Hand, die er Mensen reichte, war so leicht, dass er nicht wagte, sie zu drücken.
Skulberg sagte, dass er sich freue, ihn endlich zu sehen. Es habe zu lange gedauert, denn einige Befreiungsversuche seien fehlgeschlagen, und erst das Geld des Fürsten habe geholfen. So konnten sie Mensen aus dem Gefängnis holen, alte Kontakte aufbauen und eine Druckerpresse kaufen, die in Frankreich stehe. Sie operierten zurzeit von jenseits der Grenzen. Die Repression in Deutschland sei immer noch schlimm, aber er habe die Hoffnung, dass sie in kürzester Zeit breite Schichten des Volkes überzeugen könnten. Die Menschen warteten auf die Revolution, sie seien bereit, man müsse nur den Funken an die Lunte legen, und wenn Mensen aus Ägypten zurückgekehrt sei, würden manche Aufgaben auf ihn warten. Er sagte, er hätte Mensen gerne gleich hier behalten, aber es sei noch zu gefährlich; etwas Gras müsse erst über die Sache wachsen.
»Skulberg«, sagte Mensen.

Sie hätten einige Boten ausgebildet, die als Handwerksburschen reisten, aber sie hätten Mensen nicht ersetzen können. Geheime Konten seien eingerichtet und einige Waffenlager angelegt, auch wenn Mensen nicht dafür sei, aber solange der Feind Waffen trage, müssten sie der Gewalt begegnen. Jetzt komme es darauf an, dass sie gleichzeitig losschlügen, möglichst in ganz Europa.
»Skulberg!«
Der redete weiter. Von dem goldenen Zeitalter, das anbrechen werde, von der Gleichheit aller Menschen, von Gerechtigkeit, davon, dass man nie aufhören dürfe zu kämpfen, niemals, das würden sie nicht tun, sie nicht, sie geben nicht auf, und je mehr er redete, umso durchscheinender wurde er. Mensen sah, dass er von innen gealtert war, er sah die brüchigen Adern unter der dünnen Haut, die knotigen Sehnen und die schlaffen Muskeln, die verkrümmten Knochen und das Herz, das aufgebläht war wie ein Ballon und das immer noch schlug, weil es nicht wagte aufzuhören, solange der Mund redete, und der Mund redete, weil er das wusste.
Er hörte nicht zu, bis Skulberg ihm einen Karton reichte.
Mensen hielt die Schachtel und öffnete den Knoten des Fadens, der einige Male ringsum gewickelt war. Eingepackt in Zeitungspapier lag der Quadrant des Vaters. Mensen strich über das Holz und dachte an seine Kinderhände, als sie die Seekiste geöffnet hatten, damals auf dem Speicher.
Der Quadrant sei bei dem Drucker in Offenbach gewesen, genau wie die Uhr, sagte Skulberg und drückte Mensen die Taschenuhr in die Hand, die er ihm in Kopenhagen geschenkt hatte.
Das sei lange her, als er ihm die Uhr gegeben habe. Mit einer Uhr und einem Quadranten wisse man immer, wo man ist, das habe er damals gesagt. Er habe immer gewollt, dass Mensen den richtigen Weg finde. Ob er das habe? Ob die Richtung stimme? Der Weg? Das Ziel? Trotz allem? Habe er ihn in die Irre geführt? Sei Mensen irre gegangen durch seine Schuld?

»Nein«, sagte Mensen, und in dem Moment hörte Skulberg auf zu reden und starrte ihn an, und sein Herz nutzte die Chance und blieb stehen.

V

Mensen lief glücklich und frei und hörte nichts außer dem Klang seiner Schritte auf dem Sand. Bei den Pyramiden war es noch Schotter gewesen, später rannte er über Zuckerwellen. Es knirschte, wenn er darüber lief, und Mensen fürchtete, etwas zu zerstören. Roter Fels kam dann und Palmenschatten, Lehmwege entlang der Bewässerungskanäle, ein Tal voller Scherben, Pfade voll Eselmist und blaue Steine, die die Schuhe zerschnitten.

Er hob seinen Blick.

Die Sonne fiel vom Himmel, klammerte sich kurz an den Horizont und versank im Treibsand. Mensen atmete auf, bald würde es kühler werden. Vier Störche segelten über ihn hinweg, ein leises Rauschen, das weiße Gefieder noch im Licht. Sie flogen nach Süden, in seine Richtung, immer den Quellen des Nils entgegen, dem Ursprung des Flusses, dessen Ufer er jetzt suchte, denn das Wasser in dem Beutel schmeckte brackig, und noch heute Nacht würde er neues brauchen. Der Wind frischte auf und prasselte Sandkörner auf Mensens Haut. In der Ferne schrie ein Esel, ein jämmerlicher Ton, der anschwoll, immer lauter und verzweifelter wurde und dann mit einem Mal erstarb, als hätte ihm jemand die Kehle durchgeschnitten. Einen Moment lang sehnte sich Mensen nach der Hütte des Fellachen, an der der Esel stand. Ein Feuer im Lehmofen, frisches Fladenbrot mit dem bitteren Geschmack der Asche und eine Frau, die auf dem Diwan wartete.

Bald hörte er das feine Rauschen des Flusses. Der Weg führte durch Zuckerrohrfelder, bis er mit einem Mal direkt vor dem schwarzen Wasser stand. Das Ufer fiel sacht ab, und kleine Wellen schwappten gegen das Land. Mensen hatte Durst, aber größer als der Durst war seine Angst vor den Krokodilen, die oft im flachen Wasser lauerten; besser wäre ein felsiges Ufer, von dem aus er den Sack an einem Seil in den Fluss hängen könnte. Er lief weiter, vorbei an Gemüsebeeten, deren Grün er spürte, ohne es zu erkennen.
Der Durst wuchs, nicht der Durst des Tages, mit der dick geschwollenen Zunge im Mund, der Haut, die trocken war wie Papier, weil es zu heiß war zum Schwitzen, aber trotzdem war es ein Durst, der gestillt werden musste. Der Wassersack war leer, schon im letzten Schluck war mehr Schlamm als Flüssigkeit gewesen.
Im Dunkeln lief er fast daran vorbei, drehte aber rechtzeitig um und ging ein paar Schritte zurück zu der Sakije rechts neben dem Weg. Ein Schöpfrad aus Holz, daran Tonkrüge, angetrieben von einem waagerechten Zahnrad. Die Lehmmauern waren verfallen, ein verdrehter Stamm, der früher einmal auf ihnen lag, war in der Mitte durchgebrochen und bohrte sich in die Erde. Mensen stieg darüber.
Das Fell des schlafenden Esels, der tagsüber hier im Kreis lief und die Pumpe antrieb, leuchtete im Mondlicht. Das Wasser schmeckte kalt und frisch, und Mensen wusch sich Gesicht und Hände. Davon wachte der Esel auf und blickte ihn erschreckt an. Mensen tätschelte ihm die mageren Flanken, die blutig waren von den Bissen der Bremsen und den Seilen, mit denen man ihn an die Holzstange band. »Wir haben die gleiche Profession«, sagte Mensen dem Esel. »Wir laufen beide, du und ich. Nur läufst du im Kreis und ich geradeaus. Das ist der ganze Unterschied.«
Der Esel antwortete nicht. Vielleicht will er antworten, überlegte Mensen, und vergisst seine Antwort in dem Moment, in dem er das Maul aufreißt. Das kannte Mensen von sich.
»Ich weiß noch einen Unterschied zwischen uns beiden«,

sagte Mensen. »Du bist an den Augenblick gebunden und ich an die Vergangenheit. Was meinst du ist besser?«
Der Esel blieb stumm, und Mensen schlief ein. Als er erwachte, ging kein Windhauch mehr. Die Luft war geronnen, kein Laut drang hindurch, und doch rauschte da etwas, aber nicht der Fluss, der war viel zu weit, das konnte nicht sein. Mensen hielt seinen Atem an, und der Ton wurde lauter, breitete sich aus und erfüllte ihn ganz. Es klang wie ein gewaltiger Strom, der über Katarakte schäumt, oder die Wasserfälle in den Bergen der Heimat. Aber in dem Rauschen war noch etwas anderes, ein heftiger Schlag, dann ein Nachhall, wie ein Echo, und Mensen erkannte seinen eigenen Ton, den Schlag seines Herzens und das Rauschen des Blutes in den Adern. Als er es begriff, hörte es sofort auf. Er stand auf und schüttelte die Beine aus, die gefühllos vom langen Liegen waren, und sah auf die Uhr; zwei Stunden hatte er gerade geruht, oder auch 26, hier war man nie sicher.
Er trank noch einmal, erfrischte das Gesicht und füllte den Sack. Das Licht der Sterne wurde langsam blasser. Er schaute auf die Karte. Nag Hammadi war die nächste größere Stadt auf dem Weg, von dort kam man nach Hiw, wo ein riesiger Bogen des Nils nach Osten führte, dem Roten Meer entgegen, etwa fünfzig Meilen tief. Von dort kehrte der Fluss nach Westen zurück. Lief man in Hiw südöstlich, führte der Weg vierzig Meilen quer durch die Wüste, bevor er wieder den Nil erreichte. Folgte man dem Lauf des Flusses, war es dreimal so weit. Mensen beschloss, den direkten Weg zu gehen, vierzig Meilen quer durch die Wüste, lief los und umging ein Dorf auf den Eselspfaden.
Der Himmel wurde blau, die Farbe kehrte in die Welt zurück und malte die Steine hellbraun an, ein freundlicher Ton, und schon ging die Sonne auf, schnell, viel schneller als im Norden, wo sie den Menschen Zeit ließ, sich an den beginnenden Tag zu gewöhnen. Hier schoss sie empor und war in wenigen Minuten so sehr da, als wäre sie es schon immer gewesen, als hätte es nie eine Nacht gegeben.

Mensen lief leicht bergab auf einen riesigen Felsbrocken zu, der schwer und drohend im Talkessel lag. Er sah aus, als könnte in seinem Schatten ein ganzes Dorf Zuflucht vor der Sonne suchen. Der Boden wurde weicher, der Sand griff nach den Sohlen und ließ sie kaum los. Die Farben der Welt verglühten im Licht, es blieb nur das gelbe Weiß des Sandes, das weiße Gelb des Himmels und das Schwarz des Felsens, den Mensen bald erreichen würde. Dort würde er rasten, noch eine Viertelstunde etwa, dann müsste es geschafft sein. Bei jedem Schritt sagte er sich, dass es gleich überstanden sei.
Ein paar Atemzüge später kam er an den Fels, aber der Stein war nur kniehoch – eine Luftspiegelung hatte Mensen getäuscht. Hier war kein Schatten, keine Kühlung, kein Platz für eine Pause. Wer sich hier niederlegte, stand nie wieder auf. Mensen lief weiter, aber die Beine waren müde, enttäuscht vom dem gebrochenen Versprechen der Rast, sie wollten nicht mehr, obwohl der Weg sich sanft senkte. Mensen folgte dem Gefälle nach unten. Das war besser, als jetzt einen Berg hinaufzurennen, aber was er hier abwärts lief, musste er später aufwärts steigen. Am Grund der Senke war der Boden steinig, und Mensen folgte ihr, denn sie führte nach Südosten. Die Wände standen immer steiler zusammen, sie bündelten das Licht der Sonne und warfen es ihm ins Gesicht. Weit konnten die Füße nicht mehr gehen. Immer dumpfer stand die Luft zwischen den Felsen. Schließlich trafen sie sich im spitzen Winkel, der Weg war zu Ende, aber es gab kein Zurück, dafür war er schon viel zu weit gelaufen. Wenigstens gab es hier etwas Schatten, in den Mensen sich kauerte. Er trank einen Schluck, aß ein paar Nüsse und sah nach oben. Nicht höher als zwei oder drei Kirchtürme ragten die Wände auf, und der Felsen fühlte sich rau und griffig an. Er erhob sich, obwohl der ganze Körper schmerzte, und stieg die ersten Meter hinauf. Der Anfang war schwer, aber bald wurde es einfacher als er dachte, und nach einer halben Stunde war er oben und sah weit ins Land. Auf der anderen Seite fiel der Stein steil ab, nicht sehr tief, aber sehr

glatt. Vorsichtig tastete er über den Felsbrocken und spürte einen Spalt, gerade breit genug, um eine Hand hineinzustecken. Mensen hangelte sich daran nach unten, bis die Fuge immer schmaler wurde. Weiter rechts ragten einige Felsen auf, wenn er die erreichte, würde er sicher absteigen können. Handbreit für Handbreit schob er sich zur Seite. Dann brach etwas ab, die Hand glitt über die Felsen und suchte irgendwo Halt, Steine kollerten nach unten, und das Letzte, was er sah, war ein Stück blauer Himmel, das zwischen seinen Beinen aufleuchtete.

Mit einem Mal war er wach und wollte aufstehen; aufstehen und los, doch er konnte sich nicht rühren. Der Leib war hart wie Stein, kein Gefühl, keine Bewegung. Die Hände lagen gefaltet auf seiner Brust. Er öffnete sie und erforschte mit den Fingerkuppen die Haut; sie war rissig und schmerzte, als er über sie strich, und das Gesicht fühlte sich fremd an. Er fuhr sich über die Wangen, der Bart war weich, fast wie das Fell eines Tieres. Es musste lange her sein, dass er sich rasiert hatte, doch er wusste nicht, wann das gewesen sein könnte. Da war ein Abgrund, in dem waren die letzten Tage und Wochen versunken.

Er öffnete die Augen und sah verschwommene Sterne, einen fremden Himmel mit Sternbildern, die er nicht erkannte, nicht einmal der große Wagen war zu sehen. Er blinzelte zweimal, dann sah er: Das war nicht der Himmel, sondern das Bild einer Frau, die Sterne waren ihr nur auf den Körper gemalt. Er richtete sich auf und blickte sich um. Es war duster und kühl, aber er erkannte die Bilder auf den Wänden: ein Mann mit dem Kopf eines Schakals. Ein anderer mit dem einer Katze, am Arm ein Körbchen und eine Kette am Bein. Auf dem Schädel eines Falken die Sichel des Mondes, darüber ein leuchtender, goldener Ball. Eine Frau mit einem Papyruswedel, ein Mann mit einem riesigen Glied.

Götter aus einer älteren Zeit.

Er war in einer Grabkammer, einem Grab aus der Zeit der

Pharaonen, aber ich bin nicht tot, das sagte er sich, immer wieder mit dünner Stimme, die er von weit herholen musste. Er lag mittendrin in dem Raum, auf einem steinernen Podest, mit Schaffell und Decken und trug eine Djellaba, das Gewand der Männer der Wüste, aber er war keiner von ihnen, das wusste er genau. Mensen setzte sich auf, fuhr mit den Fingern durch die Haare und ertastete eine krustige Wunde am Kopf. Die Beine waren schwach, sie trugen ihn kaum, als er aufstand und langsam durch die Kammer tapste. In der Ecke entdeckte er ein Bündel mit Schuhen, zerrissenen Hosen, einem Hemd voll getrocknetem Blut. Er fuhr mit den Fingern über den Fleck.
Unter den Kleidern lag ein Lederbeutel, darin seine Uhr an silberner Kette. Der Deckel klemmte ein wenig, das Glas war zerschlagen, und die Zeiger hingen herab. »Für Mensen Ernst von Skulberg, 1812« stand eingraviert, auf Norwegisch, der Sprache der Kindheit. Er suchte weiter in dem Beutel und fand seinen Quadranten, hielt ihn vors Auge und peilte einen der Sterne der Himmelsfrau an.
Dann stieß er auf die Papiere, die Tabellen mit den Zeiten der Sterne, Karten und den Brief von Pückler. Der Fürst schrieb, dass die französischen Gesandten auf der ganzen Route angewiesen seien, Mensen in jedem Fall bei seiner Suche zu unterstützen. Er komme wie abgemacht für die Kosten auf, wünsche ihm viel Erfolg und hoffe auf positive Nachricht, sobald Mensen den Ursprung des Flusses im finsteren Herzen Afrikas gefunden habe, denn er werde ihn sicherlich finden, daran zweifle er nicht.
Auch Mensen zweifelte nicht daran, aber zuerst wollte er wissen, wie er in diese Grabkammer gekommen war und wer ihn hier versorgte, denn alleine hätte er nicht lange überlebt. Er erinnerte sich an Nag Hammadi, danach musste ihm etwas passiert sein, vielleicht Räuber, vielleicht ein Unfall, aber bevor er das herausfand, wollte er seine Umgebung erkunden.
In der Kammer war es finsterer geworden, nur eine Ahnung

von Licht lag noch auf den Wänden, und Mensen tastete sich zwischen den Beinen der Himmelsfrau nach draußen. Vom Mond war nur eine schmale Sichel geblieben, die in ein paar Tagen verschwunden sein würde. Er schaute von weit oben in eine freundliche Ebene mit Feldern hinab, manche nicht größer als das Deck einer Brigg. In der Ferne flackerten einige Lichter; vielleicht hörte er Stimmen, vielleicht raunte auch nur der Wind. Rauch hing über den Häusern und hüllte sie ein. Ein steiniger Pfad führte von der Ebene hinauf zu der Höhle, und Mensen erkannte weitere Löcher im Fels, aber es war zu finster, um hineinzublicken. Vielleicht lag in jeder von ihnen einer wie er.

Er stieg den steinigen Pfad hinab und hielt sich vorsichtig an der Bergseite. Ein paar Mal rutschte sein Fuß aus, Steine kollerten hinunter, und eine Staubwolke stand lang in der Luft. Es war näher ins Tal, als er dachte. Ein Hund schlug an, der Mensens Gegenwart spürte, und er hörte andere Tiere: Hühner, die im Schlaf auf den Häusern der Fellachen scharrten, den traurigen Ruf eines alten Kamels, das tiefe Gurren aus den Taubenhäusern, ein leises, unwilliges Flügelschlagen im Schlaf.

Durch die Latten einer Tür fiel Licht und malte Streifen auf den lehmigen Boden. Er folgte ihnen und klopfte zögernd an. Nichts geschah, und er stieß die Tür auf. Es knarrte leise, das Licht fiel ihm vor die Füße, dann pendelte sie zurück. Die Schwelle war aus gestampftem Lehm. Hier war keiner, der ihm öffnete, aber auch keiner, der den Zutritt versperrte. Er stieß die Tür auf, sie fiel wieder zu; jetzt war das Knarren der einzige Ton, den er hörte. Auf. Zu. Mit jedem Mal wurde die Schwelle höher, und Mensen wendete sich schließlich ab. Der Weg zurück war länger als der her, und einmal verlief er sich auf den staubigen Pfaden, erkannte schließlich den Brunnen und ging links den Steig steil bergauf. Sechs Höhlen hatte er vorhin gezählt, die dritte war seine, und Mensen legte sich wieder unter den falschen Himmel. Doch was war schon wirklich, und was nur ein Traum? Mensen strich sich

über das Gesicht. Es fühlte sich echt an, jetzt gerade träumte er nicht, ausgeschlossen, aber vielleicht wurde er geträumt?
Halb hoffte er, wieder schlafen zu können, halb wartete er auf den, der ihn versorgt hatte während der langen Zeit, die er schon liegen musste. Es raschelte leise in der Ecke, wie von Mäusen im Stroh, ein schönes Geräusch, wie ein Echo aus den Kindertagen, dann wurde es wieder still, und Mensen schlief ein.
Die Schritte weckten ihn später, aber er hielt die Lider geschlossen, bis auf einen schmalen Spalt, aus dem er seinen Wohltäter beobachtete. Der Mann, der hereintrat, war zu groß für die Kammer. Er hielt den Kopf gebeugt, als trüge er schwer an seinen Knochen. Am Körper hing das lange Hemd der Fellachen, ein stumpfes Weiß mit braunen Flecken, ähnlich dem, das Mensen jetzt anhatte. Ein Turban war nachlässig um den Schädel geschlungen, darunter zwei Augen, die älter waren als das übrige Gesicht. In der Hand hielt der Mann einen hohlen Kürbis voll Wasser und musterte Mensen. Der spürte den Kürbis an seinen Lippen und trank hastig. Eine breite Hand ruhte kurz auf seiner Stirn. Als Mensen die Augen öffnete, sagte der andere etwas, ein erstaunter Laut, trat zwei Schritte zurück und sah ihn an. Mensen bedankte sich auf Norwegisch, Englisch, Deutsch und Französisch. Der Mann hörte ihm geduldig zu.
»Malesch, Malesch«, sagte er schließlich, ein Wortschwall folgte.
Mensen verstand seine Sprache nicht. Er kannte nur die wichtigsten Wörter.
Abankor – Wasserstelle, *Ain* – Quelle, *Hassi* – Brunnen, *Djebel* – Berg, *Abarraka* – Weg, *Fissa* – schnell, *Roumi* – Europäer.
Er schaute auf die Hände des Arabers. Sie erzählten, wie er Mensen gerettet hatte, und beschrieben eine lange Reise mit dem Kamel, einen leblosem Körper, den er gefunden hatte, am Fuß eines Berges, schon fast verdorrt, die Ladung Salz,

die er unter einem Felsen versteckt hatte, damit ein Kamel den Europäer tragen konnte, die Zeit der Pflege, in der er ihm Wasser und Essen gebracht hatte, und die Freude, die er empfand, dass er jetzt erwacht war, Allah sei Dank.
Mensen erzählte von seinem Ziel, den Quellen des Nils, ein Gemisch aus allen Sprachen, die er jemals gelernt hatte. Der andere sah ihn fragend an und brachte ihm einen Brei von Bohnen und arabisches Brot aus ungarem Teig. Selim war sein Name, das erfuhr Mensen und übte mit ihm, damit er Mensen so aussprechen konnte, dass es wie Mensen klang.
Als Selim ging, winkte er Mensen mit sich. Der packte seine Sachen zusammen und folgte ihm zögernd, denn bei Tageslicht war er lange nicht draußen gewesen. Mensen legte beide Hände über die Augen und stand so vor der Höhle. Er öffnete erst viel später den Blick und konnte blasse Schemen erkennen, die in dem grellweißen Licht verschwammen. Mit der Zeit wurde die Welt immer echter, und er sah die braunen Wasser des Nils, hinter dem Grün der Felder und der schwarzen Erde. Büffel ästen in schlammigen Wiesen, ein Ochse lief um einen Schöpfbrunnen herum. Neben den Hütten des Dorfes lag ein kleiner Teich, durch den Kinder wateten, die Fische mit bloßen Händen fingen. Weit oben am Himmel kreisten Lämmergeier und schrieben arabische Zeichen in den Himmel, eine Botschaft, die Mensen nicht lesen konnte.
Sie stiegen ab, vorbei an Zäunen aus trockenem Schilfrohr. Männer rauchten Pfeife unter staubigen Dattelpalmen. In einer der Kronen hing ein Mann, der sich mit einer Hand an den Palmwedeln festhielt und mit der anderen die Früchte erntete. Zwei schwarze Frauen kamen ihnen entgegen, auf dem Kopf schwere Krüge, in der Wange drei parallele Narben. Mensen zeigte auf sein Gesicht und malte mit dem Finger die Wülste an. Selim verstand, zeigte sein Messer und machte drei schnelle Schnitte in die Luft. Ein paar Greise zupften Baumwolle. Einer zeigte auf Mensen, sie lachten ihm zu. Mensen lachte zurück. Er wäre hier beinahe gestorben, jetzt war er kein Fremder mehr.

Dann hatten die Kinder ihn entdeckt. »Bakschisch, Bakschisch«, rief eine Horde und stürmte auf Mensen zu. Die Kleinsten klammerten sich an seine Beine und warfen ihn fast um. Selim vertrieb sie mit der Lederpeitsche. Ein paar schlichen trotzdem hinter Mensen hier. »He, Bakschisch«, zischten sie und zupften ihn am Zipfel des Umhangs. Andere liefen voraus, darunter ein Kleiner mit Aussatz. Das eine Ohr war ihm schon verfault. Er ließ Mensen keinen Moment aus den Augen.

Die Schatten wurden immer länger, bald kam die Nacht. Sie erreichten den Hof von Selim, und die Kinder blieben vor dem Gatter zurück. Selim setzte Mensen auf einen Teppich in einem staubigen Hof. Er sah auf den Schattenriss von zwei Palmen vor dem Abendhimmel, die sich kreuzten wie Degen beim Kampf. In einer Ecke lag ein Bündel Halfagras, darauf ein halbgeflochtener Korb. Der Haufen von frisch gesiebtem Mais leuchtete gelb, eine letzte Farbe, bevor die Sonne versank.

Selim verschwand hinter einer der Türen, aus einer der anderen kam eine verschleierte Frau. Vielleicht war sie der Grund, dass Selim ihn nicht im Haus versorgt hatte, sondern in der Kammer im Berg. Sie reichte ihm ein Brot und einen Becher mit Wasser. Als Selim kam, huschte die Frau ins Haus zurück. Selim zeigte auf die Tür und sagte ein kurzes Wort, vielleicht den Namen der Frau, und setzte sich zu Mensen. Wieder kam die Verschleierte und brachte einen Teller voll Fleisch. Selim zeigte darauf, und Mensen begann zu essen, während sein Gastgeber ihn beobachtete. Anschließend brachte die Frau eine Flasche mit Raki und schenkte zwei Messingbecher voll. Mensen ahnte ihre Lippen unter dem Schleier. Selim krümelte einen schwarzen Klumpen in die Pfeife, den er auf dem Weg ins Tal aufgelesen hatte. Als Mensen fragend blickte, malte Selim eine Gazelle in den Staub. Er zündete die Pfeife an und reichte sie Mensen, es schmeckte nach Moschus, und ein pelziges Gefühl blieb auf der Zunge. Die Frau schenkte nach. Selim begann zu singen, ein eintöniges Lied. Es ging um ein junges Mädchen und den Tod und die Wüste, jedenfalls glaubte Mensen das zu verstehen. Selim schaukelte mit dem Oberkörper vor und zurück, seine Finger begleiteten ihn auf der Tarabuka. Die Frau schenkte nach. Dann sang Mensen ein Schlaflied aus Norwegen, einen dänischen Shanty, ein deutsches Lied über das Wandern. Die Frau schenkte nach. Dann sangen beide zusammen. Selim schlug die Trommel und wiegte Mensen damit in den Schlaf.

Das Kichern weckte ihn auf, es war ein sechsfacher Chor, der leise über ihn lachte, ein Frauenchor. Mensen drehte sich um. Sechs Augenpaare begutachteten ihn, und er erkannte den Blick von gestern Abend, es war der dritte von links. Als er ihren Augen begegnete, senkte sie einen Moment lang die Lider. Von draußen hörte er die Stimme Selims, und sie huschte kichernd mit den anderen Frauen davon. Mensen fragte Selim nach seinen Sachen aus der Kammer im Berg, doch der verstand nicht. Mensen zeichnete den Quadranten in die Luft, und Selim führte ihn in ein dunkles Zimmer in einem Seitenflügel. Dort lagen die Reste von Mensens Besitz, die Ledertasche mit Uhr, Kompass, Quadrant, den Karten und Papieren.
In Luxor lebten Vertraute des Fürsten, das wusste Mensen aus dessen Brief, bis dahin waren es noch zwei Tagesmärsche. Er packte seine Sachen zusammen, während Selim bedauernd zusah. Als Mensen den brüchigen Wassersack in den Händen hielt, verschwand er. Kurz darauf kam er mit einem neuen Beutel und drückte ihn in Mensens Hand.
»Gerba«, sagte Selim und zeigte auf den Schlauch.
Er reichte ihm frische Datteln, einige Fladen Brot, getrocknetes Fleisch und ein Messer. Der Abschied war kurz, Selim umarmte ihn, sein Schnurrbart kitzelte im Nacken, und Mensen drehte sich um und lief los.
Der Sand glitzerte unter der Sonne wie Schnee, und seine Schritte hinterließen keine Spur. Er stolperte manchmal, die

Füße waren das Laufen nicht mehr gewohnt. Auch das Blut war während des langen Liegens immer schwerer geworden und lief nur zäh durch seine Adern. Der Sand der Wüste hing in den Gelenken, und Mensen rannte ganz vorsichtig, um ihn erst fein zu mahlen. Er orientierte sich am Fluss und an dem Streifen fruchtbaren Landes, der westlich davon in die Wüste reichte, mal viele Meilen breit, mal nur einige Schritte. Er wurde immer schneller. Im nächsten Dorf worfelten drei Frauen Weizen, die Spelzen trieben mit dem Wind durch die Luft und fingen sich in Mensens Haaren. Das Wasser aus dem neuen Schlauch schmeckte nach Leder und Ziege, und er spuckte den ersten Schluck auf den Boden.
In einem kleinen Städtchen lehnte ein halbnackter Mann an einer Sykomore. Seine Arme umschlangen den Stamm, als wäre er bei seiner Liebsten, die Haut hing in Fetzen von dem schmächtigen Leib, und das Blut war schwarz geworden wie Pech.
Der Wind blies Mensen jetzt ins Gesicht, und er stemmte den Körper beim Laufen dagegen. Als die Nacht über die Wüste fiel, hörte er das Kläffen eines Schakals. Ein zweiter antwortete, ein dritter bellte heiser von vorne. Wo drei Schakale waren, waren auch noch zehn andere. Mensen bog scharf nach Osten und lief gegen die Nacht und hin zu den Menschen. Jetzt schlug ein vierter Schakal an. Das Bellen kam aus dem Nichts, Mensen konnte es nicht orten. Von hinten hörte er lautes Kläffen. Es waren viele, sie kamen ganz plötzlich und hetzten Mensen durch die Nacht. Er lief schneller. Das Leder der Schuhe rieb an den Knöcheln; die Haut war dünn vom langen Liegen. Das Bellen wurde lauter, jetzt rannte Mensen hastiger als lange zuvor. Das Messer von Selim lag in seiner Hand, die Klinge geschwungen, der Griff glatt und kühl. Wenn er schnell genug lief, würde er es nicht brauchen. Weit konnte es nicht sein zu den Dörfern am Wasser, höchstens einige Meilen, aber vielleicht war das schon zu viel. Von rechts kam ein heller Fleck auf ihn zu. Der Schakal gehörte nicht zum Rest der Meute, er war schneller und einsam. Das

war Mensen auch. Er sah ihn immer näher kommen, gleich würden ihre Wege sich treffen. Der Schakal sprang vom Boden, ohne Ansatz, ein hellbrauner Blitz, das Maul geöffnet. Die Zähne leuchteten, und die Lider des Tieres waren halb geschlossen, als wäre es sich schon beim Absprung sicher, dass es sein Ziel erreichen würde, als wäre es unnütz, sich jetzt auch noch seiner Augen zu bedienen. Dafür blähten sich die Nüstern, die kleinen Ohren drehten im Wind, und die Härchen an den Ohren flimmerten. Die Messerklinge glitt sanft durch die Kehle, und das Tier fiel schwer in den Sand. Von weit hinten hörte er, wie die anderen Tiere sich über den Kadaver hermachten. Die Fährte des Läufers war für sie schon verloren.

Mensen erreichte Luxor mit der Fähre über den Nil und blickte zurück in die schwindende Nacht und die Wüste. Schleierwolken zogen über den Himmel, und das Morgenlicht biss große Stücke daraus. Das Boot schaukelte leicht auf den Wellen. Der Alte am Steuer lächelte, als habe er gerade etwas sehr Schönes erlebt, und Mensen hätte ihn gerne gefragt, was das war, aber der Alte sprach keine der Sprachen, die Mensen bei ihm versuchte. Der Steg am anderen Ufer war baufällig, und Mensen stieg vorsichtig an Land. Die Häuser auf der linken Seite sahen neu aus, aber der rechte Teil des Dorfes bestand aus winzigen Hütten aus angeschwemmtem Holz und ungebrannten Ziegeln, die sich an Säulen des Tempels drängten, die schon Jahrtausende standen. Die traurige Gegenwart klammerte sich an die Vergangenheit und hoffte, dass ein wenig Glanz auf sie fiel, aber das Einzige, was auf sie fiel, war der Schatten des Obelisken, der wie ein Uhrzeiger über den Hütten lag. Der andere Obelisk, der ihm gegenüber am Eingang stehen sollte, war in Paris. Dort hatte Mensen ihn gesehen, in einer anderen Zeit, in einer anderen Welt. Er war müde; vor der Erkundung der Stadt würde er eine halbe Stunde Schlaf brauchen, suchte sich eine ruhige Ecke im Tempel und legte sich auf einen steinernen Sims, einige Fuß über dem Boden.

Mensen wurde durch englische Stimmen geweckt. Neben ihm stand ein einheimischer Führer, der einen Spiegel in der Hand hielt und einen Teil der hinteren Wand beleuchtete. »Höher. Noch höher habe ich gesagt. Mehr rechts. Gut. Jetzt halt still«, rief ein Engländer. Zwei Männer mit Staffeleien klappten direkt vor Mensen ihre Hocker auf und packten ihre Aquarellkästen aus, zwei andere hantierten mit Messlatten und riefen sich Zahlen zu, deren Sinn Mensen nicht verstand. »Wie über alle Maßen ungewöhnlich«, hörte er jemanden sagen und sah dann eine Gruppe von älteren Damen, die, ein Buch in der Hand und Ehrfurcht im Blick, durch den Säulenwald wandelten.

Keiner von ihnen schien Mensen zu bemerken. Er stand auf, legte seine Hand auf den glatten Stein des Obelisken und grüßte ihn von seinem einsamen Bruder in Paris. Der Granit blieb stumm und grüßte nicht zurück. Mensen ging über den Markt an der südlichen Mauer des Tempels. Die Sonne schien durch die gespannten Matten, die alle in ihrem Schattennetz fingen. Die Menschen sahen Mensen neugierig an, denn Fremde gab es hier viele, aber die trugen keine Djellaba. Er kam an ein kleines Café, setzte sich an einen der niederen Tische und trank ein Glas Tee. Es war stark und heiß und süß, ein Geschmack, der ihn ganz erfüllte. An der Bretterwand neben ihm standen Zeichen, die er nicht lesen konnte, aber das wollte er auch nicht, das Arabische sollte eine Zauberschrift für ihn bleiben.

Später ging er in den französischen Garten, durch den blauen Schatten der Zitronenbäume, die Luft schwer vom Duft der Minze, die unter den Bäumen in Büscheln wuchs. Vom Garten aus sah man den Fluss, an den die Tiere zur Tränke zogen, geführt von barfüßigen Kindern mit Weidenruten.

Mensen suchte das Französische Haus, wo Benedict Chretien ihn empfing, ein kleiner, dicker Franzose mit feuchten Händen, die er zur Begrüßung um Mensens Nacken legte. »Sie sind Mensen Ernst? Fürst Pückler hat mir geschrieben, dass Sie kommen werden. Ich erinnere mich gut an Ihren großen Lauf. Ich stand damals an der Place de la Concorde. Das war schon etwas, für Wochen sprach man in Paris von nichts anderem.«

»Das ist lange her.«

»Was haben Sie seitdem gemacht?«

»Ich bin gelaufen.«

»Sonst nichts? Na gut, warum nicht, Sie sind ja ein Läufer, das muss wohl so sein, aber jetzt bleiben Sie erst einmal. Jetzt wird nicht mehr gelaufen. Ich freue mich sehr, dass Sie hier sind. Zu zweit macht alles mehr Spaß, das Essen, das Trinken und alles andere auch. Sie werden schon sehen, auch am Rand der Wüste kann man prachtvoll existieren. Hier fehlt es an nichts.«

Der Diwan in dem Zimmer, das Mensen bekam, war sehr weich. Mensen richtete sich ein Lager aus Decken auf dem Boden. Später häufte der Gesandte Mensen den Teller voll Sülze.

»Essen Sie nicht wie ein Sperling. Sie mögen ja ein großer Läufer sein, aber das Genießen werden Sie erst lernen müssen.«

Am nächsten Morgen bat der Gesandte Mensen, ihn zu einem alten Freund zu begleiten, einem Briten auf der anderen Seite des Flusses. Die Dhau schwankte, als Chretien einstieg, aber der Fluss war gnädig, und es ging kein Wind. Auf der anderen Seite wartete der Engländer auf sie und führte sie zu seinem Haus, nicht weit von dem Ufer auf einer Steinkuppe. Das Tor stand weit offen. In dem Hof lag der Tod oder das ewige Leben, je nachdem, das sei Ansichtssache, sagte der Engländer. Er sammele Mumien, denn nichts sei besser, um sich auf die eigene Endlichkeit vorzubereiten, als mit Hunderten von Toten unter einem Dach zu leben. Der Engländer grinste, und dieses Grinsen spiegelte sich in dem ledrigen Gesicht, das aus einem Sarkophag schaute, der nachlässig an der Wand des Hofes lehnte. Manche der Steinsärge waren noch geschlossen, bei manchen war der Deckel schon aufgebrochen, und die Masken waren von den Gesichtern der Toten genommen. Die Körper waren dick eingebunden, umhüllt von einer Masse aus Stoff und Papyrus. Einige hatte der Engländer aus dieser Hülle geschält. Die Leiche eines Mannes lag in einer Ecke, mit verdorrter Haut und mit bekümmerter Miene. Der rechte Arm war abgefallen und lehnte quer über der Brust.

Rechts davon war ein weiterer Körper, hart und braun wie ein Fels in der Wüste. Um die kräftigen Finger waren noch ein paar Binden gewickelt, der Hals reckte sich weit nach oben, ein starker Ast, auf dem der Kopf saß wie eine steinerne Frucht. Daneben lag eine Frau, sie war jung gestorben, aber man sah noch, wie schön sie vor Jahrtausenden gewesen war. Die Schönheit besteht vor der Zeit, nicht das Leben, dachte Mensen.

»Die würde ich gerne lebendig machen«, sagte der Engländer und streichelte die Haare der Mumie. Ein Büschel blieb zwischen seinen Fingern hängen.

Am Abend lud der Gesandte Mensen ins Tänzerviertel ein. Vor dem Französischen Haus lag die Straße der Schreiber, hier kauerten unter hölzernen Arkaden die Meister des Wortes, zu ihren Füßen zerlumpte Fellachen, die stockend einen Brief diktierten, einen Antrag an den örtliche Pascha, eine Liebeserklärung, ein Testament.

Die Straßen waren staubig, und die Hitze des Tages hing in den Steinen der Stadt. Der Gesandte tupfte immer wieder mit einem weißen Tuch über die Stirn und vergewisserte sich mit schnellen Seitenblicken, dass Mensen noch bei ihm war, als wäre ihm nicht wohl, in diesem Teil von Luxor, in dem Männer mit halbgeschlossenen Lidern auf den Schwellen der Häuser hockten, angefüllt mit uralter Geduld und dem Wunsch, jemanden zu töten.

An einem dieser Häuser hielt der Gesandte an und redete kurz mit dem Wächter. Der öffnete das Tor mit einer nachlässigen Bewegung, und Mensen und der Gesandte traten in einen kleinen Hof. Gegenüber war eine Treppe, darauf stand eine Frau, um den Leib ein Tuch aus dunklem Purpur, auf der Stirn und dem Kinn verwaschene blaue Zeichen. Sie hob eine Hand zum Gruß, und Mensen sah die Hennazeichnung auf der Innenfläche.

Ihr Name sei Rashida, sie sei eine Sklavin, flüsterte der Gesandte.

Sie sah die beiden an und winkte sie in das Zimmer auf der linken Seite. Der Gesandte ging vor, und Mensen folgte ihm zögernd. Die Öllampen warfen ein warmes Licht auf die weiß gekalkten Wände des Raumes, in dem zwei junge Männer saßen. Der eine hielt eine Tarabuka auf den Knien, der andere eine Art Geige mit zwei Saiten aus Rosshaar, die er mit einem Bogen strich, während die Finger des anderen die Trommel schlugen. Ihr Lied erzählte vom Wind der Wüste, und Mensen schloss für einen Moment die Augen. Als er sie öffnete, tanzte eine junge Schwarze in der Mitte des Zimmers. Sie trug eine weite Hose aus Seide und eine bestickte Perlenjacke. Das Licht der Lampen glitzerte in dem Ohrgehänge aus Goldblech, und Mensen sah, wie sich kleine Schweißtröpfchen auf dem Gesicht des Gesandten sammelten, der sie fortwischte, mit dem Rücken seiner rechten Hand, ohne den Blick von der Schwarzen zu nehmen. Es war ein langsamer Tanz, wie ein stilles Gebet, der ganze Körper ruhte in sich, ein geschlossener Kreis, jede Geste von Armen oder Beinen war Teil davon, nur ihr Becken führte ein Eigenleben, kreiste vor dem Gesicht des Gesandten, zog sich zurück, wie ein Tier in die Höhle, wagte sich langsam wieder aus der Deckung, machte einige vorwitzige Sprünge, wich zurück und stieß dann nach vorne, zum Angriff auf den Gegner, wieder und wieder, als wollte sie ihn töten.

Irgendwer stellte dann eine Tasse auf den Boden, und die Tänzerin beugte sich nach vorne, der Rücken weich wie eine Weidenrute, griff die Tasse mit den Zähnen, erhob sich und trank sie mit einem Schluck aus. Dann war ihr Tanz vorbei, der Gesandte applaudierte, und die Tänzerin setzte sich auf seinen Schoß.

Die Luft erzitterte, als Rashida hereintrat. Sie war in farbige Tücher gehüllt, nur ihre Augen waren zu sehen. Ernst und unbewegt fiel ihr Blick in den Mensens. Die Trommel schlug langsam und klagend, die Geige sang von Liebe und Tod. Ihre nackten Füße stampften den Boden, als wollte sie darin versinken, voll Scham und voll Angst, voll Trauer und Wut. Der ganze Körper sank in sich zusammen, alles fiel nach unten, ins Nichts, in den Tod, mit jedem Schlagen der Trommel noch tiefer. Mensen fiel mit ihm, doch mitten im Fall kam ein anderer Ton, ein heller Klang, wie ein Licht, der ihren Leib sanft umarmte und nach oben trug. Jetzt hob sich ihr Nacken, der Blick wurde frei, ein paar der Schleier sanken zu Boden. Wie Bronze glänzte die Haut über den Hüften, die wiegten sich sanft, ganz leicht, voller Liebe, so wie man ein Kind wiegt.
Plötzlich schlug die Trommel schneller und lauter, die Geige sang schrill, ein greller Ton, wie ein Blitz in dem Zimmer, der in ihren tanzenden Körper einschlug. Schleier fielen. Im Nabel trug sie einen rot glänzenden Stein. Die Füße tanzten immer schneller, als wagten sie nicht, den Boden zu berühren. Ihre Arme wanden sich umeinander wie liebende Schlangen, der Gürtel begann leise zu pendeln, und die Goldplättchen schlugen gegeneinander. Immer weiter, immer ausladender wurden ihre Bewegungen, die Trommel schlug schneller, ihre Hüften folgten dem Takt, nein, folgten ihm nicht, mehr noch, sie gaben ihn vor, trieben den Mann an der Tarabuka vor sich her, Schlag auf Schlag auf Schlag auf Schlag, bis die Töne nicht mehr unterscheidbar waren, ein wildes Grollen in der Luft, das lauter und lauter wurde, nur die Bewegung sah Mensen noch, das Zucken der Hüften, bis aus dem Zucken ein Pulsieren wurde, ein Vibrieren des Unterleibes, ein Flimmern, bei dem alles verschwamm, die Haut und das Gold und der Leib und der Raum, und Mensen nicht mehr wusste, was er da sah, weil es zu schnell war für ihn, zu schnell für Mensen, das war ihm noch nie geschehen, in seinem ganzen Leben noch nicht, und er riss

seine Augen auf, um zu begreifen, und in dem Moment wusste er:
Ich bin am Ziel.

Stunden später beugte sich Rashida über ihn, die dunklen Locken waren nicht mehr um den Kopf gebunden wie vorhin beim Tanz, sondern fielen über sein Gesicht. Ihre schweren Brüste lagen auf seinen knochigen Rippen, und Mensen atmete ihren Duft von Mandeln und Rosenwasser. Die Luft war schwer in dem kleinen Zimmer vom Rauch aus dem Becken mit glühenden Kohlen. Sie unterhielten sich auf Französisch. Rashida verriet ihm nicht, woher sie die Sprache konnte.
»Du bist meine Quelle des Nils«, sagte ihr Mensen. »Wegen dir bin ich so weit gegangen. An den Quellen wartet das Paradies, das sagte mein Vater. Er hatte Recht. Auch wenn es anders aussieht als ich immer dachte.«
Sie lachte und verstand nicht und strich über seinen Rücken. »Was ist das?«, fragte sie. »Man hat dich ausgepeitscht. Wer war das?«
»Egal, das ist längst vorbei.«
»Ich kenne das«, sagte Rashida. »Mich haben sie auch geschlagen, am Anfang, als ich gefangen wurde und noch weglaufen wollte. Nur nicht so fest. Ich durfte keine Narben bekommen. Warst du auch ein Sklave?«
»Vielleicht. Aber nicht so wie du. Ein Sklave anderer Art. Aber auch wenn ich ein Sklave war, jetzt bin ich frei.«
»Ich nicht.«
»Ich werde dich befreien.«
»Du bist ein Träumer. Das kannst du nicht. Du kannst mich höchstens für ein paar Nächte kaufen.«
Er wollte etwas sagen, aber sie erstickte seine Antwort mit Küssen. Beide ruhten nicht in dieser Nacht, erst am Morgen schliefen sie ein, als die Kohlen erkaltet waren und die Vögel vorm Fenster längst sangen, seine Hand mit ihrer verschränkt, damit sie sich nicht heimlich davonstahl.

Am späten Mittag wachte Mensen auf, Rashida saß neben ihm und reichte ihm eine Tasse mit Tee.
»Wo warst du?«, fragte Mensen. »Du warst weg.«
»Kein Wort im Imperfekt. Nichts über die Vergangenheit. Das ist verboten. Wir sprechen Präsens«, sagte Rashida.
»Ich küsse deinen Mund«, sagte sie dann und küsste seinen Mund.
»Ich streichle dein Haar.« Das tat sie.
»Leg dich wieder hin.« Ihre kräftigen Hände drückten gegen seinen Brustkorb.
»Lass mich zu dir.«
»Betrachte mich als deinen Traum.«
»Die Kohlen sind kalt.«
»Ich habe Hunger.«
»Wir gehen an den Fluss.«
»Gern«, sagte Mensen. »Ich laufe schon mein ganzes Leben, aber mit dir erreiche ich Ufer, die ich nicht kenne.«
Ein kräftiger Wind wehte von Norden her, gegen den Lauf des Nils, als wollte er seine Wasser zurückdrängen, ihrem Ursprung entgegen, den Quellen, auf deren Suche Mensen gewesen war. Das war jetzt vorbei. Rashida war die Quelle, die jeden Durst stillte, den er jemals gehabt hatte.
Er hatte bereits eine Nachricht an Fürst Pückler geschrieben und ihm mitgeteilt, dass er seinen Weg nicht fortsetzen werde. Er bitte ihn vielmals um Entschuldigung darum. Er sei dem Lauf des Flusses gefolgt, bis er fand, was er gesucht hatte, und könne keine weiteren Schritte mehr gehen, auch wenn das für den Fürsten eine Enttäuschung sein möge, so sei es für ihn eine Gnade, nichts mehr zu suchen, eine Gnade, die er vorher nicht kannte.
Auf dem Weg zum Wasser versuchte ein Kamelhengst hilflos, eine Stute zu besteigen.
»Weißt du, warum das Kamel so einen kleinen Penis hat?«, fragte ihn Rashida.
Mensen schüttelte den Kopf.
»Weil Noah auf seiner Arche alle männlichen Tiere gebeten

hat, ihr bestes Stück während der Reise abzugeben. Auf der langen Fahrt hätte man schließlich keinen Platz für den Nachwuchs gehabt. Als die Wasser dann wieder sanken, hat sich der kleine Esel vorgedrängelt und das Organ des Kamels bekommen. Und das Kamel musste sich mit dem des Esels zufrieden geben.«

Beide lachten und wünschten dem Kamelhengst Glück bei seinen Bemühungen.

Sie gingen weiter, seine Finger fest in den ihren verhakt. Er wünschte, er könnte sich in ihrem Herzen einhaken, damit sie ihn nie verließe.

Eine Feluke trieb vorbei, voll geladen mit den gelben Zähnen von Elefanten. Ihr entgegen kam eine Dahabije, auf Deck saß eine Familie beim Tee, bleiche Gesichter im blauen Schatten eines Seidenschirms. Steife Kleider, eckige Gesten. Ein schwarzer Diener reichte ein Tablett mit Kuchen oder Gebäck zum Tee.

»Zu viele Briten«, sagte Rashida.

»Europäer. Wie ich.«

»Nein. Nicht wie du. Du bist anders. Wie ich.«

Sie verstummte plötzlich.

Klagelaute gellten über den Fluss, lange bevor man ihren Ursprung sah, ein Schiff, die Segel gerefft, vorwärts getrieben durch die Schläge des Ruders, die das Wasser peitschten, als wollten die Ruderer dem Lärmen entkommen, das sie mit sich führten. Das Schiff fuhr ganz nah an dem Ufer vorbei, und Mensen sah die Ladung von schwarzen Frauen, die erst vor wenigen Tagen im Sudan gefangen worden waren und die man jetzt zu ihrer Bestimmung brachte: französische Villen in Kairo, Paläste in Alexandria, Bordelle in Port Said. Ihre Klage war so groß, dass die Wasser des Nils schwarz schäumten, wo das Schiff fuhr. Rashida versteckte ihren Kopf in seinen Armen und presste seine Handteller auf ihre Ohren. Sein Hemd wurde nass von ihren Tränen, und Mensen wusste, dass er ihr nicht helfen konnte.

Sie gingen schweigend zurück und liebten sich stumm in

Rashidas Kammer. Hinterher erzählte ihr Mensen, dass der Gesandte seine Ausrüstung komplettiert und Karten, Tabellen über den Sonnenstand und neue Schuhe besorgt hatte. Die Uhr war von einem koptischen Uhrmacher repariert worden.

»Alles Dinge, die ich nicht mehr brauche.«

Er umarmte sie. Sie roch wieder nach Rosenwasser und Mandeln.

»Warte«, sagte sie, schob ihn auf den Diwan und zog aus ihrer Tasche eine Brosche, ein Auge aus blauem und weißem Glas.

»Wo immer du gehst, damit gehst du beschützt, auch wenn ich weg bin.«

Sie heftete ihm das Medaillon an das Gewand.

»Aber du bist nicht weg.«

»Jetzt noch nicht.«

»Auch später nicht. Dafür werde ich sorgen.«

»Du weißt nichts.«

»Sag das nicht, sondern küss mich. Deine Küsse sind wie warmer Regen, und ich bin ganz verdorrt. Mache mich wieder lebendig.«

Sie küsste ihn. Ein Wolkenbruch, der ihn überschwemmte.

»Mehr. Ich will ertrinken.«

»Später. Ich mache uns erst etwas zu essen.«

Sie ging nach unten; er hörte sie in der Küche hantieren, das Klappern der Töpfe, ihre hallenden Schritte, das Scheppern eines Blechtellers auf dem Boden.

Er wartete, einen Arm unter dem Kopf, den anderen über die Augen gelegt, voller Freude auf das, was kommen würde. So schlief er ein. Ein heißer Wind ließ ihn erwachen. Er nahm den Arm vom Gesicht und setzte sich auf. Er war noch immer alleine. Wahrscheinlich bereitete sie etwas Besonderes vor, ein Liebesmahl vielleicht, wer weiß. Er horchte gespannt auf Geräusche, doch da war nichts, nur Stille, das sollte nicht sein. Er ging nach unten. Die Katze lauerte auf einem Sims. Eine Leine war quer über die Treppe gespannt, und er stieg unter ihr durch. Die Küche war leer, der Teller lag umgedreht auf dem Boden. Er hob ihn auf und sah den Brei von Datteln, Nüssen und Honig und eine zerquetschte Orangenblüte. Keine Spur von Rashida. Er rief sie, zuerst leise und lockend, als wenn sie neben ihm läge und er sie aus einem Schlummer wecken würde. Dann immer lauter und schließlich aus voller Kehle, immer wieder ihren Namen, als könnte er sie herbeischreien, wieder zu sich zurückrufen, bis der Hals wund wurde und seine Stimme erstarb.

Sie blieb verschwunden, aus dem Haus, dem Viertel, der Stadt. Der Gesandte erkundigte sich nach ihrem Verbleib, er hatte die Kontakte und das Geld, das nötig war, um Auskunft zu bekommen. Am nächsten Morgen sprach er mit Mensen.

Er habe nichts Genaueres erfahren können. Möglich, dass Rashida vor Mensen geflohen sei, weil sie festgestellt habe, dass er zwar ein Ausländer, aber nicht besonders reich sei. Vermutlich aber habe sich Rashidas Besitzer Sorgen gemacht, weil das Verhältnis zu Mensen so eng geworden sei. Jemand habe berichtet, dass Rashida in eine Feluke geschoben worden sei, die Richtung Süden fuhr. Das passiere hier häufiger. Frauen wie Rashida gehörten nicht sich selber. Das sei wie es sei, das könne man nicht ändern. Die Lust der Männer sei ein profitables Geschäft, das müsse man verstehen, wenn ihre Besitzer vorsichtig seien und ihre Einkünfte nicht gefährden wollten. Mensen solle sich nicht weiter quälen, er würde andere Frauen finden, das würde man immer, er kenne sich da aus. Es gebe ein neues Bordell, geführt von einer armenischen Tänzerin. Die habe erst gestern eine frische Ladung aus dem Sudan bekommen. Tiefschwarze Haut, weich wie Seide und Samt. Junge Frauen, die sich das erste Mal teuer bezahlen ließen. Etwas für Genießer. Da würde er Rashida schnell vergessen, so sei nun einmal das Leben.

Mensen ging noch am gleichen Abend durch den roten Nebel, der über dem Fluss lag und die Schafe verschluckte, deren Blöken über das Wasser strich. Nur der Kopf des Hirten war zu sehen. Er lehnte an seinen Stab und hob seine Hand, als Mensen vorbeilief. Das fruchtbare Land endete; ohne Übergang war die Wüste da. Einige der Palmen standen schon fast bis zur Krone im Sand. Mensen lief nah an ihnen vorbei und ließ die vertrockneten Palmwedel durch seine Finger gleiten. Der Schmerz in der Hand war befriedigend. Die Wüste hatte ihn wieder.

Er lief hastig, denn er hatte ein Ziel zu erreichen, Esna, die nächste Stadt an dem Strom in südlicher Richtung. Die anderen hatten einen Vorsprung, und der Wind stand günstig für sie, eine stetige Brise aus nördlicher Richtung trieb das Schiff vor sich her, und er durfte keine Pause machen, nicht verschnaufen, denn auch der Wind rastete nicht.

Er trank den Weg in gierigen Schlucken, unersättlich, als wollte er sich besaufen. Lief und lief und merkte auch den anderen Durst, den er mit etwas Wasser stillte, im Rennen, denn er hatte keine Zeit, jetzt anzuhalten, jede Sekunde war kostbar geworden. Was hatte er früher seine Zeit vergeudet, tat dieses und jenes und zwischendurch nichts. Jetzt gäbe er viel für einige der Stunden, die er früher sinnlos verstreichen ließ, könnte man sie nur irgendwo lagern, pökeln und salzen, haltbar machen für die Tage der Not.

Plötzlich merkte Mensen, dass er nicht der Einzige war. Da war noch etwas anderes, das spürte er wie ein Kind, das auf dem Speicher steht und mit einem Mal weiß: Ich bin nicht allein. Er blieb nicht stehen, aber kam auch nicht mehr richtig voran, weil ihn dieses Gefühl bremste. Er hörte keine Tiere, aber ein leises Geräusch schwebte in der Luft und wehte ihn an, vielleicht ein Glöckchen, aber er wusste nicht, woher es schlug. Seine Schritte waren vorsichtig geworden. Das leise Bimmeln wurde immer lauter. Es kam von da vorne. Dann hörte es auf, und die Stille dröhnte in seinen Ohren wie ein Schuss. Einen Moment später hörte er es wieder, ganz kurz, nur ein einziger Ton, vorne rechts, ganz nah. Da war etwas im Sand, einige Felsen, seltsam aufgereiht, die dunklen Schatten kaum zu erkennen, denn der Boden schluckte das matte Licht der Sterne, und der Mond würde erst gegen Morgen aufgehen. Mensen näherte sich leise und erkannte eine Karawane. Die Kamele lagerten im Kreis, die Sättel mit der schweren Last in der Mitte, daneben schliefen drei Karawanenführer in Wolldecken gehüllt. Die Wüste ist ein kaltes Land mit einer heißen Sonne, das merkte man in den Nächten. Eins der Kamele schlief unruhig, der Kopf rieb eine Kuhle in den Sand, und die kleine Glocke am Hals des Kamels bimmelte im Takt der fiebrigen Träume. Mensen legte dem Tier die Hand auf den schweißnassen Kopf. Ein Kamel, das schwitzte, würde nicht lange leben. Es beruhigte sich langsam, lag schließlich still, und Mensen lief weiter.

Ra-shi-da. Ra-shi-da. Ra-shi-da. Drei Silben beim Einatmen, drei Silben beim Ausatmen. Es war sein einziges Gebet in dieser Nacht, möge der Himmel es erhören.

Am Morgen stieg die Sonne aus dem fahlen Dunst. Mensen lief in die Hitze des Tages hinein, sein Schatten wurde immer kürzer, bald würde er ganz verschwunden sein. Die Welt hatte keine Farben mehr, das Licht schmolz und tropfte auf die Dächer von Esna.

Hier erreichte Mensen als erstes den Hafen. Ein paar Fischerboote lagen am Ufer vertäut, Kater balgten sich um stinkende Gräten, daneben kniete eine Frau auf den Steinen und wusch einem weinenden Kind die Haare. Der Silberschmuck auf der Stirn der Frau wippte auf und nieder. Als sie die Augen hob und Mensen sah, schreckte sie zurück und wedelte mit der linken Hand. Mensen ging weiter. Außer der Frau war kaum ein Mensch auf den Straßen, es war die Stunde der Hitze, die Stunde der Ruhe, und er wusste nicht, an wen er sich wenden sollte. Es gab hier keine europäischen Gesandten, das hatte ihm Chretien schon in Luxor gesagt, und daher suchte er den Hof des türkischen Paschas, der direkt neben dem Tempel von Esna lag. Mensen fand dort eine Mauer mit verschlossenem Tor, daneben hing die türkische Fahne an einem Stab reglos in der Luft. Er ließ den schweren Klopfer gegen das Holz fallen. Nichts rührte sich.

Er wartete.
Mensen ließ den eisernen Schlegel ein zweites Mal gegen das Tor fallen.
Nach langer Zeit hörte er drinnen Schritte, eine Klappe öffnete sich, ein Auge glotzte Mensen müde an.
»Zum Pascha«, sagte Mensen und schob eine Münze durch die Öffnung. Die Klappe fiel zu, und Mensen wartete weiter. Es wurde noch heißer, die Luft gerann. Er setzte sich auf den Mauersims gegenüber, den Kopf in den Händen. Er sollte nicht hier sein, er müsste ihren Spuren folgen, denn vielleicht war sie ganz nah, fast greifbar, in einem der umliegenden Häuser. Gerade verscherbelt an einen sudanesischen Händler, der ihre Tauglichkeit überprüfte, bevor er sie in seine Heimat nahm und für teures Geld auf dem Markt in Khartoum verkauft, aber vielleicht war sie noch auf dem Schiff, und jede Sekunde, die er hier verbrachte, würde der Abstand zwischen ihnen größer. Doch er musste warten, bis sich das Tor öffnete. Er hatte dem Diener mehr als üblich für diesen kleinen Gefallen gegeben, jeden Moment würde er ihn rufen. Die Sonne wanderte weiter und brannte Mensen auf den Kopf. Er merkte nichts. Ein trockener Hustenkrampf schüttelte ihn. Er musste etwas trinken, das wusste er, aber der Wassersack lag zu seinen Füßen, das war zu weit. Sein Kopf sank zurück gegen eine Mauer aus Lehm und Stroh. Er war zu müde, seine Lider zu schließen.
Das Knarren des Tores weckte Mensen auf. Mit einem Schlag war er munter und schaute auf die Uhr. Drei Stunden hatte er hier gesessen, drei Stunden geschlafen, drei Stunden zu viel. Die Diener führten ihn in das Gebäude.
Der Pascha war ein älterer Herr mit genauen Bewegungen. Schweigend wusch er die Teeblätter und steckte sie in die Kanne, die er mit Wasser füllte und übers Feuer hing. Als die Kanne sang, goss er den Tee in eine zweite Kanne. Eine Hand voll Zucker. Er goss den Tee in ein Glas. Zurück in die Kanne. Wieder ins Glas. Und in die Kanne. Jedes Mal malte der Tee einen goldenen Bogen in die Luft. Mit jedem Mal wurde

der Bogen größer. Wie viele Meilen machte eine Feluke in dieser Zeit? Wie viele ein Läufer? Aber der Pascha wusste nichts von der Zeit. Er goss den Tee hin und her. Als das Gebräu weiß schäumte, füllte er ein Glas und reichte es Mensen. Ein zweites füllte er für sich und hob es schweigend. Mensen nahm das Glas und trank. Der Tee war stark und gut. Er sagte es dem Pascha. Der lächelte ihn an. Er sprach nur Türkisch oder Arabisch, aber er hatte einen Übersetzer, der jetzt aus einer Nische des Raumes trat, ein fetter Kastrat mit hängenden Lidern und einem bitteren Zug um den Mund. Er habe die Sprache während Napoleons Feldzug gelernt.

»Ihr seid gewiss ein Edler in eurem Land?«, erkundigte sich der Pascha.

»Ein Mann der Regierung? In offiziellem Auftrag nach Ägypten gereist? Doch wo sind eure Leute? Die Diener? Oder seid ihr ein Spion? Ein Agent der Franzosen, der Briten oder anderer Staaten? Und deshalb alleine unterwegs und in der Kleidung unseres Landes? Oder seid ihr unter die Räuber gefallen, und sie haben euch eure Hosen und Hemden geraubt, und ihr tragt deshalb die Kleidung der Ägypter?«

»Ich bin nur ein Läufer.«

»Ein Reisender trägt viele Masken. Nur manchmal trägt er auch sein wahres Gesicht.«

»Ich bin wirklich ein Läufer, auf der Suche nach den Quellen des Nils. Jedenfalls war ich das, bis …«

»Bis was?«

»Das ist eine andere Geschichte.«

Der Pascha blickte ihn lange an und lachte:

»Ich glaube Ihnen. Sie sagen die Wahrheit. Sie sind kein Europäer. Sie sind ein Beduine. Sie haben die Augen der Menschen der Wüste. Wissen Sie, was die Beduinen sagen?«

Mensen schüttelte den Kopf.

»Als Gott die Welt erschuf, nahm er den Wind, und mit dem Wind schuf er die Beduinen. Dann nahm er einen Pfeil, und mit diesem Pfeil schuf er das Pferd. Dann nahm er Erde, und mit dieser Erde schuf er den Esel. Dann nahm er die Exkremente des Esels, und mit diesen Exkrementen schuf er die Stadtbewohner. Eselkot. Das sind Leute wie ich für die Wüstenmenschen.«

Der Pascha lachte wieder.

Er öffnete eine Dose mit Keksen, süß und schwer vom Duft des Rosenblütenwasser. Mensen kannte diesen Geruch.

»Das ist natürlich nur eine Geschichte, eine von vielen. Tage und Nächte könnte ich Ihnen erzählen. Sie sind nicht der einzige Wanderer aus anderen Ländern. Mein Großvater erzählte mir, dass vor vielen Jahren ein Mann in einem fernen Land des Nordens geboren wurde, dem wuchsen Flügel an seinen Füßen. Nie berührte sein Fuß die Erde, sondern er flog, gerade so, dass er den Boden nicht berührte, aber unsichtbar für das Auge der Menschen, denn seine Flügel flatterten so schnell, dass niemand ihren Bewegungen folgen konnte, und flog er nicht, dann schmiegten sie sich so eng an die Beine, dass niemand sie entdeckte. Die ihn sahen, erblickten ihn kaum, denn er kam von dort und er reiste nach da, rastlos und schnell. So kam er auch in unser Land. Viele Tage und Nächte flog er über die Wüste, und sein Fuß ließ keine Spur in dem Sand. Das sah ein Dschinn und wurde eifersüchtig, weil ein Mensch in seinem Reich das Unmögliche vollbrachte. Daher näherte er sich dem fliegenden Menschen in der Gestalt eines Pilgers und bot ihm eine Wette. *Edler Fremder mit dem schnellen Schritt*, so schmeichelte er ihm. *Auch ich bin ein Reisender der besonderen Art und biete euch eine Wette an. Durchmessen wir ein Stück dieser Wüste, laufen wir von hier bis Armant. Erreichen deine schnellen Schritte das Ziel zuerst, dann stelle ich dir drei Wünsche frei. Unermesslich sind die Möglichkeiten, die dir dann offen stehen. Verlierst du aber, dann schenke mir diese Flügel, die ich an deinen Füßen gesehen habe.*

Der fliegende Mensch aber, nicht vertraut mit den üblen Geistern der Wüste, erkannte in dem Pilger nicht das böswillige Wesen, sondern stimmte zu. Zum Zeichen, dass die Wette gelten sollte, ritzte er sich den Arm auf und unterschrieb dem

Dschinn den Vertrag mit Blut. Es war Nacht, als sie losliefen, und schnell lag der Dämon vorne, denn er kannte jedes Sandkorn auf der Strecke und war bald dem anderen entschwunden, doch dann wurden seine Schritte langsamer, immer schwerer die Füße, weil er sich verausgabt hatte, nach der Art der Dschinns, die kein Maß kennen. Er wollte gerade stehen bleiben, da hörte er das Flügelschwingen des anderen und schleppte sich weiter, doch bald schon hatte der ihn eingeholt. *Fremder Pilger*, grüßte der Fliegende ihn, *seid mir nicht böse, wenn ich euch überhole, doch drei Wünsche wollen erfüllt sein. Ich warte in Armant am Brunnen auf euch. Das nächste Mal bedenkt, mit wem ihr euch messt.*
Da wurde der Dschinn wütend, dass ein Mensch so mit ihm sprach, denn ein Mensch war es, auch wenn er Flügel trug, und wollte sich rächen. Einholen konnte er ihn nicht mehr, aber er bat Margan, seine Frau, seine Sinne zu verwirren, um so doch zu gewinnen. Sie verzauberte die Augen des Fliegenden. Sah er einen Kieselstein, musste er eine Gebirgskette überqueren. Erblickte er einen Berg, war es nur der Schatten eines Sandhaufens. Dann zeigte sie ihm Wasser, zauberte Palmen vor seine Augen und grüne Weiden und lockte ihn so weitab vom Weg. Durstig und müde machte sie ihn, und so legte er, der Unwissende und mit der Wüste Unvertraute, sich zum Schlaf nieder in einem Tal. Da rief der Dschinn die Wolken zusammen, und sie kamen, wer wollte nicht kommen, wenn ein Dschinn ruft und ihnen befahl zu regnen, und sie regneten und füllten das Tal mit Wasser und fluteten über den schlafenden Menschen, um ihn für alle Zeiten zu ertränken. Als er erwachte, schlug er mit den Flügeln um fortzufliegen, doch sie waren schwer und nass und trugen ihn nicht. So spülte er fort, und der Fluss warf ihn in den heißesten Sand. Dort sollte er verdorren und wäre es fast, aber eine Karawane kam aus El-Kharga mit Datteln und Salz und fand den Unglücklichen, fast ertrunken und wahnsinnig vor Durst. Es war Amina, Tochter des Karawanenführers, die netzte ihm die Lippen mit Wasser und rieb

den Brei aus Arnika und Minze auf die Wangen, wo die Sonne die Haut in Fetzen riss. Der Fremde konnte die Augen nicht öffnen, da sah Amina, dass er ein Opfer der Geister der Wüste war, und führte ihn auf dem Kamel heim in ihr Dorf. Nach Wochen dann war der Fremde stark genug und wagte sich eines Nachts wieder hinaus ins Freie und erhob sich knapp über den Boden und flog davon. Auf den Armen aber hielt er Amina, und keiner von beiden wurde je wieder gesehen.

Es gibt so viele Geschichten über die Wüste, wie es hier Sandkörner gibt. Aber Sie sehen nicht aus, als wollten Sie noch viele Geschichten hören. Wie kann ich Ihnen helfen?«

Mensen reichte dem Pascha den Zettel von Chretien, auf dem der Gesandte Mensens Lage schilderte und demjenigen eine Belohnung versprach, der die Geraubte wieder zu Mensen brachte.

Der Pascha wiegte den Kopf hin und her.

»Eine betrübliche Situation, natürlich sehr betrüblich«, übersetzte der Kastrat.

»Aber ich weiß nichts von einem Schiff mit einer entführten Frau. Tut mir Leid, aber man kontrolliert hier nicht alle Schiffe, unmöglich und sinnlos, warum sollte man das auch tun? Und was heißt hier außerdem, die Frau sei geraubt worden? Eine Frau gehört nun einmal dem Mann, dem sie gehört; da kann nicht einfach ein anderer kommen und Ansprüche stellen, das hebt den ganzen Bau der zivilisierten Welt aus den Angeln. In Europa vielleicht, da gibt es so etwas, da mag das möglich sein, aber hier, hier ist man Allah sei Dank nicht in Europa, hier ist ein Mann noch ein Mann und eine Frau noch eine Frau, und dazwischen gibt es nichts, jedenfalls fast nichts«, sagte der Pascha mit einem bedauernden Blick auf den Übersetzer.

»Deshalb wird es auch mit Europa immer weiter abwärts gehen. Dort gibt es keine Werte, keinen Halt, keine Tradition. Alles ist immer im Fluss, in ständiger Bewegung: Aufstände, Revolutionen; hat man da nicht sogar einen König geköpft?«, fragte der Pascha und schenkte Mensen im hohen Bogen Tee nach.

»Nun gut, das gibt es im Osmanischen Reich auch, aber da werden die Herrscher von anderen Herrschern umgebracht und nicht vom Volk, das ist doch etwas anderes. Was das Boot also betrifft: Ich persönlich bezweifle ja, dass ein Mensch schneller rennen kann als eine Feluke fährt, vor allem bei dem Nordwind, der seit Tagen schon weht. Das gesuchte Schiff ist also wohl längst schon vorbei, aber Sie können ja mit den Fischern reden, unten am Fluss, denen entgeht nichts, und jetzt, am späten Nachmittag, sind die auch wieder bei ihren Booten.«

Mensens Abschied war kürzer als schicklich; kaum hatte der Pascha das gesagt, stürmte er davon, hinunter zum Nil.

Eine Gruppe Fischer zog ein Boot an Land. Der Bug war gesplittert. Andere saßen und flickten Netze. Eine Gruppe rauchte Wasserpfeife, die Sonne im Rücken, so dass ihre langen Schatten fast die Wasser des Stroms erreichten; andere dösten im Schatten. Noch immer nagten Katzen an Fischgerippen. Mensen zeigte den Brief von Chretien. Manche lachten, manche schüttelten den Kopf. Hier konnte keiner lesen, daran hätte er denken müssen. Er versuchte alle Sprachen, die er kannte, sogar seine wenigen Worte auf Russisch, Griechisch, Albanisch, doch nichts funktionierte.

»Der Herr hat ein Problem?«, fragte eine schrille Stimme auf Französisch.

Hinter Mensen stand der fette Kastrat.

»Mein Herr hat vermutet, dass Sie Hilfe brauchen. Er schickt mich. Soll ich für sie übersetzen?«

Mensen nickte, und der Mann redete auf die Fischer ein. Die lachten noch mehr, endlich schickten sie einen Jungen vor, kaum zwölf Jahre alt, der sollte berichten.

»Ich habe ein Boot gesehen«, übersetzte der Kastrat. »Ein Mann am Ruder und zwei Passagiere. Die Frau war verschleiert und gefesselt. Sie hat sich nicht gerührt, aber den anderen Passagier und den Mann am Ruder beschimpft. Sie sagte, dass ihre Mütter es mit Ratten getrieben hätten und dass aus ihren dreckigen Schwänzen für den Rest ihres Lebens nur schwarze Galle laufen würde, wenn sie sie länger festhielten. Sie sollten sie auf der Stelle freilassen, denn der Europäer würde sie sonst finden und ihnen dann die Hälse abschneiden, sicher finde er sie. Er sei so weit gekommen, um sie zu treffen, um die halbe Welt und alles zu Fuß, da werde er nicht zulassen, dass diese beiden Dreckskerle sie entführten. Das war heute Morgen, kurz nach Sonnenaufgang. Ich war gerade mit dem Boot vom Fischen zurückgekehrt. Es war ein magerer Fang, aber, Inschallah, morgen wird es wieder besser werden.«

»Hast du eine Idee, wohin sie fahren?«, fragte ihn Mensen.

»Vielleicht bis Edfu, vielleicht bis Kom Ombo, vielleicht bis Assuan. Vielleicht aber auch weiter südlich bis nach Khartoum.«

Mensen drückte dem Jungen eine Münze in die Hand. Der verbeugte sich übertrieben und huschte davon.

Mensen starrte in den Fluss.

»Das sind Probleme, die ich nicht habe«, sagte der Kastrat.

»Wenn ich Sie so sehe, dann bin ich froh darum, trotz allem.«

»Das sind Probleme, die es wert sind, sie gehabt zu haben. Trotz allem.«

Mensen fragte ihn, ob er glaube, dass das Boot in einem der kleineren Dörfer anhalten werde.

Der Kastrat schüttelte den Kopf.

»Bordelle gibt es nur in den größeren Städten, und die Frau wird in einem Dorf nur unter Wert verkauft, an irgendwelche Fellachen, die im besten Fall mit einem Sack voll Getreide bezahlen. In den Städten aber gibt es englische Touristen und türkische Beamte und Kaufleute, nur da macht es Sinn, sich eine Prostituierte zu halten.«

Mensen kaufte noch eine Hand voll Nüsse, etwas Brot und füllte den Ziegenschlauch. Edfu hieß die nächste Stadt, die wollte er am frühen Morgen erreichen. Da würde es auch eine französische Gesandtschaft geben.

Mensen lief, und bald wurde Esna von der Wüste verschluckt. Er versuchte, jeden Schritt noch schneller zu setzen. Ein wenig rascher die Ferse zu Boden zu zwingen, noch geschwinder über den Außenrist zu rollen und dann den Ballen nach oben zu zerren. Gewann er bei jedem Schritt nur eine halbe Sekunde, so machte das bei zehntausend Schritten schon dreiundachtzig Minuten. Das müsste möglich sein. Wenn er sich nur genügend bemühte. Dreiundachtzig Minuten. Und zehntausend Schritte lief er sicher in einer Nacht, das ist das Mindeste, vielleicht sogar zwanzigtausend. Wer weiß? Das wären dann 166 Minuten, beinahe drei Stunden. Wenn er wirklich so viele Schritte machte. Er wusste es nicht, er hatte sie nie gezählt, nie war es so wichtig, so schnell zu sein. Er musste Edfu vor dem Boot mit Rashida erreichen. Drei Stunden! Und wenn er keine Pausen machte, nicht zum Essen und nicht zum Trinken, dann könnte er das Boot überholen!

Vielleicht sollten die Schritte auch länger sein, ein halber Meter pro Schritt wäre zu schaffen. Er musste dazu ein wenig kraftvoller nach vorne springen, den Kopf schräg legen und bei jedem Schritt die Arme nach oben reißen. Zehn Kilometer spart er dann bei zwanzigtausend Schritten. Zehn Kilometer, ein Zehntel der Strecke der heutigen Nacht. Wenn er sich anstrengte, dann könnte er beides verbinden: die Schritte schneller und weiter setzen. So würde er Edfu sicher vor dem Schiff erreichen. Wenn nur nicht der Nordwind so stark wehte. Der trieb zwar auch Mensen voran, doch der hatte keine Segel gesetzt. Er bat den Himmel über der Wüste um eine Flaute, denn rudernd würde ihm das Schiff nicht entkommen.

Er bemerkte kaum noch die Welt, die er durchquerte. Ob er über Sand lief oder Stein, trockenen Schlamm oder bröselnden Kalk, Dünen bergauf oder Wadis bergab, ob der Nil in der Ferne rauschte oder das Blut in seinen Ohren, ob die Kälte nach Mitternacht über die Landschaft fiel oder die Strahlen der Morgensonne, es war ihm gleich. Er lief nicht durch die Welt, er lief gegen die Zeit. Doch die machte es ihm schwer. Je mehr er sie überwinden wollte, desto mehr stemmte sie sich ihm entgegen, als wäre sie empört über ihn. Sie wehte ihm ins Gesicht wie ein wütender Sturm, verdichtete sich, so dass er sie kaum noch durchdringen konnte. Immer heftiger kämpfte er gegen sie an, immer kompakter baute sie sich auf. Eine Wand, ein Riese, ein erzürnter Geist. Sein Atem ging flach. Er hörte, wie es in seinen Lungen brodelte. Jeden Schritt rang er der Wüste ab, jeder einzelne ein Kampf, eine Schlacht, voller Leidenschaft, Kraft, Zorn, Angst, Hass und Qual, und plötzlich blieben die Beine stehen, Mensen strauchelte, der Körper riss ihn nach vorne, er stürzte zu überrascht, um seine Arme zu heben, lag auf dem Boden und wischte sich Blut und Sand aus den Augen.

Es brauchte einen Moment, doch dann verstand er, dass er verlieren würde, wenn er so rannte, denn im offenen Kampf konnte keiner die Zeit überwinden. Sie war zu geübt. Zu scharf ihre Waffen. Man musste sie überlisten, besser noch, nicht sie überlisten, sondern vergessen. Wer nicht an sie dachte, über den hatte sie keine Macht. Sie war wie ein böser Gott, der nur die strafte, die an ihn glaubten.

Kein Gedanke also mehr an Geschwindigkeit, an die Zeit, an das Erreichen des Ziels, dahin würden die Füße ihn tragen, der Kopf musste nichts mehr wissen davon.

Er setzte sich auf und zerkaute eine Hand voll Haselnüsse zu Brei, langsam, als wäre das seine einzige Bestimmung, spülte mit einigen Schlucken Wasser nach. Erst dann trabte er los. Der Widerstand war verschwunden, und er glitt durch die Welt wie ein Messer.

Schon sah Mensen den Tempel, an den Edfu sich klammerte, noch einige Schritte, dann war er da. Die Säulenhalle der alten Götter versank im Kot, von oben in dem der Tauben, von unten in dem der Menschen. Ein Falke aus schwarzem Granit blickte missmutig in die Exkremente.

Der französische Gesandte wollte nichts von Mensen wissen. Frauen gebe es hier zuhauf und billig genug, warum einer

Einzelnen nachlaufen? Das sei schlechter Stil und verderbe die Preise. Mensen versuchte es am Fluss, wo die Fischer Tavla spielten. Würfel klapperten auf hölzernen Brettern. Vier und drei würfelte einer und zog drei und sechs. Das sah Mensen beim Vorübergehen, zögerte kurz und blickte in ein Auge, das ihm vergnügt zuzwinkerte. Er ging zurück und legte den Brief von Chretien auf das Brett. Das Auge schaute nicht mehr vergnügt, aber es konnte lesen. Die Stimme dazu war heiser, aber noch heiserer war das Lachen der Männer, das Mensen zurück in die Stadt trieb. Er lief durch die Gassen und zeigte einem Schreiber den Zettel. Der schnalzte verneinend mit der Zunge. Im nächsten Sträßchen schächtete ein Metzger ein Lamm. Das Blut floss in einen steinernen Trog. Ein koptischer Mönch mit einem Schwarm Fliegen im Bart sah missbilligend zu. Als Mensen ihn ansprach, lief er davon, mit seltsamen, hüpfenden Sprüngen, mitten durch eine Ziegenherde, die ein Beduinenmädchen durch die Straßen führte. Mensen hielt ihr den Brief von Chretien vors Gesicht. Sie nahm ihn schüchtern und hielt ihn verkehrt herum. Gegenüber saß ein Töpfer, der mit bloßen Füßen die Scheibe drehte und mit den Händen einen Krug formte, aber ihn nicht verstand.

»Rashida?«, fragte Mensen. Der Töpfer wendete sich ab. Eine Gasse weiter wrang eine Alte ihren Schleier aus. Als sie Mensen sah, legte sie das nasse Tuch vors Gesicht und ging rückwärts davon. Er jagte weiter und stolperte über einen kleinen Mann, der um seinen Bauch einen Gürtel voll Gläser trug und an einem Lederband um die Schulter eine schwere Amphore aus Glas.

»Rashida?«, fragte Mensen.

»Vielleicht ein Tamarindi?«, fragte der Mann auf französisch zurück.

»Was?«

»Tamarindi. Ein Likör. Ein Glas, bitte«, antwortete der Mann. Er beugte sich nach vorne, öffnete einen silbernen Hebel vorne an dem Verschluss, goss ein Glas ein und reichte es Mensen.

Der war zu verwirrt und trank einen Schluck, der bitter-süß schmeckte und sein Herz schneller schlagen ließ. Ein zweiter Schluck und es beruhigte sich wieder, ein dritter und der Kopf wurde frei.

»Jetzt besser?«

»Jetzt besser!«

»Suchen Frau? Ich hören Europäer suchen Frau. Ganze Stadt hören. Ganze Stadt lachen. Ich sprechen Mann von Schiff. Vier Stunden früher. Kommen Edfu für Essen. Frau in Boot. Mann in Stadt. Mann mögen Likör und trinken sechs Glas. Mann sehr böse für Frau. Frau glauben alle Europäer wie Pascha. Mann sagen, viele Europäer wie Bettler. Er Frau retten für Dummheit. Nehmen Frau bis Khartoum und dort tauschen gegen drei schwarze Frauen. Weiße Frau teuer in Sudan. Gutes Geschäft. Dann Mann auf Schiff.«

Mensen rannte los und vergaß zu bezahlen, aber das fiel ihm erst viele Meilen später ein. Er entschuldigte sich in Gedanken bei dem Verkäufer und stieß sauer auf. Der Geschmack des Likörs klebte an der Zunge, sie schwoll immer weiter an, und der Wassersack war leer. Er war zu schnell aufgebrochen und hatte vergessen, ihn in Edfu zu füllen. Das war ihm noch nie geschehen, das hätte auch nicht geschehen dürfen, heute nicht, denn der Weg führte über ein Hochplateau voller Steine und Wind und erreichte erst nach dreißig Meilen wieder den Nil. Bis dahin gab es keinen Brunnen, keine Quelle, kein Wasser, und der Tag war noch lang, erst in sieben Stunden würde die Sonne versinken. Und doch war es zu spät, jetzt umzukehren, denn das Boot mit Rashida würde nicht warten.

Die Luft zitterte über dem Boden. Die Zunge lag fremd im Mund.

Mensen lief.

Am Himmel brannte der gleißende Stern, Sonnensplitter bohrten sich in die Pupillen, ein Feuer glühte in seinen Augen, und unter den Sohlen schmolz der Sand. Der Nordwind wehte scharf und heiß und trank das Blut, das Mensen

schwitzte. Er hustete, wie zufällig, als sei ein Sandkorn in die Kehle geraten. Dann immer häufiger, schließlich hörte das Husten nicht mehr auf. Die Zunge füllte schon den ganzen Gaumen, bitter-süß und gallig, eine eklige Mischung.
Mensen kramte in seinen Taschen ohne anzuhalten, fand zwei Datteln und zerkaute sie zu einem zähen Schleim, den er nicht schlucken konnte. Zu hart war die Kehle, und er saugte an dem trocken Klumpen im Mund.
Auf dem Markt in Edfu gab es Apfelsinen, leuchtende, saftige Früchte. Gerade jetzt, in diesem Moment, stand einer am Stand und kaufte sich ein Dutzend. Die Hälfte davon würde Mensen schon glücklich machen, was heißt hier die Hälfte, nur zwei oder drei vielleicht, oder auch nur eine, wenigstens eine Apfelsine, eine einzige, eine halbe, ein kleiner Schnitz würde genügen. Er würde ihn auf die Lippen legen und seine Kühle spüren und dann ein Loch in die Haut beißen und daran saugen, den sauren Saft in den Mund fließen lassen, dort damit spielen und schließlich in vorsichtigen Schlucken den Schlund hinablaufen lassen.
Das Feuer im Auge wurde größer, immer wieder machte er sie zu, doch die Sonne brannte auch durch die geschlossenen Lider. Unendlich langsam näherte sie sich dem Horizont. Ein Hustenkrampf, Mensen stolperte und zwang sich mühsam weiter. Die Apfelsine in seinen Träumen war längst verdorrt, nur die bittere Schale war noch da, braun und verschrumpelt. Beim Schlucken krallte sich der Adamsapfel in die Kehle, der Atem glühte durch die Lunge, und doch liefen die Füße immer weiter. Fast ein Wunder, dachte Mensen, blickte an sich hinunter und sah die Beine an, als wäre es das erste Mal. Die Scheibe der Sonne versank hinter den Felsen, einen Moment lang glühten sie auf, als würden sie flüssig, dann siegte der Schatten. Ab jetzt würde es immer kühler werden, und Mensen war sich sicher, dass er es schafft.
Plötzlich hörte er wieder das leise Klingen einer Schelle.
Das wird ein Kamel sein, dachte Mensen.

Dann dachte er lange nichts, hörte auf die Glocken und lief.
Wo ein Kamel ist, da sind Menschen.
Er stieß an einen Felsbrocken, strauchelte kurz und fing sich dann wieder.
Wo Menschen sind, da ist Wasser.
Wasser ist gut.
Auch wenn der Durst zu groß geworden ist, als dass er damit gestillt werden könnte. »Ich habe keinen Durst«, lallte Mensen vor sich hin. »Der Durst hat mich.« Er kicherte. »Der Durst hat mich.« Immer wieder, in verschiedenen Stimmlagen. Ein Zustand, der größer war als er selbst. Nichts, wogegen er ankämpfen konnte. Und er lauschte auf den feinen Ton, der sich zu bewegen schien und von hinten immer näher herankam. Die Karawane hatte den gleichen Weg, aber das konnte nicht sein, nie zogen Kamele so schnell wie Mensen. Er wunderte sich kurz und lief weiter.
Immer gellender läutete die Schelle.
Jetzt ein anderer Laut, ein grelles Klappern.
Mensen drehte sich um und erstarrte. Hinter ihm lief ein türkischer Läufer, ein Loch im Gesicht, als sei der Schädel geborsten, dort, wo der Atem durch die silberne Kugel keuchte. Ein schwarzer Fetzen ums Haar gewickelt, zerschlissenes Hemd und verblichene Hosen. An der Hüfte ein Schwert in der Scheide. Die eisernen Bleche am Fuß schepperten wütend an Steine.
Mensen sah wieder nach vorne und lief schneller. Er erinnerte sich gut, was Steffel ihm vorgelesen hatte, damals in England. *So schnell, dass man in der ganzen Welt seinesgleichen nicht findet.* Das glaubte Mensen sofort, jetzt wo er den anderen laufen sah. Der rannte, als sei er nicht von dieser Welt, trotz des Vorsprungs, den Mensen noch hatte. Doch der schmolz, Schritt für Schritt. *Er läuft in einem Atem Tag und Nacht.* Noch schneller rannte Mensen, aber der scheppernde Ton blieb nicht zurück. Lauter und lauter wurde das Geräusch und dröhnte spöttisch in seinen Ohren. *Im Munde eine silberne Kugel, damit er desto bequemer Luft schöpft.* Men-

sen hörte den Atem durch deren Löcher hecheln. Immer rascher zwang er die Füße zu Boden, doch der andere hatte ihn fast schon eingeholt. *Ihnen ist die Milz ausgenommen.* Mensen hastete weiter, bis er seine eigene spürte. Jetzt musste er den Kopf nicht mehr drehen, jetzt lief der andere direkt neben ihm und wendete sich und sah ihm einen Moment lang in die Augen. Mensen schauderte. *Innerhalb zween Tagen von Constantinopel nach Adrianopel und zurück.* Noch rastloser schlug das Schellenband. Er wollte ihm voraus, aber das konnte Mensen nicht hinnehmen. Immer schneller die Schritte des Türken. *Kein Pferd ist ihnen also an Geschwindigkeit gleich.* Zu schnell für Mensen, er blieb in seinem eigenen Takt, dem rasenden Tritt konnte er nicht folgen, egal, was passierte. Er schaute nach unten, auf die eigenen Füße. Nicht mehr an die des anderen denken, nur die eigenen Beine trugen Mensen voran, nur auf die kam es an, und er verschloss seine Ohren vor dem rasenden Rhythmus, in dem die Füße des Türken auf den Boden hämmerten.

Als er wieder aufblickte, sah Mensen, dass er selber an Vorsprung gewann, nicht viel, aber mit jedem Schritt ein kleines Stück, bis der andere immer weiter zurückblieb. Der Türke hatte zu viel gefordert. *Kein anderer Läufer auf Erden mag sich mit ihnen messen.*

Höchstens einer, dachte Mensen. Er wusste nicht, was der andere wollte, aber es war nichts Gutes, das spürte er genau. Jetzt sah er die Sterne und bestimmte die Richtung, ohne stehen zu bleiben. Ein wenig mehr östlich, sonst kam er zu weit ab vom Fluss. Er lief und trank die Kühle der Nacht, verfolgt von der Schelle, dem Ziel entgegen, was immer das sein mochte, er hatte es vergessen und lief, bis er das Wasser sah. Die Pfütze war kaum einen Fuß tief, braun und schlammig im Licht des Morgens, doch das genügte, und Mensen ging auf die Knie. Einen Moment lang sah er in sein Gesicht mit dem staubigen Haar, den geschwollenen Adern und den blutigen Lippen, die ihr Spiegelbild küssten. Nie war etwas besser, klarer und reiner gewesen als dieser Schluck Wasser. Jetzt spürte er den Schmerz im ganzen Körper, diesen Schmerz, der klein und vertrocknet in seinen Gliedern klebte und sich jetzt regte, bis jeder Muskel schrie, jede einzelne Sehne, jedes Gelenk, jede Ader, jedes Stück seiner Haut. Mensen weinte vor Freude, sich wieder zu spüren. Was schmerzt, das lebt.

Doch wo blieb der andere, der türkische Läufer? Er sollte kommen und trinken, durch seine silberne Kugel, hier war Wasser für alle, da musste man nicht sparen. Der Reichtum der Welt in einer einzigen Lache. Er und der Türke könnten hier Brüderschaft trinken, sie waren ja schon auf ewig verbunden durch ihren gemeinsamen Lauf durch die Nacht. Wieder hing er den Kopf in das Wasser. Nicht zu viel durfte er trinken, das wusste er, doch was hieß da zu viel? Derjenige, der diese Regel gemacht hatte, kannte der echten Durst, den Durst eines Läufers durch die Wüste?

Da war ein Geräusch, und Mensen stutzte.

Vielleicht war das der andere. Es hatte lange gedauert, bis er endlich kam, doch mit Mensen maß man sich nicht ungestraft, nicht mit Mensen, der lief allen davon. Davon zum Wasser, immer wieder zum Wasser zurück, vielleicht war er gar kein Wüstenläufer. Er täuschte sich da, er war ein Wasserläufer. Das Gesicht in der Pfütze grinste Mensen an, und er näherte sich dem Mund im Wasser mit spitzen Lippen und schlürfte. Eine Bö wühlte in seinen Haaren. Er hatte nicht den türkischen Läufer gehört, es war nur das Heulen des Windes, die Sahara weinte, sie möchte wieder ergrünen. Das konnte Mensen verstehen, aber er wollte die Freude über das Wasser teilen, jeder Mensch war sein Freund, in diesem Moment, der andere sollte kommen, am besten jetzt gleich.

»Hier gibt es Wasser«, rief Mensen in die Wüste hinein.

Wasser. In allen Sprachen, die er sprach, aber der Wüstenwind ließ die Worte verdorren.

Er sank auf die Knie und trank weiter und rezitierte dabei den Koran, einen Vers, den der Gesandte in Luxor ihm vor-

gelesen hatte: »Du magst einem anderen die Frau stehlen, das Pferd, die Ehre, aber nicht das Wasser.«
Recht hat der Koran, dachte Mensen und trank. Nicht das Wasser. Alles andere mag man ihm nehmen. Was heißt schon Ehre? Dafür bekommt man hier nichts geschenkt, so wenig wie für ein Pferd. Auch das ist hier in der Wüste zu nichts zu gebrauchen. Ein Königreich für ein Pferd hatte mal einer gesagt, was für ein Unsinn, ein Pferd darf man ruhig einem anderen nehmen.
Aber eine Frau?
Mensen wurde unsicher und trank einen Schluck.
Irgendetwas war mit einer Frau gewesen, etwas, das er nie vergessen sollte. Er versuchte sich klar zu werden, ob man einem anderen eine Frau nehmen dürfe oder nicht. Aber das war gar nicht die Frage, es gab etwas viel Wichtigeres, und es hatte mit ihm zu tun. Er erinnerte sich vage, dass er wegen einer Frau hier war und das schlammige Wasser trank, eine Frau war der Grund dafür, dass er so gerannt war, doch welche? Die mit dem blonden Zopf in Haraldsons Kammer? Die war's nicht, das war noch keine Frau, nur ein Kind, das weinte, als er das Schiff bestieg. Vielleicht war er hier wegen Gwendolyn, die gab es mal, er erinnerte sich an den Namen, doch ihr Gesicht, das hatte er vergessen. Er wusste nur, er küsste es, als sie in die Wolken sahen, in einem kälteren Land und zu einer anderen Zeit, nicht unter dem Himmel der Wüste. Beatrice fiel ihm ein, ein anderer Name, zu dem gab es auch ein Gesicht mit erloschenen Augen. Die wollte er lieben und hat es doch niemals wirklich getan, auch das eine Wunde, doch längst verheilt und vernarbt.
Sein Kopf sank müde zu Boden, und er tastete mit der linken Hand durch den Sand.
Sandkörner.
Daran erinnerte er sich plötzlich.
Sandkörner im Nabel und bronzene Haut, die unter seinen Händen erbebte. Glatt und duftend mit kleinen Schweißtröpfchen auf den Schlüsselbeinen. Kräftige Hände mit roten

Nägeln und Hennamuster in der Innenfläche. Auf der Wölbung der Schultern ein leichtes Frösteln, die feinen Härchen aufgestellt, weil ein Nachtwind durchs Zimmer wehte. Schwere Brüste mit riesigen Höfen. Zwischen starken Schenkeln das offene Geschlecht. Das Haar, das sie löste, wenn sie über ihm war, und das dann in seinen Nacken floss. Die Oberlippe, die sehr gerade und streng auf ihrer weichen Schwester lag, und der weiche Blick aus den schwarzen Augen, der ihm nie wehtat.
Rashida. Jetzt war sie ganz da, jetzt wusste er wieder, warum er hier war, trank einen letzten Schluck und füllte den Ziegensack. Noch vierzig Kilometer bis Assuan.
Es war nicht weit bis zum nächsten Tempel, ein steinerner Wall zwischen grünen Parzellen, in denen grün schimmerndes Wasser stand. Er kam direkt unter den Säulen vorbei und sah auf dem Fries ein Boot voller Papyrusstängel inmitten eines Schwarms aufflatternder Enten. Der Nil machte hier einen Bogen nach Osten, Mensen lief geradeaus und gewann an Höhe, hinauf auf das Plateau der Libyschen Wüste.
Oben angekommen lauschte er in das steinerne Schweigen. Keinen Ton trug der Wind mit sich, keinen Schellenklang, kein Keuchen durch eine silberne Kugel. Der andere blieb weg, vielleicht starb er, an Entkräftung oder an Durst.
Gut, dass er fern war, denn um ihn war etwas Böses. Ein Frösteln lag in der Luft, trotz der Sonne am Himmel war Mensen noch kalt. Er ging ohne Kompass, von weit unten leuchtete blauschwarz der Nil.
Ein schmaler Pfad warf ihn den Berg hinunter zum Fluss. Nur drei Schritte Grün wuchsen an dem westlichen Ufer, stachliges Gras und ein paar struppige Palmen. Hin und wieder überquerte er einen kleinen Kanal, mit dem die Fellachen ihre Felder bewässerten.
Verfallene Hütten, von der Sonne gebleicht.
Ein Kamel schlich vorbei, schwer beladen mit Feuerholz.
Irgendwo musste es hier Boote geben, um überzusetzen auf die andere Seite. Assuan lag an dem östlichen Ufer. Eine Fe-

luke segelte in der Ferne. Mensen stellte sich ans Ufer und rief, doch der Wind blies das Schiff um eine felsige Insel.
Ein zweites Schiff trieb mit dem Strom in die verkehrte Richtung, die Segel waren gerefft, der Steuermann hatte das Ruder festgezurrt und kochte sich eine Kanne Tee auf dem schmalen Deck.
Mensen lief weiter. Die Sonne brannte, und sein Schatten verkroch sich im Sand.
Er schreckte auf, als er eine Stimme hörte. Eine Frau fluchte auf Arabisch, in hohen Tönen, mit einer Stimme voll Trauer und Wut. Er hörte in seinen Kopf hinein, doch darin war es still, also musste die Frau hier draußen sein. Doch wo er ging, war niemand zu sehen. Die Stimme wurde lauter, und ein Mann antwortete kurz und laut. Einen Atemzug lang war alles ruhig, dann schimpfte die Frau wieder los. Mensen blieb stehen und lauschte. Die Stimmen kamen von einer Feluke, die nach Süden segelte, in die richtige Richtung. Mensen sah das Segel in der Mitte des Flusses, ein schneeweißes Dreieck mit roter Fahne am Mast. Er wollte schon winken, sie könnten ihn mitnehmen, sie hatten sicher das gleiche Ziel, aber da hörte er seinen Namen. Die Frau spuckte ihn aus, dem Mann ins Gesicht, der an der Ruderpinne stand. Mensen versuchte, ihr Gesicht zu erkennen, doch sie steckte in einem schwarzen Umhang, der kaum die Umrisse erahnen ließ. Sie schrie auf den anderen ein, der vor ihr stand, sie anblickte und ihr ins Gesicht schlug, zweimal, mit dem Rücken der linken Hand. Sie wehrte sich nicht, hob nicht einmal die Arme zum Schutz, und Mensen wusste, sie sind gefesselt.
Das Boot mit Rashida, wer sonst könnte das sein, welche andere Frau würde seinen Namen nennen, mit dieser seltsamen Betonung, Mischung aus Französisch und der Sprache der Berber, welche andere würde in Fesseln auf dem Fluss Richtung Süden gebracht?
Sie war so nah, gleich würde er sie haben, doch nicht schwimmend, nicht bei diesem Wind, besser er hielt sich jetzt zurück und blieb versteckt im Schatten der Palmen. Es war

nützlicher, wenn sie nicht wussten, dass er hier war. Wenn sie überhaupt mit seinem Kommen rechneten, aber vermutlich ahnten sie nicht, dass er ihnen folgte, denn ihr Vorsprung war zu groß, und dass ein Läufer ein Schiff überholte, bei diesem Wind, der seit Tagen schon wehte, das konnte keiner erwarten. Sie würden in Assuan rasten und Essen kaufen. Ein Mann würde in die Stadt gehen, ein anderer bei Rashida bleiben, nur einer, und mit dem würde Mensen fertig werden. Das Schiff segelte an Mensen vorbei. Er stand und schwieg und sah, wie sich auf einmal Rashida umdrehte und in den Schatten des Baumes starrte, an den Mensen lehnte, sehr müde und mit zitternden Schultern. Er hob seine Hand zu einem Gruß, und sie schien zu nicken, einen winzigen Moment. Sie hatte ihn gesehen, da war er sich sicher, sie wusste, dass er hier war, und würde bereit sein für die Flucht. Bald würde er sie in den Armen halten. Gegenüber wuchsen die ersten Häuser der Stadt aus dem Sand der Wüste. Die nächste Feluke nahm Mensen mit auf die andere Seite des Flusses. Mensen sprang aus dem schwankenden Schiff an Assuans Ufer, rutschte aus und krallte die Hand in den hölzernen Steg. Am nächsten Anlegeplatz lag die Feluke von Rashidas Entführern; er erkannte sie an dem roten Wimpel am Mast, doch sie war leer, kein Mensch war an Bord. Sie hatten Rashida mit in die Stadt genommen; das machte es schwieriger. Ein breites Tor verschluckte Mensen und spie ihn aus in den Souk. Stoff strich über Stoff, Haut rieb an Haut, und Mensen drängte sich durch, zuerst zu den Ständen mit Essen. Die anderen brauchten Proviant, sie wollten weiter in den schwarzen Süden, und die nächste Stadt war Wadi Halfa, kurz nach dem zweiten Katarakt, einige Tagesreisen entfernt. Fliegenschwärme summten um die Buden mit frischem Obst und Zuckergebäck. Daneben Brot und Bällchen aus Kichererbsen, Hirsekörner und leuchtender Mais, türkisches Bier und Kaffeebohnen. Mensen schloss seine Augen. Er hatte lange nichts gegessen, das Letzte waren zwei trockene Datteln und ein geträumter Apfelsinenschnitz gewesen, doch er konnte sich nicht darum kümmern, erst später, mit Rashida, da würde er essen, ein Hochzeitsmahl würde das werden, aber zuerst musste er sie finden. In diesem Teil des Marktes war keine Spur von ihr, oder doch? Vielleicht da hinten, bei den Hühnerkäfigen, dort leuchtete ein schwarzer Umhang in der finstersten Ecke, und Mensens Blick saugte sich fest. Er schwamm durch das Meer von Menschenleibern, gegen die Strömung, aber erreichte das andere Ufer zu spät. Aus einem geöffneten Kontor schimmerten Rohballen Seide. In den Verschlägen der Läden saßen die Schneider und hantierten mit Nadel, Schere und Faden, seit tausend Jahren verkrümmt und in sich.

»Rashida.« Ein heiserer, brennender Laut. Keiner hob hier den Kopf. Sein Blick durchwühlte alle Läden. Teppichhändler mit fetten Fingern. Mützenmacher. Buden mit Tschadors, Schleier und Kaftans.

Am Ende der Gasse teilte sich der Weg. Links glitt der Umhang durch die Menschenmenge, an beiden Seiten von zwei Turbanträgern flankiert.

»Rashida«. Doch sie drehte sich nicht um. Mensen drängte hinterher durch die Wand aus Gesichtern und Händen, aus Schweiß, aus Augen, aus Mündern und Haar. Sonnenlicht wurde durch Strohmatten gesiebt und legte ein Gitternetz um alle Menschen, aber Mensen ließ sich nicht fangen, er war selber ein Jäger.

Da war sie wieder, nicht wirklich sie, nur ihre Spur in der Luft. Ein Hauch, nicht zu sehen, dafür ihr Duft von Rosen und Mandeln, immer stärker. Er kannte ihn, gleich würde er sie halten, bog um die Ecke und stand in der Gasse der Parfumeure. Gerade roch er nur ihre Süße, jetzt war die Luft voll von Neroliwasser, Moschus und Zibet, Wacholder und Veilchen. Er keuchte ihren Namen in die fette Luft. Ein Weihrauchschwaden hüllte ihn besänftigend ein, aber Mensen wedelte ihn beiseite.

Weit konnte sie nicht sein, vielleicht rechts im Kaffeehaus, Mensen fegte durch den Vorhang. Mosaiken flirrten wie eine Zeltwand im Wind. In der Stille das Klappern von Dominosteinen und das sanfte Blubbern der Wasserpfeifen. »Rashida«, brüllte Mensen in das Schweigen hinein. Ernste Gesichter sahen ihn an, die Weite der Wüste in ihren Augen. Er rief noch einmal, und die Gesichter wandten sich ernst wieder ab.

Mensen taumelte hinaus, das Licht explodierte, und er lehnte sich an eine hölzerne Tür in der Wand gegenüber, die nachgab und ihn mit sich riss. Eine getrocknete Fledermaus baumelte vor seinem Gesicht. Daneben der Kopf einer Echse, grünliche Haut mit leeren Augen, ein paar Vogelfedern, von Milben zerfressen, Schildkrötenpanzer und Alraunen, Salamanderschwänze und das Horn eines Nashorns.

Wieder raus, immer weiter.

In der nächsten Gasse saßen die Schreiber und kopierten die Suren des Koran, in gebeugter Haltung, in der Hand die gekappte Feder aus Schilfrohr. Mensen rief ihren Namen. Er fragte die Schreiber, sie waren Männer des Wortes, sie würden seine Sprache verstehen, doch keiner von ihnen hob seinen Kopf.

»Rashida«, lallte Mensen und packte einen von ihnen bei den Schultern.

»Verstehst du? Understand? Comprendre?« Die Feder schrieb die Antwort tief in Mensens Wange.

»Rashida.« Er warf ihren Namen über die Menge der Menschen.

Ein Augenpaar fing ihn auf, das Gesicht von einem Schleier verhüllt, der Blick leise und zweifelnd. Sie wurde plötzlich nach rechts gezogen, Mensen grub sich den Weg durch die Masse der Leiber. Eine Gruppe von Kindern machte keinen Platz, er schob sie beiseite, aber da kamen die Mütter, fünf breite Frauen aus dem Sudan, in den Ohren schwere Gehänge aus Gold. Eine Hand packte seinen Arm, eine andere die Schulter, eine dritte das Haar. Er wand sich kurz. Die Hände lösten sich wieder, er wusste nicht, warum. Der Weg wurde düster, die Mauern standen eng zusammen und trafen sich schließlich. Auf der linken Seite lag eine Werkstatt, die Wände schwarz von Ruß, die Luft kaum zu atmen von der Hitze des Schmelzofens. Eine glühende Kugel aus flüssigem Glas tanzte vor Mensens Gesicht wie eine Schwester der Sonne. Kein schwarzer Umhang, keine Männer mit Turban, die eine Frau mit sich zogen. Also zurück und in die Gasse der Metzger. Lämmeraugen glotzten aus hautlosen Schädeln, Fliegen wühlten in blutigen Nüstern, die Muskeln zuckten am toten Leib. Es würgte in der Kehle, doch da hinten, da war etwas Schwarzes, vielleicht ihr Gewand. Von irgendwo kam ein tiefes Pulsieren, die Luft vibrierte. Er sah den Menschen ins Gesicht, aber die hörten es nicht. Das Geräusch wurde lauter. Er folgte diesem Ton, bog um die Ecke und wurde fast taub bei dem Konzert einer Kupferschmiede. Schwere Hämmer schlugen auf mannsgroße Kessel, Stichel und Punze spielten die höheren Töne. Das Lied der Paukisten wurde immer wilder, die Erde bebte, er presste seine Hände auf beide Ohren, da hörte er, wie es ihn rief.

Mensen.

Er hatte es ganz deutlich verstanden, als ob sie seinen Namen ins Kupfer trieben.

Er rannte weiter, links entlang an einer rissigen Mauer. In der Gasse war niemand, eine Treppe führte drei Stufen nach unten zu einer Tür, und Mensen sprang über die Schwelle. Ein Mann stellte sich ihm in den Weg, fuchtelte mit einem grauen Tuch, doch Mensen stieß ihn beiseite und öffnete die Tür zu einem weiteren Raum. Dampf quoll heraus, und seltsame Geräusche drangen aus der Tiefe des Saales. Brunnen plätscherten, Schreie, Gebete, Fleisch schlug auf Fleisch. Mensen trat ein, und die Tür fiel hinter ihm zu. Ein Blutegel stürzte sich auf seinen Nacken, er griff nach hinten, doch da war nichts, nur die Spur eines Wassertropfens. Seine Kleider waren plötzlich schwer und feucht. Morsche Greise hockten in dichten Schwaden, die Köpfe auf den schrundigen Knien. Erektionen wuchsen in zerschlissenen Leintüchern. Dürre Knochen wurden mit Tonscherben geschrubbt. In schwar-

zem Haar flockte Seife. Ein Masseur kniete auf einem Fleischberg, neben ihm floss aus einem Brunnen kochendes Wasser. Mensen glitt in einer Pfütze aus, hielt sich an der Wand und verbrannte sich die Finger, denn ein Feuer ging durch die Mauern hindurch. Er schrie vor Schmerz, und der Ruf hallte lang durch das Gewölbe, brach sich an den Wänden, kehrte zu Mensen zurück, nicht als Schrei, sondern als heißer Nebel, als Schlag ins Gesicht. Der Masseur und der andere gerieten in immer stärkere Bewegung. Eine Hand kam aus dem Nichts und streichelte über Mensens Gesicht.
Da hörte er wieder, wie es seinen Namen rief. Nicht laut, eher leise und gepresst, ein Flüstern, dessen Echo sein Ohr kaum erreichte. Er tastete sich weiter in den nächsten Raum, immer dichter der Dampf, immer heißer die Luft, immer dröhnender das Rauschen des Wassers. Die dunklen Schemen mussten Menschen sein.
Mensen, murmelte es, er spürte es im Herzen.
Die Wasser selbst riefen ihn jetzt. Mit den Händen grub er sich einen Weg durch den Nebel, noch eine Tür, noch ein weiterer Raum.
Mensen.
Es brannte in den Lungen, hier konnte man nicht atmen, und er hielt die Luft an, schloss seine Augen, tastete sich voran zur nächsten Türe und ging ein, zwei Schritte, bis er auf dem glühenden Boden zerfloss.

Als er wieder zu sich kam, lag ein blutunterlaufenes Auge vor Mensen auf der Erde und starrte ihn an. Ein Auge aus blauem Glas, die Iris in zwei Teile zerbrochen, die Reste der Brosche von Rashida mit roten Schlieren von seinem Blut.
In dem Moment wusste er, dass er sie nie wieder sehen würde, und diese Gewissheit erfüllte ihn so sehr, dass daneben kein Platz mehr war für die Trauer darüber.
Mensen drehte den Kopf und starrte hinauf in zwei bärtige Gesichter. Sie starrten zurück. Er konnte nicht in ihren Blicken lesen, da stand etwas Fremdes, aber eine dunkle Hand

füllte einen Becher mit Wasser. Mensen trank, und das Feuer in ihm erlosch.
Seine Hosen klebten nass an den Beinen, und die Tasche war weg mit Uhr, Kompass und Karten, auch der Quadrant. Nur der Wassersack hing noch schlaff um die Schulter.
Alles drehte sich, als die Männer ihn hochhoben und nach draußen schleppten. Seine Beine schleiften schwer über den Boden. Er hörte, wie hinter ihm ein Riegel zuschnappte, stand auf unsicheren Beinen und sah die Gasse hinunter. Eine Bö wehte ihm Staub in die Augen, und die Welt verschwamm, aber trotzdem konnte er erkennen, wie die Mauer gegenüber sich plötzlich bewegte und auf ihn stürzen wollte. Er wankte zur Seite, aber dort krümmte sich ein Haus, zum Angriff bereit, und Mensen floh geradeaus, die Gasse entlang. Er musste hier raus und zum Nil, immer wieder zum Nil.
Die Blicke der Menschen sichelten die Haut und taten ihm weh, aber der Schmerz machte ihn wach, und er fing ein Lachen auf, das ihm aus der Menge entgegenflog. Er nahm es und setzte es sich in sein Gesicht, aber es war ihm zu groß und verzerrte den Mund. Er warf es zwei spielenden Kindern zu, die schreiend flüchteten.
Mit groben Stößen wurde er durch den Markt getrieben, vorbei an Fleisch und Schmuck und Parfum, er schwamm mit dem Strom und wurde durch das Stadttor nach draußen gespült. Hier war Licht und Luft, hier konnte er atmen. Ein Windstoß wehte ihn hinunter zum Fluss. Der Nil floss vorbei, als wäre er nie fort gewesen, aber das Schiff war weg, das Schiff mit dem roten Wimpel am Mast. Ein Riss ging durch die Welt, und darin war es verschwunden, und Mensen lief los.
Jetzt war ihm ganz leicht. Nichts mehr war geblieben außer ihm und dem Fluss. Keine Karte, kein Quadrant, keine Rashida. Auch die Uhr war verschwunden. Er war fast glücklich dabei und vertraute ganz auf seine Beine, die wieder liefen, vorbei an dem alten Friedhof mit den schweren Haufen

aus Stein auf den Leibern der Toten. Dahinter lag ein Obelisk, noch größer als der auf der Place de la Concorde, doch verkrallt in den Fels und nicht davon zu trennen. Damals musste er sich eine Gasse durch die Zuschauer bahnen, und seine Lungen füllten sich mit ihrem verbrauchten Atem. Hier war die Luft klar und rein, und der Weg war ganz frei.
Sandige Zungen leckten über das Gras zwischen den Hütten, und die Wüste hatte schon manche der Felder verschluckt. Er rannte weiter hinaus, ein letztes Feld von staubigem Grün. Ein versandeter Brunnen. Ein toter Kanal.
Nur immer in der Nähe des Flusses bleiben, der war jetzt seine Karte, sein Kompass, sein Stern. Er durfte das Wasser nie mehr aus den Augen verlieren und lief auch jetzt noch weiter nach Westen, bis er von einem Dünenkamm auf den Nil sehen konnte, wo gleißende Sonnenscherben durchs Wasser trieben.
Am Wegrand rastete ein Kamelgerippe, die Pergamenthaut spannte sich über die Knochen. Es quiekte. Eine Rattenfamilie fraß es von innen, und die Sonne dörrte das Fell.
Der Sonnenmund küsste seine Lippen blutig, als er zu den Katarakten kam. Ein Beduine gab ihm Datteln und Brot, und Mensen lief weiter in die Leere hinein, wo nichts war außer dem Wind, der ewig über die Dünen strich. Sie sangen ihr Lied, der einzigen Wüste einziger Klang.
Doch halt. Nicht der einzige. Ein anderer Ton legte sich übers Land wie ein Schatten. Mensen fror und presste sich mit den Handmuscheln Stille ins Ohr. Das tat gut, denn so war nichts mehr zu hören. Er lief, bis die Arme zu schwer wurden und sanken, und hörte es wieder, Schellenklang und Eisenbeschläge, in rasendem Galopp, jagten ihm hinterher. Den hatte doch längst die Wüste verschlungen, vor Tagen schon, da war er sich sicher. Ein Nachklang nur war dieses Geräusch, eine Fata Morgana der Ohren, doch diese Hoffnung verdorrte, immer lauter hallte es jetzt über die Dünen, und Mensen drehte den Kopf. Das Licht prallte gegen das entstellte Gesicht, das von oben herab auf Mensen schaute. Er rannte

schneller. Eine Düne hinauf, über den Kamm, dann hinunter. Der schwarze Turban flatterte höhnisch im Wind. Der letzte Katarakt lag schon lange hinter ihnen, und der Atem des Türken pfiff durch die silberne Kugel. In Khartoum versuchte Mensen ihn abzuhängen, in den ockerfarbenen Gassen der Stadt, ein letztes Mal, doch der andere blieb bei ihm. Sein Tritt trieb auch die Sonne immer schneller voran. Sie rollte rasend über den Himmel und fiel im Westen ermattet zu Boden. Es wurde dunkel. Mensen rannte durch endlose Sümpfe. Der Türke war nah. Mensen wusste es, doch sein Ohr hörte dessen Schritte nicht mehr. Er hatte sich daran gewöhnt, wie an den eigenen Herzschlag. Der Mond rutschte hastig übers Firmament. Dann tagte es. Die Schellen hämmerten unaufhörlich. Die Sonne schoss aus der Wüste empor und jagte über den Himmel wie eine Kugel. Der Fluss wurde schmaler, immer blauer die Wasser. Mensen schüttelte die Hand des Türken von seiner Schulter. Die Sonne stürzte schwer, und der Mond sprang durchs All. War das schon die Nacht? Der Fluss war immer seichter geworden, und die Sonne grub eine grelle Spur in den Himmel. Schon kam der Abend. Die Nacht. Der Tag. Jetzt rannte der Türke direkt neben Mensen. Er wich nicht mehr von seiner Seite. Die Sonne schleuderte über den Himmel, ein Meteor mit feurigem Schweif, der länger wurde, mit jedem Tag. Mensens Begleiter war jetzt schon so nah, dass er ihn nicht mehr sehen konnte, doch er spürte ihn in sich. Der Nil floss schmal zwischen Papyrusfeldern.

Immer kürzer die Nacht. Immer schneller die Sonne. Längst war sie schon kein Feuerstern mehr, sondern malte einen leuchtenden Bogen am Himmel, der höher wurde und sich wieder senkte.

Und Mensen lief, ohne zu wissen, wie lange. Bei jedem Schritt hatte er schon den Vorhergehenden vergessen. Vergessen die Menschen, die ihm Essen reichten, wenn er durch ihre Dörfer kam, und die kleinen Kinder, die versuchten, eine Weile neben ihm zu rennen. Vergessen, dass er manchmal in dem Wasser schwamm, das immer sauberer und klarer wurde, so dass er vom Ufer auf den Grund sehen konnte. Vergessen alles, was hinter ihm lag, und das Ziel, das er zu erreichen gedachte.

Und weil er alles vergessen hatte, ahnte er nichts, als er auf die kleine Anhöhe lief, auf der hellgrüne Grasbüschel sich an den felsigen Boden klammerten. In ihm war keine Hoffnung, keine Zuversicht und kein Glauben. Er lief längst jenseits davon und versuchte, nicht auf das Gras zu treten, denn jedes Grün hier war kostbar. Oben angekommen hörte er zuerst den Donner. Die Welt erzitterte davon, aber er hob nicht seinen Blick, der gesenkt war, um die Augen zu schützen, und lief weiter nach Süden, immer am Fluss entlang, auf das Dröhnen zu, bis es ihn ganz erfüllte und nichts mehr Platz hatte neben diesem Ton, der so laut war, dass selbst das Licht der Sonne nicht ungehindert hindurchdringen konnte. Erst als es so weit war und das Donnern auch den tiefsten Punkt seines Bewusstseins erreicht hatte, blickte Mensen hoch und sah nach vorne, und für einen Moment glaubte er, sein Herz würde zerspringen.

Er lief auf einen See zu.

Nicht irgendeinen See.

Den größten See, den er je gesehen hatte, gewaltig wie ein Meer, eine blaugrüne Fläche, deren Ausmaß er nicht einmal erahnen konnte und deren Grenzen weit hinter der Krümmung der Erde lagen. Riesige Inseln schwammen darin, und er erkannte ein Boot, das weit draußen über das Wasser segelte. Das rechte Ufer war bewaldet, ein lichtes Grün, das ohne Ende war. Richtung Horizont stieg eine senkrechte Rauchsäule in die Luft, und Mensen spürte eine Sehnsucht nach den Menschen, die dort um das Feuer saßen. Im Südosten glaubte er Berge zu sehen, schneebedeckt, aber vielleicht waren es Wolken, die tief am Himmel hingen.

Zu seinen Füßen gebar der See den Nil unter heftigen Presswehen, die das Wasser weiß aufschäumen ließen. Ein feiner Nebel hing in der Luft, in dem das Licht der Sonne sich brach,

und alle Farben waren darin, die Mensen schon fast vergessen hatte. Bunte Schleier tanzten über den Fluss, als wollten sie seine Entstehung feiern. Der Nil stürzte über schwarz glänzende Felsen nach unten und floss die ersten von unzähligen Metern nach Norden.
Ein langer Weg liegt vor dem Fluss, dachte Mensen und erinnerte sich an jeden Meter, den er seit der Mündung gelaufen war, aber die Erinnerungen kamen nicht nacheinander. Mit einem Mal brachen sie über ihn herein, jeder einzelne Schritt war gleichzeitig da, und nicht nur die aus der Wüste, jeder Lauf seines Lebens schien auf im Bruchteil dieser Sekunde. Er spürte, wie er über die Berge von Fresvik lief und durch die Gassen von Kopenhagen, wie er durch England rannte und auf Stelzen und rückwärts in deutschen Städtchen. Spürte den Mailauf und die Wege für die Revolution, die Märsche nach Moskau und Griechenland, den nächtlichen Gang mit dem Landboten und den Tritt auf der Stelle im Kerker, und er sah an sich herunter auf seine Beine, die die letzten Meter zur Quelle trabten.
Er lächelte.
Mensen blieb stehen.

Nachbemerkung

Der griechische Geograph und Mathematiker Ptolemäus vermutete im zweiten nachchristlichen Jahrhundert, dass der Nil einem afrikanischen See entspringe, und zeichnete anhand von Berichten arabischer Reisender eine entsprechende Karte. Am 28. Juli 1862, zwei Jahrzehnte nach Mensen, gelangte der Brite John Hanning Speke an das Nordufer des Victoriasees und entdeckte dort den Wasserfall, den er *Ripon Falls* nannte. Er telegrafierte später nach London, dass die Nilfrage gelöst sei. In seinem Tagebuch berichtete er von Gerüchten, dass in der Nähe des Sees seit vielen Jahren ein weißer Häuptling lebe, der trotz seines hohen Alters in der Lage sei, Antilopen müde zu jagen und dann mit dem Messer zu erlegen. Speke kehrte 1864 nach London zurück und wurde dort bei einem Jagdunfall am Vorabend seines Treffens mit der Royal Geographic Society getötet.

In seiner 1929 in Leipzig als Beitrag des Staatlich-Sächsischen Instituts für Völkerkunde erschienenen Sammlung *Neue Märchen aus Afrika* schildert der deutsche Kolonialbeamte Adam Mischlich die Geschichte des weißen Mannes mit Flügeln am Fuß, die in verschiedenen Versionen bei den Stämmen südlich der Sahara erzählt wird. Mischlich vermutet, dass in dieser Geschichte die griechische Mythologie überliefert wird und mit der Figur des geflügelten Mannes der Götterbote Hermes gemeint sein könnte. Der Autor stellt seine Theorie aber selber in Frage, weil die Geschichten sich zu sehr ähneln und nach einer fast zweitausendjährigen, meist mündlichen Tradierung verschiedene Versionen der Erzählung zu erwarten wären.

Das Gut Anrode in der Nähe von Mühlhausen in Thüringen wurde 1886 verkauft. 1927 richtete man dort eine Flachsrösterei ein, 1950 eine Seilerfabrik. Dieser volkseigene Betrieb wurde 1989 aufgelöst. Inzwischen ist das Anwesen restauriert, aber die Familie Wedemeyer ist ausgestorben. Der Grabstein von Beatrice befindet sich im Lager des *Museums am Lindenbühl* in Mühlhausen.

Die Deutsche Revolution, für die Skulberg und Mensen kämpften, fand bislang nicht statt.

1871 starb Fürst Pückler, dem Jahr, in dem nach dem Krieg gegen Frankreich das Deutsche Reich gegründet wurde. Wir verdanken Pückler unter anderem den Begriff *Sport*, den er aus dem Englischen in die deutsche Sprache einführte, um einen angemessenen Begriff für die Aktivitäten von Mensen zu haben.
Ein einziges Wort.
Mehr blieb nicht von Mensen Ernst.
Der größte Läufer aller Zeiten war zu schnell, um dauerhafte Spuren zu hinterlassen.